懐郷

リムイ・アキ

魚住悦子 訳

田畑書店

序　稜線上のタイワントドマツ

台湾の海抜三千メートル以上の高山には、タイワントドマツ（別名、ニイタカトドマツ、台湾モミ）の美しい森林がある。タイワントドマツの林はいつも神秘的で高貴な息吹に満ちており、「台湾のシュバルツバルト（黒い森。ドイツにある）」とも呼ばれる。しかしながら、タイワントドマツの樹の種子のなかには、不幸にも風に吹きさらされる稜線に根を下ろすものもある。小さな苗は劣悪な地形と吹きすさぶ強い風にさいなまれ、極めて不利な環境のもとで、さまざまな姿に成長する。まっすぐに伸びたタイワントドマツとは全く異なるものとなり、山稜でそれを目にした登山客は驚嘆する。トルストイは『アンナ・カレーニナ』のなかで、「幸福な家庭はどこも同じように幸福だが、不幸な家庭にはそれぞれの不幸がある」と言っている。懐湘《ホワイシアン》は、山の稜線のタイワントドマツを彷彿とさせる。彼女が夢みた完全な家庭は、あのどこまでも続く雄壮で美しい森林のように、彼女の人生では手のとどかない遥かな夢だった。

『懐郷』はわたしの二冊目の長編小説で、八千字の短編小説「懐湘」の完成版である。「懐湘」

を発表したのち、この物語はわたしの心のなかで十年余りも静かに沈殿していたが、いつか書きあげて、わたしがこれまでに出会った「懐湘」の姉妹たちに捧げたいと思ってきた。彼女たちはあなたのそばにいるかもしれない、あるいは、あなた自身かもしれない。この本は、山の稜線に育つタイワントドマツ――「懐湘の姉妹」たちに敬愛の情を表するものである。

わたしの『懐郷』がとうとう出版される。主がわたしに創作の力を与えてくださり、著作によって、わたしたちタイヤル人の文化や風習、生命の物語を読者の方々と分かち合えることに感謝いたします。

親愛なる日本の読者のみなさまへ

こんにちは。『懐郷』の読者になってくださってありがとうございます。この小説をとおして、懐湘《ホワイシアン》という女性の生命の物語を語ることができてとても嬉しく思います。特に台湾原住民文学の翻訳でよく知られる魚住悦子さんが、この小説を日本語に訳してくださったことに心から感謝いたします。こうして、『懐郷』は日本の読者のみなさまとお会いする縁ができました。たいへん光栄に思います。

『懐郷』を出版してから、読者から最もよく尋ねられたのは、懐湘は実在の人物か、それとも虚構の人物かということでした。さらに、彼女はその後どうなったのか、娘はどうなったのかなど、小説を読み終えてからも、読者は懐湘にたいへん関心を持ってくださいました。実は、懐湘は実在の人物ではなく、また、虚構の人物でもありません。幾人もの女性たちからできあがった人物です（あなた自身の影かもしれませんね）。また、『懐郷』の舞台ですが、大部分がわたしの故郷、新竹県の尖石郷です。

魚住さんは二〇二三年の春、わたしといっしょに懐湘が嫁いだ「後山部落《ホウシャン》」を訪ねました。海抜が高い山地を走る曲がりくねった道をたどって、辺鄙な山地にある後山部落まで行ったのです。魚住さんはひどく驚かれたとのことでした。ここそが懐湘が結婚して暮らした生活環境なのです。懐湘は困難な環境を克服しただけでなく、自分の小さな世界から歩みだしたのです。勇敢で善良で愛情深い、それはこのうえない美しさです。懐湘はそういう女性なのです。

日本語版の『懐郷』の出版にあたって、心からの祝福を記します。この本と縁ができた読者のみなさま、みなさまの生活がやすらかであり、心に喜びがありますように。心よりお礼申し上げます。

二〇二三年五月一日　　リムイ・アキ

懐郷

●目　次●

◎カバー写真　尖石郷の河原
（山海文化雑誌社提供）

【台湾全図】

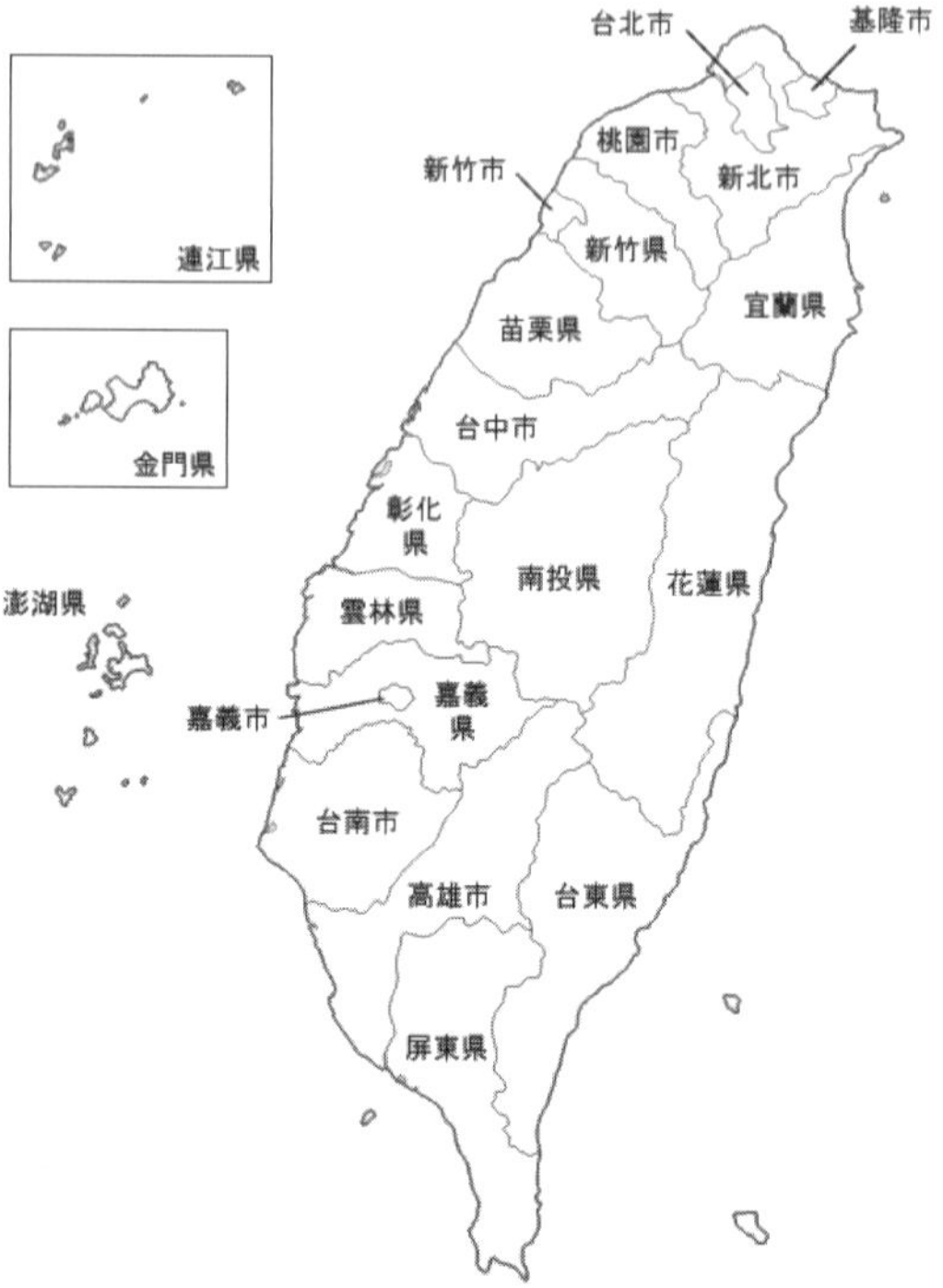

◎大覇尖山（尖石郷と苗栗県泰安郷の境界に位置する標高 3,492m の山）
© Alan Ro

【新竹県地図】

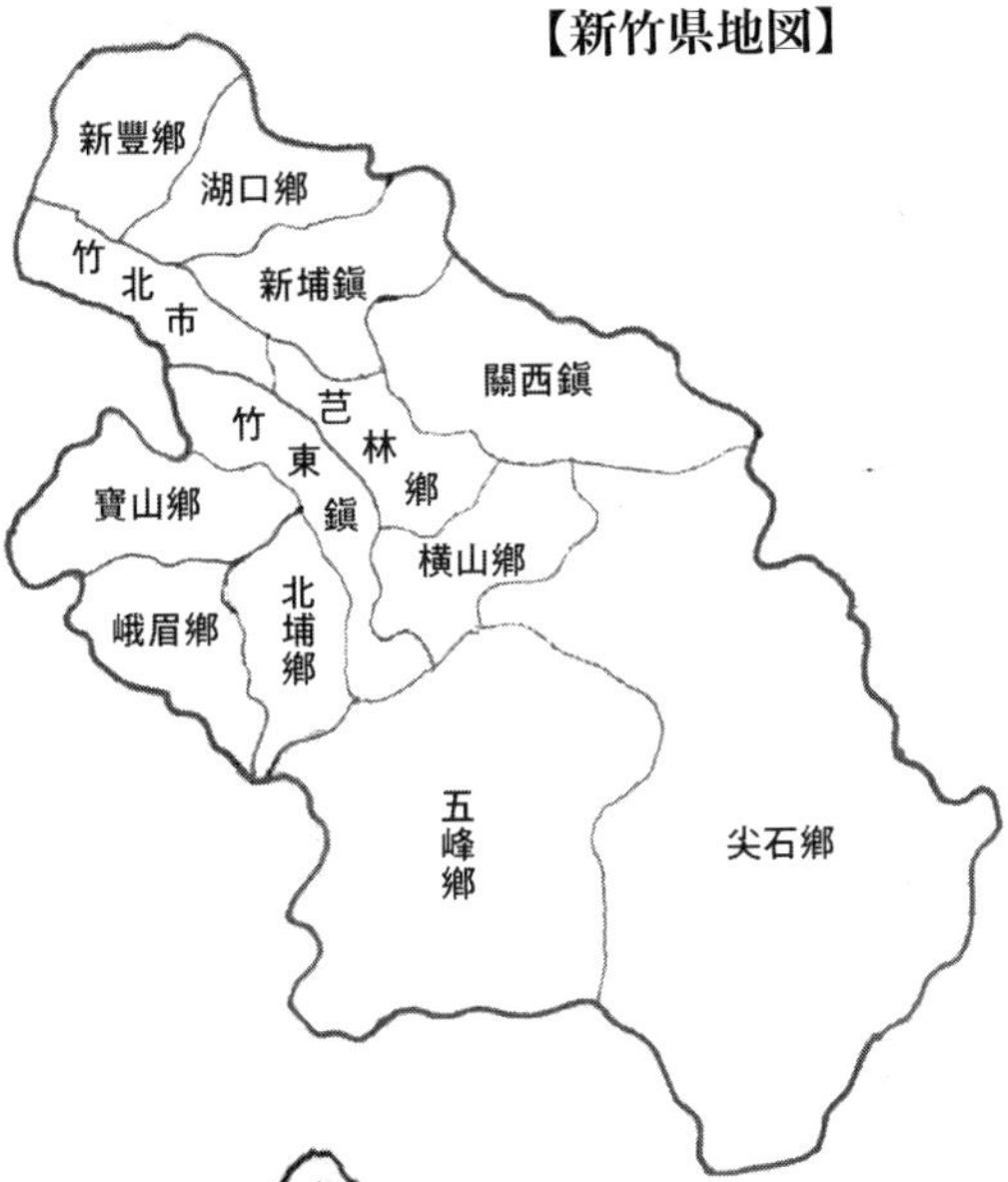
新豐鄉
湖口鄉
竹北市
新埔鎮
關西鎮
竹東鎮
芎林鄉
寶山鄉
橫山鄉
峨眉鄉
北埔鄉
五峰鄉
尖石鄉

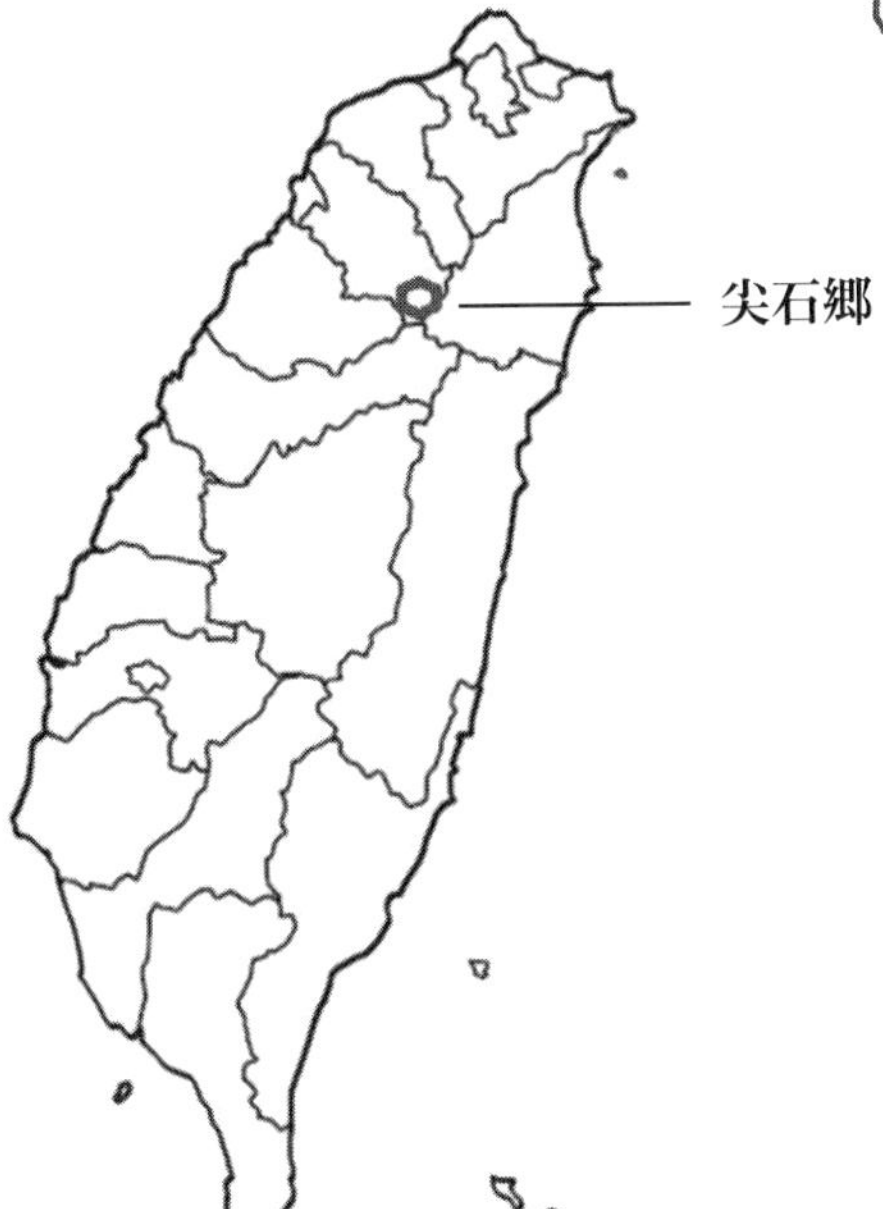
尖石鄉

【凡例】

一、本書では台湾の先住民族を指す語として「原住民」、「原住民族」を用いる。一九九四年七月の憲法修正によって「原住民」が公式名称となり、さらに、一九九七年には「原住民族」に改められたことによる。また「部落」は原住民のアイデンティティの根源である集落を指す。「原住民族基本法」（二〇〇五年公布、二〇一八年修正）は、原住民が、特に原住民族地区の一定の区域内で、伝統の規範にのっとって共同生活し形成した団体を「部落」と規定している。

二、本文では、原注は（　）内に、訳注は〔　〕内に記した。なお、訳注1～5は後記した。

秘密基地

晩秋、弧を描くススキの穂を夕陽が柔らかく染め上げ、涼風がさっと吹くと、ススキの穂が一本ずつ翻り、ロマンチックな夕陽の舞を舞った……。河床の湿地に沿って、高く伸びたアシが一列に並んで、天然の緑の屏風のように、河床に潜むススキの茂みを覆い、安全に隠していた。ここが、懐湘《ホワイシアン》とマライが「秘密基地」と呼んでいる場所だった。

懐湘はそっと両目を閉じると、茂みの底に厚く積もった柔らかい枯葉の上に横たわった。ススキの穂の影が、小さく砕けた陽の光とともに、彼女の花びらのようにきめ細かな頬をそっとかすめた。上を向いた顔は白く柔らかく、開いたばかりのユリの花のようで、うっとりするような香りを放っていた。しばらくして、懐湘は両目を薄く開けた。上になっているマライとススキの穂のむこうに、アシの茂みの隙間から洗ったような青空が見えた。白い雲が空にゆったりと横たわっている……。

「ウーッ」、マライが満足そうなうめき声をあげた。汗が一滴、懐湘の汗に濡れた首筋に落ちた。

マライはぐったりと力を抜くと、懐湘の身体に覆いかぶさった。彼女は両腕をマライに回して放さずに、片方の目を閉じたり開いたりして、反りかえった濃いまつ毛で、ぴったりとくっついているマライの頬をくすぐった。実は彼女は汗まみれになるこの行為が好きではなかった。いつも空を舞うオオカンムリワシをこっそり眺め、それからせわしないマライにちょっと目をやったり、草むらから聞こえてくる虫の声や木の上の鳥の声に気を取られたりした。実際には、心の奥底に、しっかり抱きしめられ、護られたいという渇望があり、そのため彼女は、マライの三日にあげずの誘いを断りきれず、「秘密基地」に来て、この先輩との激しい逢引きに身を任せてしまうのだった。

「さあ、そろそろ、おまえも家に帰らなきゃな」

マライが身体を起こすと、懐湘は気が抜けたように両腕を開いた。彼はあちこちに散らばった服やズボンを拾い上げてゆっくりと身に着けながら、傍らの整った顔立ちの後輩の女子学生を見て、にやにや笑った。十七歳のマライはすらっとして背が高く、学校では陸上競技の選手だった。全身の筋肉が引き締まって、くっきりしたきれいな線を描き、浅黒い健康そうな肌は、後輩の白くてきめ細かい肌と好対照だった。

「大丈夫よ、ピタイおばさんは実家に帰ったの。おそいバスで帰っても大丈夫よ」

懐湘は白い制服のボタンをひとつずつはめ、裾を紺色のプリーツスカートに押し込むと、カバンからおもむろに櫛をとりだして、乱れた髪を梳かしつけた。まだ中学三年生だったが、たおやかで美しかった。

「そうか、じゃあ、今日は帰らなくてもいいんだな。じゃあ、……おれのところへ行って寝ようよ」

マライは山の下の村の高級職業学校の二年生で、家は後山《ホウシャン》〔尖石郷南部の深山地域〕のクラヤ部落にあった。クラヤは辺鄙な地で交通が不便だったので、前山《チエンシャン》〔尖石郷北部の平地に近い地域〕に小さな家を借り、毎日バスで山を下りて小さな村へ通学していた。家賃が安い小さな家は、昔、ここで石炭を掘っていた炭鉱労働者が住んでいた木造家屋で、どれも黒いアスファルトが厚く塗られている。川沿いの道に沿って、小さくて黒い木造家屋が並んでいた。

「うーん、だめよ。ミネ叔母さんに知れたら、怒られるわ。もういっしょには暮らしてないけど、叔母さんはやっぱり、わたしに厳しいのよ」

懐湘は眉を寄せると、頭を振って小さな櫛をカバンにしまい、頬杖をついて何かを考えるように、風に揺れるススキの穂を眺めていた。


懐湘の両親は離婚していた。父親が職業軍人だったために、彼女はものごころがついて以来、遊牧民のように、母方の祖母や父の兄弟や父の従弟の家を行ったり来たりして暮らしてきた。彼女は母親のハナから、人好きのする美しい顔立ちを受け継いでおり、年長の人たちからいつも可愛がられた。わがままでも、だいたい赦してもらえたし、ふだん、いとこたちとけんかをしても、彼女が叱られることはなく、いつも相手の方が叱られた。

「おまえたち、懐湘にすこし譲ってあげなさい……懐湘は可哀想なのよ、お母さんはいないし、お父さんも遠くにいるんだから……」

これが大人たちがいつも口にする理由だった。小さな懐湘は、自分がその境遇によって護られていることを知っていた。そして、両親が離婚したのち、頻繁に変化する環境と人間関係を受け入れなければならないことから、負の心情を多く感じるようになった。そのため彼女はいつもたいへんわがままで、身近な人を信じないだけでなく、防衛本能も非常に強く、少しでも気に入らないことがあると、かんしゃくを起こした。

「あんたの家なんかで暮らさないわよ、ヘムイ叔母さんの家に行くわ!」

その家の子どもとちょっと言い争うと、彼女はすぐに衣服を持って、別の親族の家へ「身を寄せた」。何といっても、この山に住む人たちはみな親戚なので、どこへ行っても暮らすことができた。年長の人たちは彼女の状況を知っていたので、彼女の思いどおりに家に迎えてくれた。当時は人々は簡素な暮らしをしていたので、子どもがひとり増えても、みんなでいっしょに寝ればいいし、テーブルに茶碗と箸がひとり分増えるだけのことだった。懐湘は、このような勝手気ままで束縛されない生活に、好きなようにできるという満足感を覚えた。とはいうものの、懐湘の心の奥底には、うまく言えないが、底の見えない暗い穴があって、いつもある時刻になると電波のように、音はしないがはっきりした信号を送って来るのだった。受け入れてもらっている家の両親と子どもたちのあいだのごくありふれたやり取りを、そばで静かに見ているときに、内心の電波がそっと微かな信号を送って来るのだった——どうして? わたしには家——あの人たちのような家がないの? そんな気持ちになるたびに、彼女はすぐに感情的になり、ちょっと気に入らないことがあると、ひどいかんしゃくを起こすのだった。

父親は、休暇で何度か帰ってきたが、親戚たちが懐湘を甘やかしており、また、娘がわがままなのを目にして、彼女を弟のワタンに預けることにした。

「これからはあちこちに逃げちゃだめだぞ、ミネ叔母さんのところでおとなしくしているんだよ」

父親は娘に、勝手に叔父さんの家を出て行ってはいけない、と厳しく言い渡した。

叔父の家に住むようになると、ミネ叔母さんは彼女と三人の従姉妹たちを平等に扱った。家事の分担も学業への要求も従姉妹たちと同じだった。もちろん、姉妹が食べるものや使うものは、懐湘にも必ず与えられた。彼女がわがままからかんしゃくを起しても、ミネは取り合わなかった。彼女はみなと同じように、良いところがあればほめられ、悪いことをすれば罰された。懐湘ははじめのうちは、しょっちゅうミネに反抗し、すねたり、かんしゃくをおこしたりした。しかしミネはいつも辛抱強く、穏やかに懐湘をさとし、決して譲らず、決めたとおりに行動させた。

ある時、懐湘はふたりの従姉妹といっしょに竹林に行って、火を起こすのに使う細い竹の枝を拾ってくるように言いつけられた。三人は竹林で遊びながら、地面に落ちている細い竹の枝を拾った。しゃべったり笑ったりしながら集めているうちに、ふたりのどちらかが、何か一言、彼女が聞きたくないことを言ったらしい、懐湘はかっとして、手にしていた竹の枝を投げ出し、背負い籠も力いっぱい蹴飛ばした。籠にきちんと詰めたばかりの竹の枝は全部、地面に散らばってしまった。

「誰があんたたちの仕事を手伝ったりするもんか。誰がここに住んだりするもんか。わたしは

「烏来《ウライ》の家に帰るわ……」彼女は怒ってわあわあ泣き出した。「誰があんたたちと遊んだりするもんか。ヤキ〔おばあちゃん〕のところへ行くわ……」泣いているうちに怒りがこみあげてきたのか、叫ぶように言った。「あんたたちが買った服なんか着るもんか、大っ嫌い……」

そう言いながら、着ていた赤いセーターをお腹のところからひっぱりあげて、力いっぱいセーターを噛みちぎり、赤い毛糸が口元から何本もぶらさがると、吐き捨ててまた噛んだ。ふたりの従姉妹はこの様子を見て、驚きのあまり呆然としていた。みな同じように物事がよくわからない子どもたちだったが、もっと小さい子でも、物が大切だということは知っていた。服が古くなっても破れてさえいなければ、とっておいて下の姉妹に着せるのだ。こんなむちゃなことをしようとする人はいない。そのあと、懐湘は怒りのあまり、従姉妹たちを残して、家へ駆け戻った。ふたりの従姉妹は竹林に残って後片づけをするしかなく、懐湘の分の竹の枝も背負って家に帰った。

「もういいわ。これからは仲よくするのよ、もうけんかをしちゃだめよ」

ミネ叔母さんは三人を呼んでひとしきり説教をしたあと、罰として彼女たちをキリスト像の前にひざまずかせて懺悔させた。

「みんな仲よくしなきゃね。みんな神様のいい子どもなんだから」ミネは言った。

「懐湘はあんたたちの姉妹なのよ、仲よくするのよ、わかった？」彼女はふたりの娘をちらっと見た。

「わかりました！」ふたりは声をそろえて答えた。

「このセーターは高いお金を出して買ったのよ。あんたのお父さんが苦労して稼いだお金よ。ワタン叔父さんが竹東へ買いに行ってくれたんだから、こんなふうに粗末にしちゃいけないわ。繕ってあげるから、これからは役に立つものをこんなふうにしてはだめよ」

ミネ叔母さんは破れたセーターを手にすると、前に古いセーターをほどいたときにとっておいた赤い毛糸を探してきて、懐湘が噛みちぎった穴を一針一針注意深く丁寧に繕い始めた。同じ赤色だったが、その毛糸は古くて色も少しちがっていたので、繕った部分は台湾の地図のように見えた。懐湘は、わがままで自分を抑えられなかった行動のせいで、ずいぶん長いあいだ「台湾の地図があるセーター」を着ざるを得ないはめに陥った。このことは懐湘にとって、いささかの教訓になったし、叔母さんは何も言わないが一歩も引かないことが身にしみてわかったので、少しは気をつけるようになった。

叔父と叔母が実の娘のように接してくれたので、懐湘は飼いならされた幼い小動物のようになり、気ままに親戚の家を行き来することはできなかったが、これまでに感じたことのない帰属感を得ることができた。そのため、アメとムチでしつけ、頑として原則を曲げないミネ叔母さんを懐湘は尊敬し愛していた。

懐湘の両親はどちらもタイヤル族だったが、懐湘にはタイヤルの名前がなかった。父親は軍隊では大尉で連隊長を務めていた。上司は湖南省出身の中佐で、「懐湘」はその上司がつけてくれた名前である。懐湘は中学に入ってはじめて、「湘」が湖南省の略称だと知ったのだった。台湾

身内は、烏来の母方の祖母と、ワタン叔父とミネ叔母だけだった。

が、支離滅裂で、あちこちを行ったり来たりした子ども時代と同じように、どうすることもできず、受け入れるしかなかった。このようなやりきれなく孤独な子ども時代に、彼女が安心できる

のタイヤル族の彼女が懐湘という「名を賜わ」ったのは、実際、何とも言えない荒唐無稽さだ

「うん……、あのね……」激しい感情がおさまりかけたからか、それとも秋の陽の光に照らされたからか、懐湘の両頬は、頬紅をさっとはいたように、白い肌が透き通るような赤みを帯びていた。

「わたしのあれが……、ええっと、つまり、あれが……、やっぱり来ないのよ……」

彼女は草の上に坐ってカバンをしっかり胸に抱え、心配そうな表情で目を伏せ、眉間に皺を寄せて、足元に生えている草を眺めていた。

「え……、何だって？　そんなはずないだろう……」

マライは驚いて目を見張り、頭をちょっと掻いた。

「うーん……、じゃあ、どうする？」

彼はぼうっとしてしまい、何も考えつかなかった。陸上競技のたくましい主将は、この話を聞くと、たちまち何もわからない子どものようになってしまったのだ。

秋風がアシの茂みの葉先をサアッと吹きぬけた。ピーッ、ピーッと、翼を広げて大空を舞うオオカンムリワシの鳴く声が遠くから聞こえ、懐湘の心にこれまでとはちがった思いがよぎり、す

ぐに何とも言えないある種の嫌悪感がこみあげてきた。目の前にいるマライにがっかりさせられたのだ。ふたりが秘密基地で密会をしてきた日々を思い出し、マライの汗がいつも彼女の顔に落ちたことを思い出した。突然、懐湘はむかついて吐きそうになった。マライが体を寄せ、両腕を伸ばして抱きしめようとしたが、彼女は嫌そうにそれを振り払った。

「ん！　離れてよ、触らないで。行くわよ！」

懐湘は彼をにらみつけて眉をしかめると、立ちあがってカバンを背負い、歩き出した。マライはどうして後輩の彼女の機嫌を損ねたのかわからず、女がどうしてこんなにすぐに態度を変えるのか、わからなかった。

夕陽は山に沈もうとしていた。真っ白だったススキの穂が夕暮れの風のなかで揺れ、夕陽に照らされて淡いオレンジ色に染まり、穏やかでロマンチックだった。しかし、懐湘とマライは黙りこみ、ふたりのあいだには落ち着かない空気が漂っていた。ふたりは暗くなっていく川原を、いつものように距離を開けて前後に並び、注意深く流れを渡り、無数の大小の石に気をつけながら、「秘密基地」を離れた。

清流園の花

懐湘《ホワイシアン》の母親のハナは、台北の烏来《ウライ》の人だった。たいへんきれいな人で、歌や踊りがうまく、若いころには烏来の「清流山地文化村」の「清流園」で山の踊り（原住民の踊り）を踊っていた。活発で情熱的で人好きがする顔立ちのハナは、いっしょに踊る娘たちのあいだでもひときわ目をひき、演目のなかの美しい花嫁役はいつも彼女が演じた。観光客に人気があり、歌や踊りが終わって写真撮影の時間になると、観光客たちは先を争って彼女と記念写真を撮った。さらに観光客たちは彼女に好意を示し、誰もがとても気前よくチップをはずんでくれた。「清流園」で踊っていたころ、日本やアメリカから来た観光客の多くが彼女に一目ぼれして、花や金の指輪、金のネックレス、珍しいプレゼントを贈り、情熱的に彼女を追いかけた。さらには多くの男たちが結婚して国に連れて帰ろうとさえした。当時、いっしょに踊っていた仲の良い同輩たちの多くが、遠く日本やアメリカに嫁いで行った。しかしハナにはほんとうに心にかなう相手はおらず、同輩たちのように外国に嫁ぐ道を選ぶことはなかった。

二十二歳になったとき、彼女はとうとう心にかなう男性と出会い、目を輝かせた。それが懐湘の父親で、背が高くがっしりした軍人だった。彼女が踊っているとき、その人は遠く客席の片隅に座って、彼女が踊る姿から目を離さなかった。演目が終わって写真撮影の時間になっても、普通の観光客のように舞台に出ていた娘たちと写真を撮ることもなく、遠く離れたところに立って煙草を吸いながら、ハナを取り囲んだ客たちがいっしょに写真を撮ろうとするのを眺めていた。彼のひときわ目立つ外見と、ほかの人とはちがう反応が、ハナの注意をひいた。やがて写真を撮っていた人たちが去ってしまうと、ハナは自分から近づいて彼に声をかけた。

「こんにちは、わたしたちの舞台はお気に召したかしら?」観光地で舞台の仕事をしているハナはおおらかだった。

「よかったよ、歌や踊りがとてもよかった」

ずっと注目していた美人がまっすぐに近づいてきて、そのうえ話しかけてきたので、男はどうすればいいかわからなかった。しかし、すぐに落ち着きをとりもどすと、手にした煙草を深く吸い込み、目を細めてゆっくりと煙を吐き出し、整った顔が薄い煙におおわれているあいだに、躍り出しそうな心を抑えた。

「あら、あなたもタイヤルなの?」

彼の発音を聞いて、ハナはこの人はタイヤル族にちがいないと思った。このような敏感さは大多数のタイヤル族が持っているものだった。男の発音には軍隊にいるせいで外省人のなまりがあったが、声の質はタイヤル族特有のものだった。

「ああ、おれはナフィ（尖石郷）のタイヤルだ」と彼は言った。

ハナは、彼が自分と同じタイヤル族だと知って、すぐに観光客に対するときの社交辞令的な態度やことばづかいをやめ、自然な態度で彼と話し始めた。

タイヤル族は、台湾原住民族のなかでは伝統の生活領域が最も広範囲なグループだが、言い伝えられている歴史では発祥地がひとつなので、部落がちがうタイヤル人同士でも、少し話してみれば、話しているうちに、互いの関係が遠いか近いかを知ることができる。

自己紹介をしあって、ハナはこの粋な軍人が尖石郷出身のタイヤル人だと知った。同族の親近感から距離がたちまち縮まり、その日のうちに彼を家に連れて帰って家族に紹介した。

彼は職業軍人で、レシンという名で、新竹尖石郷のラハウ部落に住んでいた。ハナの家族はレシンを身内のように手厚くもてなし、自家製のアワ酒を飲ませ、さらに泊って行かせた。

ハナの家族が歓待してくれるので、レシンは休暇のたびに必ず烏来へ行った。ハナはいつもレシンのことを思うようになり、毎日彼が来るのを待ちわびていた。会えない日には、ふたりはせっせと手紙を書いて、思いを打ち明け合った。そしてたちまち離れられない熱愛に陥って、半年後に電撃的に結婚した。

知り合ってから熱烈な恋愛をし、結婚するまでがあまりにも慌ただしかったからだろう、ふたりは互いをほんとうに理解するまでには至っていなかった。「清流園の花」のハナは、ラハウ部落に嫁いだが、自分の部落にくらべると、ラハウはまったくのところ、辺鄙な不毛の地で、彼女はその環境にまったくなじめなかった。なんといっても、烏来郷は首都の台北から最も近い山地郷だった。美しい自然、滝、温泉、トロッコ列車、ロープウェイ、伝統の料理、そして台湾原住民の歌と踊りが、国内外から多くの観光客をひきつけていた。さらに政府が観光事業を強力に提唱し、国際社会に広く台湾を知ってもらうために、世界中のメディアで大々的に宣伝していたので、多くの華僑や、欧米や日本からの観光客が訪れていた。そのため、烏来郷は早くから開発されて近代化していた。交通、建設、人文景観、生活水準は、原住民が住む地域で最も進んでいた。閉ざされた辺鄙な地にある貧しいラハウ部落にくらべると、両者のあいだには雲泥の差があった。

そのため、夫がいないときには、ハナはいつも落ち着かず、実家に帰ることが多くなり、里帰りするといつも半月以上、戻ってこなかった。自慢の美しい女性を娶ったレシンは、新婚の妻といつもいっしょにいてやれないことについて、内心少しばかり申し訳なく思っており、圧力も感じていた。彼のわずかな給料は、ハナが観光歌舞場で歌ったり踊ったりして得ていた収入とはくらべものにならず、このことについても、ハナは何度も不満を言った。

「ウガピラ、ウガピラ（お金がない、お金がない）」が、レシンがハナから最も多く聞くことばになった。休暇のたびに、新妻との甘い再会に胸ふくらませて帰ってきたが、愛らしい妻はいなかった。また、実家へ帰っているのだ。自信満々だった彼の心は、失望やうしろめたさや無力感でいっぱいになった。「清流園」でのハナの華やかさや、彼女を取り囲んでいた多くの男たちを思い出すと、心に疑いや嫉妬や卑屈さが起こり、だんだん膨れあがった。これらの感情はゆっくりと織り交ぜられてひとつになり、いわれのない憤りとなった。それで、家に戻っても妻がいないときはいつも、すぐに烏来の彼女の実家に飛んでいって、ハナを「つかまえて」連れ戻した。

「女は、鶏に嫁げば鶏に従い、犬に嫁げば犬に従うもんだ」

レシンは酒を飲んでかんしゃくが抑えられなくなると、いつもこう怒鳴りつけた。

「ばかやろう、一日中、実家に帰りやがって、みっともないじゃないか。このやろう、昔の恋人に会いに行っているんだろう、ちがうか」

ドン！　サラサラ……。怒って壁の下の方を蹴りつけたので、内側を泥で固めた薄い竹の壁にはすぐに穴が開き、乾いた泥がサラサラと崩れ落ちた。職業軍人の悪癖で、口を開けば、軍隊で覚えた罵詈雑言がとびだした。家に帰っても連隊長の威厳を改めることができず、怒りだすといっそう抑えられなくなった。

「わたしは目が見えなかったから、あんたに嫁いだのよ」

ハナはしたたかな個性の持ち主で、そのうえ、長年にわたって娯楽の場でもまれてきたので、どんな場面も経験があり、大して動じることはなかった。

「鶏に嫁ごうと、犬に嫁ごうと、あんたみたいな素寒貧に嫁ぐよりはましだったでしょうよ」彼女は胸を張り、両手を腰にあてて怒鳴り返した。

こうして夫婦げんかの一幕が繰り返され、最後にはいつもレシンが壁に掛けてある猟刀を取ってハナを追いかけた。ハナは義弟のワタンの家へ駆け込んで助けを求め、そこで夫婦喧嘩は終わった。

レシンは、三人兄弟の二番目で、両親は早くに亡くなっていた。弟のワタンは穏やかな性格で、郷公所〔郷の役場〕に勤めていた。妻のミネはしっかりした女性で、夫婦はまじめに働いて平和な家庭をもち、ミネは子どもたちをきちんとしつけていた。そのため、レシンはこの弟嫁をたいへん敬っていた。たくましい体格で気性が激しい彼は、酒を飲むと暴君になり、そばにいる人を軍隊の下っ端の兵士に対するように怒鳴りつけた。酒を何杯か飲むと、相手が誰であろうと気にしなかった。部落では、彼が酔ったのを見ると、誰も相手にしようとはしなかった。ただ弟嫁のミネだけが、レシンがどんなに酔っていようと、酔ってもめごとを起こして手がつけられなくなっていようと、彼をおとなしくさせられるのだった。

はるばるラハウに嫁いできたハナの面倒を一番よく見てくれたのがミネだった。同じ兄弟に嫁いできたふたりは、会ったとたんに意気投合し、いつも誘い合わせて川で洗濯し、山へ仕事に行き、何でも話しあって、姉妹のように仲がよかった。夫婦げんかをして危険な状況に陥ると、ハナは義弟の家に逃げ込んだ。ハナとレシンの夫婦はどちらも強烈な性格の持ち主で、すぐにひどいかんしゃくをおこしたが、それが収まるとあっさりしていた。ハナが助けを求めて駆け込むたびに、レシンはミネにいさめられて落ち着き、争いはたちまち消えた。しかし、このようないさかいは、ハナがしょっちゅう長期の里帰りをし、帰省したレシンが何度も肩すかしを食うことが重なると、ますます激しくなり、収拾をつけるのが難しくなっていった。

ある時、レシンはまたハナを連れ戻しに烏来へ行った。バスを降りると、遠く、橋のたもとの土産物屋の前で、ハナが数人の男性観光客と談笑しているのが目に入った。そのうちのひとりは、ハナの肩を抱いていっしょに写真を撮っており、写真を撮り終わるとハナの手にお札を押しこんだ。レシンは両目を大きく開いて、その場に立ったまま、身動きもせずに彼らを見ていた。五、六人が楽しそうに話しながら、トロッコ列車の方へ歩いて行った。それほど離れてはいなかったが、彼らが何を話しているのかは聞こえなかった。しかし、妻のあのような色っぽい笑顔や、派手な身振り手振りは、結婚して半年になるが、もうずいぶん長く目にしていなかった。それは「清流園の花」だったころのハナの姿だった。最近、妻がしょっちゅう烏来へ来ていることを思い出した。まさか、ここに戻ってくるのは、男たちの誰かれといっしょに写真を撮るためだったのか。わけのわからない怒りが抑えられなくなって、胃から喉元へこみあげた。

「ハ――ナ――！　こっちへ来るんだ！」

よく通る怒鳴り声が観光客でにぎわう大通りに響きわたり、正確にハナの耳に届いた。レシンは目を怒らせて彼女の方に駆けよった。激怒した夫が突進してくるのを見たハナは、すぐに身をひるがえして、反対側に駆け出し、レシンはそれを追いかけはじめた。土産物屋の並ぶ通りにいた観光客がざわめいたが、ハナの近くにいた五、六人の男性客が反応する前に、ハナは人ごみのなかに逃げ込み、影も形も見えなくなった。ここで育ったハナは、通りや路地を知り尽くしていたので、あちらに逃げこちらに逃げて、すぐに行方をくらましてしまった。

激怒したレシンはハナの実家に駆けつけて、厳しく問い詰め、ハナを出すように迫った。しかし、彼女がどこへ逃げたか誰にもわからず、暗くなってもハナは帰ってこなかった。そこで、姑は鶏をつぶしてご馳走を用意し、彼に夕飯をふるまった。ハナの兄弟ふたりが相伴し、隣人もひとり招かれた。レシンは不愉快そうに酒をあおっていたが、何も喉を通らなかった。通りで見かけたあの光景を思い出すと、ますます激しい怒りを覚えたが、ハナはとうとう帰ってこなかった。

バン！　彼はついに我慢できなくなって、テーブルをこぶしで叩いた。

「ひどすぎるじゃないか、おまえたちはあいつとぐるになって、おれをだましているんだ、ちがうか？」

長く抑え込んでいた怒りがやはり爆発し、レシンは手にしていたコップを壁に投げつけた。

ガシャッと音がして、ガラスのコップが砕けた。

「ヤナイ（妹婿）、話は公平にしようぜ」義兄は不愉快そうな口調で言った。

観光客と話したり写真を撮ったりするのは、観光地に住んでいる烏来の人々にとってはごく普通のことで、何も騒ぎ立てるほどのことではなかった。義兄は、妹婿は客人だし、それにこんなに怒っているのだからと、我慢していたのだ。彼は一晩中、激怒している妹婿に付き合って、おとなしく酒を飲んでいたが、レシンが酒を飲んだあげく、暴君の気勢をあげはじめた時には、自分もすでにかなり飲んでいたので、我慢ももう限界だった。

「何か誤解があったんだろう。ハナが帰ってきたら説明するさ」

彼は酒の入ったコップを力いっぱい、バンとテーブルに置いた。酒が飛び散った。

「あんたはおれの家のテーブルを叩き、コップを壊した。どういうつもりだ」義兄は眉をしかめて立ち上がった。

「ヤサラ……ヤサラ……（もういい……もういい……）」

隣人と姑が義兄を両側から引き留めようとしたが、義兄は身をよじって振り払い、レシンに突進した。下の義兄も双方を見ながら、参戦しようと身構えていた。

「どういうつもりだ？」レシンも立ち上がった。

「自分の妹が婦徳を守れないのに、一家を挙げてそれをごまかすとは……いったい、どういうつもりだ？　え！」顔を真っ赤にしてレシンが怒鳴った。両目は憤りで血走っていた。

ドン！　ガラガラ……。彼は両手でテーブルをひっくり返した。テーブルいっぱいの料理の皿や酒の入ったコップが床に散らばった。

「ああ……、ああ……、ヤマ（娘婿）、どうかやめてください！　ヤマ……ヤマ……」

姑は彼を止めに割って入ることもできず、驚きのあまり涙を流していた。

「おれの家で何をするんだ！」

義兄は母親を振り払うと、妹婿にとびかかった。レシンは一日中憤りを抑えていたのだが、それを晴らす相手を見つけて、迎え撃った。

ドシン！　ドシン！

「アアッ……」

ふたりは取っ組み合いをはじめ、次兄もそれに加わった。姑は泣きながら、彼らを止めようと大声で叫んでいたが、何の役にも立たなかった。ドアや窓、テーブルや椅子がガン、ガンとぶつかり合い、ガラスが割れ、木片があたりに飛び散った。三人が取っ組み合う音と、姑が泣きながら止めようとする叫び声に近所の人が驚き、何人かが家の外に立って話を始めた。さらに数人は好奇心から玄関や窓の近くまで来て、首を突っ込んで家のなかをうかがっていた。家全体があっというまに格闘の場になった。

ウーウーウー！　いきなりパトカーのサイレンの音が聞こえた。

「やめろ！　やめろ！」

「もうやめるんだ！」

「警察が来たぞ！」

三人の警察官が家のなかに飛び込んで来て、狂ったようなレシンを抱き留め、ふたりの兄弟を引き離し、殴り合っていた三人の酔っぱらいを力づくで引き離した。さっきまでいっしょに飲んでいた隣人が、これはまずいと思って、派出所に駆けこんで通報したのだった。

「出て行け！　おれはこいつらに言うことがあるんだ……」

「動くな！」

カチッ！　警察官はあっというまにレシンに手錠をかけた。ふたりの兄弟はそれを見て、もはや抵抗せず、三人はおとなしく派出所に連れて行かれて、記録を取られることになった。

レシンは、自分は軍人なので、けんかやもめごとを起こして、それが軍に知れるとまずいことになるとわかっていた。酔っていても、その重大さはよく理解していた。さらに、レシンは激しい性格だったが、怒り狂ったかんしゃくは、夏の日の午後の雷雨のように、来るのも急だったが去るのも速かった。彼が怒らせた相手が、まだ頭に血が上っていて、平常心を取り戻していないというのに、彼自身は、行き違いは争っているうちにケリがついたと思っていることがよくあった。非常に自己中心的な人間だった。

レシンが妻の行状に持っていた不満は、さっきの義兄弟との激しい取っ組み合いのあいだに、その怒りがほとんど消えていた。彼は姑の家でかんしゃくを破裂させ、ドアや窓、テーブルや椅子を壊したことについて、後になって考えれば、やはり自分にも少し非があったと思い、かなり抵抗は感じたが、最後には自分から善意を見せようとした。

「ああ、ほんとうにおれが悪かったよ、義兄さん」

レシンが過ちを認めて人に謝るということは、これまでにほとんどなく、このことばはずいぶん時間をかけて絞り出したものだった。真夜中に暴れたので、三人は疲労困憊しており、酒の酔いも醒めていた。ふたりの兄弟は、みんな身内だし、仲よくできないわけでもないと思って、双方が握手して仲直りをし、家に帰った。

レシンは夜が明けると、後ろめたさと落胆した気持ちで、ひとり、始発のバスに乗って山を下り、ラハウ部落の家に帰った。レシンの追跡をかわしたハナは、その日は、近所の仲のよい女友だちの家に身を潜めていて、翌日、夫が新竹に帰ったと知って、やっと実家に帰ってきた。

「もうラハウには帰らないわ」

ハナはすすり泣いていたが、その口調は断固としており、もう二度とラハウには帰らないと、きっぱりと母親に告げた。

その日から、家族がどう説得しようと、ハナの心を変えることはできなかった。だが、嫁いでいった娘がいきなり実家に戻ってきてそのまま居つづけては、隣人から疑いの目で見られる。家族としてはやはり受け入れがたかった。特に、タイヤル族の伝統の観念では、すでに娘を「人にあげた」のだから、娘が相手方の許可を得ずに勝手に実家に「逃げ」帰って居つづけるのは、人にあげると約束したものを「取り返す」ようなもので、まったく道理に合わないことだった。

「ほんとにこんなことじゃだめよ。自分の家に帰らずにすむわけがないだろ？」母親はいつも娘にこう言った。

「あちらの部落の親戚や近所の人がどう言うと思う？」

母親は、娘が気持ちを変えてくれ、人々から批判されることがないように願っていた。

「いやよ、もう帰らないわ」娘は頭を振って泣きながら言った。

「あの人とは離婚するわ」ハナは母親に告げた。

「自分でお金を稼いで、ひとりで生きていけるわ。トゥブスク（飲んだくれ）の貧乏人なんかと一生いっしょに暮らしたくないわ」

彼女の態度は断固としていて、一日中、何も口にせず、このことばをくりかえすほかは何も言わなかった。家族は彼女をどうすることもできず、しばらくは思いどおりにさせるしかなかった。

しばらくして、レシンがまた部隊の休暇で帰ってきた。妻は相変わらず決心を変えず、ラハウの家には帰ってこなかった。彼が妻を思う気持ちは切実だった。そこで妻と最も話が合う弟嫁のミネを連れて烏来へ行った。ハナが弟嫁の顔を立てて、家へ帰ると言ってくれるのではないかと思ったのだ。

「ほんとうになつかしいわ……」

ハナは、ミネが烏来まで来たのを見て、とても驚き喜んだ。そして情熱的に弟嫁を抱きしめると、嬉しそうに叫んだり笑ったりした。

「まあ……まあ……、ずいぶん長く家に帰ってこなかったわね、嫂《ねえ》さん……」

仲のよい嫁同士だったが、長く会っていなかったので、顔を合わすとすぐに、相手を抱きしめ、思いを打ち明けあった。レシンは買ってきた手土産を居間のテーブルに置き、そばに立って、ふたりの女が笑ったりしゃべったりしているのを見ていたが、自分は気まずそうににやにや笑うしかなかった。

「座ってくださいよ」

姑は娘婿が娘を迎えに来たのを見て嬉しくてたまらず、急いで飯を炊き、鶏をつぶして料理を作り、彼らを温かくもてなそうとした。

「先に滝を案内してくるわ」

ハナは夫を見たくなかったので、弟嫁を連れて外へ出かけた。ふたりは歩きながら最近の生活について話し、ハナは自分がこの結婚に失望し、後悔していると言った。

「どこの夫婦でも、たまにはお互いを『噛み』合うものよ」ミネは兄嫁をなだめた。

「でも義兄さんが完全に悪いと言うわけでもないわよ。嫂さんが知らない男の人の手を取ってるのを見たら、どうしたって、かんしゃくを起こすわよ」

ミネはレシンの立場から、彼が怒り狂ったあまり、無分別な行動に出たことを赦してやるように兄嫁に頼んだ。

「もう言わないでちょうだい。何があってもラハウに帰るつもりはないわ」

ハナは川の向こうにそびえる美人山を眺めながら、涙がこぼれないように上を向いた。

「誰が飲んだくれの暴君と帰るもんですか」

彼女はちょっと声を詰まらせたが、泣くのをこらえた。

「わたしは帰らないわよ」

ハナはもう一度決心を口にした。ミネは、どんなに説得しても無駄なのを見て、兄嫁がすでに心を決めていることを知り、それ以上は何も言わなかった。

レシンと弟嫁は、家に帰るようにハナを説得できず、落胆して帰るしかなかった。ハナは家族と婚家から、やむを得ず認めるという形で黙認されて、正々堂々と烏来の実家に残った。しかし、人のすることは天が為すことには及ばないものだ。夫が帰ってしばらくして、ハナは自分が妊娠していることに気づいた。この不意の出来事に彼女はひどく驚き、どうしていいかわからなかった。その後、ずいぶん考えた末に、彼女は烏来にこのまま残って、子どもを産むことにした。

「ラハウの家に帰りなさい」母親は言った。

「子どもを父親なしにするわけにはいかないよ」母親は眉をしかめて娘に言い聞かせた。

「自分で育てられるわよ。何があっても、二度とあの飲んだくれといっしょにはならないわ」

妊娠しても、やはり彼女の決意は変わらなかった。家族はいいとは思わなかったが、どうしようもなかった。

烏来は観光名所で国内外の観光客が多く、外の世界との接触も頻繁だったので、人々の考え方もかなり開けており、ほかの伝統的で謹厳なタイヤル族の部落とはずいぶんちがっていた。観光客はこの風光明媚な烏来へ来て、目が大きく鼻筋が通り、歌と踊りが上手な、美しいタイヤル族の娘に出会うと、抑えきれずに魅かれあい、短い激情の時をすごし、ちょっとした不注意から愛の種をもうけることが往々にしてあった。ここでは、未婚のまま娘が子どもを産むことが少なくなく、金髪碧眼で流暢なタイヤル語を話す子どももあちこちにいた。ハナは、自分は正式に結婚しているのだから、子どもを身ごもるのは当然のことで、何も恐れることはないと思った。

レシンは妻が妊娠したと知って喜び、よく烏来に会いに来た。彼女が気持ちを変えてくれることを望んでいたのだ。しかしハナは注意深く、夫とは最低限のやり取りしかせず、レシンがそれ以上、想像を膨らませることがないようにしていた。彼女はこうして断固として実家に居つづけ、やがて子どもを産んだ。

「この子に名前をつけてやってよ」

ハナが産んだのはきれいな女の子だった。彼女はレシンに名前をつけるように言った。

「大隊長が名前をつけてくれたよ、懐湘《ホワイシアン》だ」

レシンは上司に名前をつけてくれるように頼んだのだ。ふたりは戸政事務所へ行って子どもの出生を届けた。

「離婚しましょう!」まもなく、ハナはレシンに離婚を要求した。

「わたしたちは性格が合わないわ、いっしょに暮らしていけない」彼女は言った。

レシンは、子どもが生まれたら妻の気が変わって、彼といっしょにラハウに帰り、もういちど円満な家庭生活を送れるのではないかと期待していた。妻はこの間、よそよそしく冷ややかな態度をとっていたのだが、真剣にこの結婚に終止符を打とうとしているからだとは思いもしなかったのだ。彼は心ならずも離婚の要求に応じるしかなかった。

「わかったよ。おまえがそういう気持ちなら、おれは無理強いはしないよ」

レシンはまったく望んでいなかったが、しかし彼には男の自尊心があり、きっぱりした性格だった。それに軍隊で過ごす時間が長く、妻のために割いてやれる時間も心もそれほどなかった。それで離婚の要求に応じたのだった。

「わたしがこの子の面倒を見るわ、あんたがこの子を迎えに来るまではね」ハナはそう言った。話し合いのすえ、子どもの親権はレシンが持つことになり、署名して、離婚した。

二十歳を過ぎたばかりで子どもを産んだが、ハナはあでやかな容姿を保っており、「清流園」に戻って歌や踊りを演じることになった。そのころには、若い娘が数人、新しく入ってきており、以前のハナが演じていた花嫁の役は彼女たちが演じていた。ハナはこれが現実だと理解し、以前のような、天から舞い降りた美女のような態度を改め、観光客にいっそう愛想よくふるまった。さまざまに気くばりをした結果、彼女の人気は高まり、いっしょに写真を撮ろうとする観光客もさらに多くなった。

懐湘は小さかったころ、祖母に背負われて「清流園」へ行ったことがあった。急にお金が必要になって、母親に会いに行ったのである。そのとき、母親はタイヤル族の赤い衣裳を着、頭や手や脚にシャンシャンと鳴るきれいな貝殻や鈴をつけて、観光客といっしょに写真を撮っていた。懐湘は遠くからそれを見つけた。

「お母さん！」

懐湘は両手を高くあげて、嬉しそうに母親の方に駆けていった。

「しっ！『おばさん』と呼びなさい。わかったわね？」

母親は緊張した面持ちで近よってくると、しゃがみこみ、懐湘の耳元で、小さな声だが力をこめてこう言った。

「『お母さん』と呼んじゃだめよ。社長さんに聞かれたら、ここで踊ってお金を稼がせてもらえなくなるのよ、わかったわね？」

ハナの口調の厳しさに幼い懐湘は驚いた。何かまちがったことをしたのだろうか。よくわからず、口を大きく開けて、おびえたように母親を見ながら激しくかぶりを振った。この日から母親がこの世を去るまで、懐湘がハナをお母さんと呼ぶことはなかった。

父親は軍隊におり、母親は「清流園」で踊っていたので、懐湘はふだんは祖母に育てられた。家には、彼女のほかに、叔父にあたる小学生がいて、彼は懐湘の遊び相手だった。彼は懐湘の祖母を「お母さん」と呼んでいた。懐湘もいっしょに「お母さん」と呼んでいた。祖母は孫娘の境遇を不憫に思い、彼女がそう呼ぶことを特に禁じはしなかった。しかし、たまにこの叔父とけんかをすると、彼は腰に手をあてて彼女にこう言うのだった。

「おれのお母さんだぞ、おまえのお母さんじゃない。おまえは『お母さん』と呼んじゃだめだ！」

懐湘はそれを聞いて悲しくなり、涙を流した。

「おまえはどうして、いつもけんかを吹っかけるんだい。そんなことをするなら、おしおきをしてやろう！」

懐湘が悲しくて大泣きをしていると、祖母は息子をつかまえておしおきをし、それから泣いている懐湘を抱いて顔にキスをしてやった。

「おいで！　ヤキ（おばあちゃん）がキスしてあげよう……ヤキがキスしてあげるよ……」

祖母は、なまりのきつい日本語と、中国語とタイヤル語を半々でしゃべりながら、彼女を慰めた。祖母は若いころは竹ギセルでタバコを吸うのを好んだが、今は紙巻きタバコを吸っていた。そのため、祖母は、長年のあいだに厨房で染みついた油煙のにおいのほかに、いつもかすかにタバコのにおいがした。懐湘はこのにおいが好きだった。祖母のふというのは、この特別なにおいは、懐湘にとって温かさと安全を意味していたからだ。祖母のふところに抱かれてこの温かいにおいを吸い込みさえすれば、彼女はこのうえない安らぎを感じ、すぐに泣きやんだ。

レシンは休暇には必ず、お菓子やおもちゃをたくさん持って娘に会いに来た。もちろん、娘に会うだけでなく、こうして頻繁に接触していれば、妻が軟化して、やり直せるかもしれないと内心で期待していたのだ。

「あら、ヤマ（婿）、いらっしゃい。ずいぶんひさしぶりね」

レシンが烏来に行くと、姑と義兄弟たちは以前と同じように温かく彼をもてなした。ふたりが結婚して以降、烏来とラハウの部落では、双方の親戚たちが互いをいつまでも続く姻戚であると認め合っており、たとえふたりが離婚しても、やはり姻戚として普通に行き来していた。レシンの姑や義兄は懐湘を連れてよくラハウにやってきたし、ミネ夫婦もしょっちゅう烏来のハナの実家へ来ており、離婚などまったくなかったかのようだった。

ハナはラハウから親戚が来ると喜んで迎えた。ただ、前夫だけは別で、彼女は彼を避けていた。レシンが来ると知ると、いつも口実を設けて、近所の仲のよい女友だちの家へ泊りに行き、できるだけ彼と顔を合わせないようにした。こうして何年か経つうちに、レシンもふたりの関係はもう元へは戻らないと納得し、幻想を抱くこともなくなって、単純に娘に会いに来るようになった。時が経つにつれて、ふたりの関係はふつうの友人のようになっていった。

ハナは生まれつき美しく、歌や踊りが上手だった。そのうえ活発でおおらかな性格だったので、観光客に非常に人気があった。「清流園の花」の名声は一世を風靡し、いい思いをしただけでなく、お金もたくさん稼いだ。しかし、踊り手として見ると、結局のところ、舞台は競争が激しい職場であり、毎年何人かの娘がやめたり、嫁いで行ったり、競争に敗けて自然淘汰されたりした。やめる娘がいれば、新しく入ってくる娘たちもいた。ハナは、新しく入ってくる娘たちが年ごとに若く美しくなっていくことに気づいた。身のこなしが軽やかで、青春に溢れる美しい娘たちは、まもなく三十の坂を越そうという「清流園の花」にとって、だんだんと脅威になってきた。ハナが踊る役と立ち位置は、徐々に端のほうへ追いやられ、「山のお姫さま」の役は、とっくに他人のものになっていた。人あたりがよい彼女と記念写真をとろうとする客はやはり多かったが、歳月は争えないことを彼女はよくわかっていた。何と言っても、年をとるほど、人は老いてゆくのだ。そのような現実の圧力のなかで、ハナは青春の最後のしっぽをつかんだ。外省人の男とつきあい、熱烈に追い求めてくれるこの中年の商売人と結婚することを電撃的に決めたのである。自分のために、見た目も悪くなく、食べていくのに苦労しないですむ相手を手に入れたのだ。

この男は軍隊を退役したのち、商売をやっていた。風采は上がらないが、けちけちしない、人のいい男で、商売はうまくいっているようだった。ハナは最初の結婚に失敗した経験から、今度の結婚では、容貌や面白みは条件にせず、経済的にしっかりしていることを優先した。そのため、彼女がこの少し年配の外省人の商人に嫁ぐと決めたとき、彼女を口説いていた若くてハンサムな男たちは驚いたのだった。

懐湘はこのおじさんに会ったことがあった。彼は大きな黒い車を運転して、いつも気前よく大小さまざまなお土産を持って家にやって来た。かなりの年配で、丸々と肥り、頭頂部がやや薄かった。しかし、いつも姿勢がよく、歩き方も威勢がよくて、人に会うといつもにこにこしていた。懐湘にも好意的だったが、彼女の印象に最も強く残っているのは、いつもオーデコロンの特別なにおいをさせているということだった。それがいいにおいか、そうではないかはうまく言えないが、彼に近づくと、すぐにそのややきついにおいを身体じゅうに浴びるのだった。また、ズボンの裾から見えているピカピカの黒い革靴も印象的だった。靴のかかとは厚くて、まるでハイヒールのようだった。

　幼かったからか、あるいは不愉快な経験は無意識のうちに忘れるようにしたからか、子どものころの祖母の家での記憶の多くはあいまいだった。特に「お母さんの再婚」についてはそうだった。母親がどんな状況で結婚し、そのいきさつはいったいどうだったのか、成長してから思い出しても、つながらない場面がひとつ、またひとつと現れて、最初から最後まで、夢か幻のようにぼんやりしていた。

　お母さんが結婚した日に雨が降っていたかどうか、懐湘にはわからない。「花嫁になったお母さん」の付き添いの中年女性は、黒い傘をさしかけて空を遮っていた。とにかく、あの黒い大きな車が、ウェディングドレスを着てハイヒールを履き、花束を手にしたお母さんを載せて去っていったのだ。その日、ほかにあったことは、切れ切れの場面しか記憶に残っていない。不思議なことは、そのようなぼんやりした記憶のなかで、黒い大型車が祖母の家を離れて行ったときに、隣の家のレコードプレーヤーが、そのころ、とても流行っていた「寒雨曲」〔訳注1〕を流していたことははっきりと覚えていた。

「雨よ雨よ、あの人が来る道をふさがないでおくれ」という歌詞とメロディーが懐湘の小さな心にくっきりと刻み込まれた。それ以降、この曲を耳にするだけで、思わず、あの日、花嫁を迎えに来た黒い車に乗り込んだお母さんの後姿を思い出すのだった。懐湘は歌詞の「雨よ雨よ、『あの人』が来る道をふさがないでおくれ」の『あの人』は、お母さんのことだと思っていた。それで、雨が降って母親を思い出すときには、この「寒雨曲」を口ずさみながら、雨が降るので道がふさがれて、お母さんが彼女に会いに戻って来れないのだと想像していた。

「懐湘、『さあっと風が吹いてきて……』をお客さんに聞かせてあげなさい」三、四歳の子どもが、この情緒たっぷりな歌を、幼い声で感情をこめて歌うのを聞いて、大人たちは興味をそそられた。祖母の家に客があると、彼女はいつも呼ばれて歌わされた。愛らしい小さな懐湘の澄んだ甘い歌声は、いつも人々の喝采を浴びた。そして、こんなに賢くおおらかで幼い彼女が、祖母の家にひとり身を寄せ、両親と別れて暮らしていることに、誰もがひどく同情し不憫に思い、歌い終わるといつも、こづかいやお菓子やおもちゃをくれるのだった。

最初のうち、ハナは夫に、結婚したことがあって子どももいることを黙っていた。しかし真実は隠せず、婚姻届を出したときに、戸籍を見て夫はついにほんとうのことを知った。

「ああ……、あのときは若くてよくわからなかったのよ。ウウッ……」

ハナは新婚のベッドのへりに坐って啜り泣いた。照明は柔らかく、ベッドにはオシドリの刺繍がある枕がぴったりくっついて並んでいた。

「わたしはついてないのよ、男運が悪かったんだわ。ウウッ……」

ハナはそう言いながら、涙に濡れた目で夫をちらっと盗み見た。お人よしの男は、目を大きく見開いて、腰に手をあてたかと思うと、両腕で胸を抱えこんで荒い息をついていた。そうかと思うと我慢できなくなって、両腕を開いて、泣き濡れている新婚の妻を慰めようとしたが、妻がこんなとんでもない嘘をついていたことを思うと、やりきれなさがおさまらず、部屋のなかをゆっくり行ったり来たりしながら、何度もフーッと大きく息を吐いた。まるで、どうにもならない気持ちに、何とかけりをつけようとしているかのようだった。実際は、自分が心から深く愛している女性について、今、ほんとうに気になっているのは彼女の過去ではなく、彼女が自分を過去のことで「騙した」ということだった。この「騙した」という行為にどんな意味があるのか、彼のような男は、あれこれ考えはしなかったが、いささか怒りを覚え、驚き、落胆していた。

「ああ……、あなたがわたしの過去を受け入れられないなら、しかたないわ。ウウッ……生きていても何の意味もない……いっそ死んでしまうわ……」

ハナは夫の様子から、彼が軟化し始めたことを知って、すぐに念入りに演技をし、化粧台から眉用のカミソリを取りあげて、勢いよく左の手首を切りつけた。

「ああっ！　話せばわかるよ、ハナ！　やめるんだ！」

男はさっと歩み寄って妻を背後から抱き留め、一方の手で力を込めて彼女の手首をつかむと、もう一方の手でカミソリを注意深く取り上げた。ハナは派手な演技が効果をあげたのを見て潮時だと思い、すぐに力を抜いてすすり泣きながら夫の胸に倒れ込み、ふたりいっしょにオシドリの枕と布団のあるベッドにもつれ込んだ。この時、妻のバラの香りのする黒髪が滝のように落ちてきて、夫の顔を覆った。夫はやっとのことで多くのファンの手から「清流園の花」を奪い取ったのだ。新婚の甘い日々が始まったばかりで、柔らかくていい香りのする妻を腕に抱きしめた夫は、彼女の若いころのことを咎め立てするつもりはまったくなかった。

「わかったわかった……。おまえを責めたりしないよ……」

夫の動悸が速くなった。ハナをしっかりと抱きしめて、耳元であえぐようにこうささやいたが、手は彼女の身体をまさぐり始めていた。

「ン……、今はそんなこと言ってるけど、後になったら思い出して、また責めるのよ。ウウッ……」

ハナは夫の手を力いっぱい払いのけ、細い腰をよじって身体を離すと、背を向けて低い声ですすり泣きつづけ、どうしても彼の方を向こうとしなかった。

「わかった、わかった。誓うよ、このことはもう絶対に言わない。それでいいだろう？　約束は守るよ。もう絶対に言わないから」

「清流園の花」の魅力は、真っ昼間、衆人環視のもとでも男を酔わせ、熱烈に追いかけさせ、嫉妬に狂わせる。それが今はベッドで彼女を抱いているのだ。彼はもう抑えきれなくなって、何とかして妻を自分の方を向かせようとした。ハナは、うまくいったと思い、気が進まないふりをしながら彼の方に向き直った。夫は妻が気持ちを変えてくれたのを知ると、焦って口を突き出し、猛然と妻に口づけし始めた。

ハナは、自分には誰にも負けないほどの男運があることがよくわかっていた。男たちに熱烈に追い求められていたが、彼女はいつもそれぞれに機会を与えて、彼らに自信を持たせないようにしてきた。そうすることで、男たちのあいだをうまく立ち回り、ほしいものを手に入れた。踊子たちのあいだで秘かに張り合っていたときでも、男たちから敬意をこめて追いかけられ、護られており、アクセサリーや衣服など、さまざまな贈り物をたやすく手に入れることができた。聡明な「清流園の花」は、長年のあいだ、ちやほやされて驕慢になっており、そのうえ極めて自己中心的な性格だったので、この肥った実直な老人など、彼女にとっては相手にはならなかった。離婚して娘がひとりいることを隠していたことについて、彼女がちょっと小細工をしただけで、男は降参し、これ以上責めないと「誓った」のだ。その後、「約束する」と言ったとおり、彼はこの事実を受け入れ、話題にすることはなかった。さらに、彼女は夫に秘密を固く守るよう求め、彼の親戚や友人に、彼女が結婚したことがあって、懐湘という娘がいるということを隠させた。夫はハナを溺愛し、彼女を宝物のようにいつくしんだ。結婚して三年で、可愛い女の子がふたり生まれた。まったくの偶然だったが、夫は湖南省出身だったので、娘たちの名前には「湘」の字を入れて、上の娘を「湘怡《シャンイー》」、下の娘を「湘晴《シャンチン》」と名付けた。

「懐湘、早く出ていらっしゃい。小さいおじさん〔祖母の息子〕といっしょに、車の荷物を下ろしてちょうだい」

ハナは家に入る前に大声で懐湘を呼んだ。車のトランクが開いており、中にはビスケットやキャンディー、果物、缶詰、干し牛肉などの大小の包みがぎっしり詰め込まれていた。このおじさんは以前と変わらず気前がよかった。ハナは、実家に帰るときは必ず金や銀のアクセサリーを身に着け、貴婦人のように着飾って、隣人たちをひどく羨ましがらせた。夫は下の娘をやさしく抱き、もう一方の手で上の娘の手を引いて、にこにこと笑いながらハナのそばに立っていた。

幸せそうな四人家族の様子をみると、懐湘の小さな心の底に、ことばにならない寂しさがこみあげてきた。自分の身に、どうすることもできない状況が次々に起こるにつれて、このような感覚がますますはっきりしてきて、自分は生まれつきの「欠陥品」だと思い込むようになり、深い自己嫌悪に陥った。あげくのはてに、無意識のうちに、両親が離婚したのは、自分が「よくない」ことと関係があるにちがいないと思うようになった。

ハナとふたりの娘が実家に数日、滞在したことがあった。懐湘と上の妹の湘怡は毎日いっしょに遊んだ。ある時、祖母がこう言った。

「懐湘、はやく行って、お母さんにご飯だから帰っておいでと呼んできなさい。ヤワイおばさんの家でおしゃべりをしているんだよ」

こう言うこともあった。

「おむつを畳んだから、お母さんのところに持って行って」

祖母は、ハナが懐湘に自分をお母さんと呼ばせないことを知っていたが、歳を取っていてよく忘れたし、また大して重要だとは思っていなかったので、特に気をつけてはいなかった。

三歳の湘怡は、祖母がなぜ、自分のお母さんのことを、大きい姉さんのお母さんと言うのかわからず、とても興味を持って、懐湘に尋ねた。

「懐湘姉さんのお母さんって誰なの？　あたしはどうして、姉さんのお母さんを見たことがないの？」

彼女は目を大きく開き、小首をかしげて懐湘に尋ねた。

「わたし……わたしのお母さんは……」

懐湘はちょっとためらった。ハナが自分の母親だということはもちろんわかっているが、妹の問いかけは突然で、大きな石が落ちてきたように、彼女の卑下した、感じやすい小さな心を打ち砕いた。ハナを「おばさん」と呼ぶのにはもう慣れていた。彼らの完全で円満で幸福な家庭には、自分が入り込む場所はまったくないことを知っていたし、彼女に属する場所が永遠にないことも知っていた。

「懐湘姉さん、姉さんのお母さんはどこにいるの？」

彼女が答えないので、湘怡はいっそう好奇心を持って問い詰めた。懐湘は急に奇妙な戸惑いを感じた。自分にはいったいお母さんがいたんだろうか。よくわからなくなった。

「えっと……、わたしのお母さんは……、お母さんは……」

彼女は振り向いてハナをちょっと見た。自分にもお母さんがいるのだと確かめるように、小さな声でつぶやいた。母親が応えてくれることを期待していたのだ。

「湘怡、湘晴が寝つきそうよ、うるさくしないで……。ほら、お母さんが言ったでしょ」

ハナは湘怡をあちらへ行かせた。

「懐湘、二元、あげるから、お店に行ってココアキャンディを買いなさい。湘怡といっしょに食べるのよ」彼女はお金を出して、懐湘を出て行かせた。

日曜日、祖母は懐湘の手を引いて、教会へミサに出かけた。ミサが終わると、神父が信者の家族に服の包みをひとつずつくれた。それは海外から贈られた支援物資で、入っている服は色もスタイルもさまざまだった。受け取った信者たちは待ちきれないように服を一枚ずつ取り出して眺めた。とても長いズボンをもらった人もいて、身体にあててみると、腰の部分が鼻の上まで来たが、裾は床にひきずっていた。

「わあっ、アメリカ人の脚はこんなに長いのかね、ハハハ」みんなが笑いだした。

懐湘はもらった包みのなかに、水色のきれいな洋服があるのを見つけた。つやつやしたサテンの生地で、スカートの裾に白いレースがついていた。とうとう自分も西洋人形のようなきれいな洋服が着られると思った。それは、彼女が欲しいとお祈りしてきたきれいな服だった。

「ほんとうだわ、おばあちゃんはうそをつかなかった」懐湘は思った。

祖母はいつも、イエス様は人を一番愛してくださる神様で、お願いすれば、どんなことでもきっとかなえてくださると言っていた。

「イエス様、ありがとうございます」彼女は心のなかでイエス様に感謝した。

「なんでこんなにたくさんの服があるの、母さん。とてもきれいじゃない！」

ハナは服を見て、驚きの声をあげた。祖母は包まれていた服を全部、ベッドに広げた。上着やシャツ、長ズボン、スカート、それに分厚いコート……大人のものも子どものものも、さまざまな服があった。

「これは神父様がくださった支援物資なのよ。この服はみんな、アメリカから送られて来たんだって。気に入ったのがあったら、持ってお行き」祖母は言った。

「わあ、きれいな服がたくさんある！」

ベッド一杯の色とりどりの服を見て、ふたりの娘は物珍しそうにあちこちひっくり返し、様々なスタイルの服を身体にあててみた。

「これはあんたが着なさい！　ハハハ……」

「わあっ、これはあんたがかぶりなさい！　フフフ……」

彼女たちは服や帽子をおもちゃにして、相手にあてがった。

「懐湘、この服をごらん、あんたにぴったりだよ」

祖母がスカートにレースがついたあの水色の服を手にして、懐湘の身体に合わせてくれた。

「サイズもぴったりだよ、とてもきれいだ」

「あら、その服はわたしがもらうわ、母さん。湘怡にやってちょうだい」

ハナはそのきれいな服を見ると、すぐに手を伸ばして、母親から奪い取った。家には服を買うお金は十分にあったが、しかしその洋服は上質な生地でスタイルも可愛く、台湾ではとても手に入らなかった。ハナは水色の洋服を湘怡に合わせてみた。懐湘なら膝まで来る長さだったが、湘怡に合わせてみると、床を引きずるほど長かった。

「大きすぎるよ。湘怡には着られないよ」母親は娘に言った。

「大丈夫よ。しまっておいて、大きくなったら着せるわ」ハナはそう言った。

「懐湘、服はまだたくさんあるんだから、好きなのを選びなさい」

ハナは洋服を自分のそばに置いたが、顔をあげて娘のがっかりした目を見ると、ベッドの上の服の山を指さして、そう言った。もう少しで自分のものになるはずだったきれいな服が「おばさん」に取られて、今はまだ大きすぎて着られないのに、妹のものになってしまった。懐湘はベッドの上の服を見、振り向いて壁にかかった十字架をちらっと見た。悲しく、がっかりしたが、この結果が当然のものであるかのように、彼女は泣きわめいたり、取り返そうとしたりしなかった。ただ心の奥底で、自分が「よくない」こと、「よくない」自分には、こんな「よい」妹とものを取り合う資格はないことを、再び確かめたのだった。

懐湘が十歳の時、レシンの部隊が金門島の前線に異動になった。遠い島から娘に会いに帰ってくるのはたいへんだったし、それにハナが再婚して子どももできたので、レシンは娘を新竹の故郷のラハウ部落に連れて帰り、弟の家に預けた。二年後、レシンはピタイと結婚し、懐湘は叔父の家を出て、継母のピタイと暮らすことになった。

結婚

懐湘《ホワイシアン》が妊娠に気がついたとき、お腹の子はすでに三か月になっていた。十五歳で母親になるのだ。マライもまだ十七歳の少年だった。身心が成熟していない、経済的な基礎がまったくない、大きな子どもたちだった。家庭をつくり子どもを育てる責任を負うことになって周章狼狽し、ロマンチックな夢でも見ているような、のぼせあがった気持ちからすっかり目が覚めたのだった。こうなった以上は、マライも父親に、自分がしでかしたことをおとなしく打ち明けるしかなかった。

「おまえはどうしてそんなに好き勝手をするんだ」父親は話を聞いて非常に驚いた。

「あいつらが賠償してくれと言ってきたら、自分で責任をとるんだぞ」

言えば言うほど腹が立ってきて、足元にあった小さな腰掛を息子に向かって力いっぱい投げつけた。マライは下を向いていたが、運動選手らしく機敏に反応して、飛んできた腰掛をさっとかわした。

マライの母親は早くに亡くなっており、幼いころから父親と弟と三人で暮らしてきた。父親は再婚しなかったが、たぶん、部落の人はみな、彼がかんしゃくもちで怠け者だと知っており、そのため、彼と結婚しようという女がいなかったのだろう。父親は息子のやったことにひどく腹を立てていたが、しかし結局は、息子のために事態を収拾してやらねばならなかった。そこで、人を頼んで、ラハウ部落に伝言をしてもらった。日を選んで女性側の家に行き、縁談について話し合いたいというのだ。

懐湘はピタイに、妊娠したことをどうしても言えなかった。一日一日と過ぎて、お腹がだんだん大きくなり、学校の制服も着られなくなりそうだった。体調が良くないこともいっそうはっきりしてきて、それ以上は引き延ばせなくなり、ミネ叔母さんのところへ行って、泣きながら妊娠したことを話した。

「ああ、悲しまないで。子どもはもう三か月を過ぎてるんだから、もうどうしようもないわ。早く結婚して子どもを産むしかないわ」

ミネは驚きを抑えて、目を泣きはらして鼻まで真っ赤になっている姪の背中を軽くたたいた。

「ウウッ、でも……、ピタイおばさんに知られるのが怖いの。わたし、きっとお父さんに殴り殺されてしまうわ。ウウッ」懐湘は泣きながら言った。

「ミネ叔母さん……、わたし結婚しないわ……、結婚したくないの。ウウッ……」

話せば話すほど悲しくなって、懐湘は両手で顔を覆って大声で泣き始めた。

「大丈夫よ、叔母さんがお父さんに話してあげるわ。泣かないで。こうなったんだから、何とかしなければね。叔母さんが叔父さんのところにお嫁に来たのも、今のあんたぐらいの年だったのよ」

実はミネは早い結婚がいいとは思っていなかった。自分も懐湘と同じぐらいの年ごろでワタンに嫁いできたのだが、思い返してみると、やはり若かったために、結婚生活に慣れるのにはずいぶん苦労したのだった。しかし今はまず、目の前で驚きおびえている娘を落ち着かせるしかなかった。ミネは懐湘を慰めながら、ひどく悲しく、残念に思っていた。今まさに花開こうとしている青春の生命が、このようにあわただしく家庭に入り、妻であり母である重責を担わねばならないと思うと、とても心が痛むのだった。

「懐湘は体調が悪かったのよ（妊娠の暗示）。このごろいつも悩んでいるみたいだったのも無理はないわ」

ミネが懐湘のことを夫に話すと、ワタンは翌日すぐ電信局へ行き、軍隊にいる次兄に、「急用アリ、スグ帰レ」という電報を打った。レシンは電報を受け取るとすぐに軍に休暇をもらい、急いでラハウ部落に帰ってきた。

「どこのクソッタレだ、そいつの脚をへし折ってやる……」

娘が結婚前に妊娠したと知って彼は怒り狂った。それからまもなく、相手方が縁談の話に来るという知らせが届いた。レシンは長兄夫婦とワタン夫婦を招いて、この件をどう解決するかについて話し合った。

ピタイは子どもを寝かしつけると言って、部屋に引きこもってしまった。というのは、彼女は午後、すでにレシンにひどく怒鳴られていた。きちんとしつけをせず、気配りが足らなかったから、娘が世間を騒がせるような、こんな不面目なことをしでかしたというのだ。

　はりつめた空気の居間で、懐湘はうつむいてミネ叔母さんにぴったりとくっついていた。彼女は絶えず両手で服の裾を下の方へ引っ張って、膨らんできたお腹をなんとかして隠そうとしていた。その様子は、苦境に陥っておびえている小鳥のようで、見ている人は心が痛んだ。懐湘は父親が激怒しているにちがいないとわかっていた。午後に帰宅してからずっと、父親は彼女には一言も口をきかず、目を合わせようとさえしなかった。それは、父と娘のあいだではこれまでになかった緊張した関係だった。小さいころから今まで、世界には、自分を心から愛してくれる人はふたりしかいないと懐湘は信じていた。祖母と父親だ。父親は彼女を宝物のように大切にしてくれたのに、今はわざと彼女の存在を無視している。彼女はひどく辛かったが、自分が収拾がつけられないような大きな過ちを犯したこともわかっており、父を責めることはできなかった。できれば、これは悪い夢で、夢から覚めて何も起こらなかったことがわかったらどんなにいいだろうと懐湘は思った。彼女は服の裾をつかんだ両手で無意識のうちにお腹を押さえつけた。膨らんできたお腹には異常な張りがあり、小さな生命が彼女の身体にほんとうに宿っていて、これが悪夢ではないことをはっきりと告げていた。

「ああ、義兄さん、むずかしいとは思うけど、ふたりを赦してやってください。妊娠してしまったのだから、もうどうしようもないわ」

　ミネは怒りっぽい義兄に気を使いながら、説得した。この窮状を打開するには、ミネが発言するしかなかった。レシンは腰に両手をあて、眉をしかめると振り向いて「フン！」と言った。ほかの人は誰も声をあげなかった。

「この子は不憫な子よ。ハナ義姉さんがこの子の面倒を見てたら、こんなことにはならなかったでしょうに」

ミネは義兄が答えないのを見て、口調をさらにやわらげた。彼女は懐湘を自分の娘と同じように扱ってきたが、自分と最も気が合う義姉のハナの話になると声を詰まらせた。上の兄嫁は、ミネがハナのことを言い出したので、緊張して肘でミネをちょっとつつき、部屋のドアのほうに目をやって、ピタイが部屋にいるのだから気をつけて話すように注意した。しかし率直なミネは、ピタイに聞かれることを少しも気にしていなかった。レシンは腰にあてていた手を胸の前で組んで、ミネのそばで縮こまっている娘をちらっと見た。

「両親がこんな有様なんだから、どうして子どもに道理がわかるもんですか。この子はほんとうに可哀想よ。これがすべて、この子ひとりの過ちってわけじゃないわ！」

ミネは鼻をすすり、懐湘は袖で涙をぬぐいながら横目でこっそり父親の方を見た。ちょうど父親も娘の方に目をやっていたので、ふたりの視線が合った。その瞬間、後悔や自責の念、負い目や憐憫、さらに愛や恨みなど、ふたりの心にはさまざまな思いがわきあがった。

「コホン！」

長兄が乾いた咳をすると、その場がたちまち静まりかえり、みなが長兄の方に目を向けた。これはタイヤル族が集会で正式に発言する際に、必ず出す合図だった。

「コホン！」長兄はもう一度、咳をした。

「ことがここまで来た以上は、ちゃんと処理しないわけにはいかない」長兄は言った。

「あちらから人が話に来るというんだから、われわれは明日、親戚全員に集まってもらい、この件をどう処理するか判断しよう」

長兄がこう結論を出すと、みなはそれぞれ家に帰った。

「どうしてこんなことになったんだ？　言ってみろ」

ドシン！　バンッ！

「わあっ……、ウウッ……、知るもんですか！　わたしがこの家に来たときは、あの子はもう大きくなってたわよ！　あんたがあの子を甘やかしすぎたんじゃないの！」

その夜、父親とピタイは大喧嘩をした。部屋からはしょっちゅう壁を叩く音や、家具を投げつける音が響いた。レシンはもともと声が大きく、激しい性格だったので、こういうことが起こると激怒しないわけがなかった。彼は、ピタイが懐湘をきちんとしつけなかったと責め、ピタイも、聞くのも不快な尖った声で、レシンが懐湘を甘やかしたからだと言い返した。ふたりが怒鳴りあう声と、二歳を過ぎた嘉明《チャアミン》が驚いてワアワアと泣く声しか聞こえなかった。

いつものように、父親が激怒してテーブルや椅子が飛び交うようになると、さすがに、したたかな女も逃げ出す潮時だと悟った。懐湘はびくびくしながらベッドに横になり、外の動きに注意していた。すると、ピタイが家を飛び出す足音が聞こえ、嘉明の泣き声がだんだん山の下の方へ遠ざかっていった。彼女は動悸が速くなり、父親が入って来ないようにと思った。彼女と父親の関係がこんなに緊張したことはこれまでなかったたし、このひとり娘のいうことを父親は何でも聞いてやり、彼女に嫌な思いをさせたがらなかったからだ。

「この子は小さいときから母親がいなくて、可哀想なんだ」

レシンは休暇で帰ってきたとき、酒を飲みながら、部屋でピタイにこう話していた。隣の部屋で眠っていた懐湘にはそのことばがはっきりと聞こえた。

「このところ、おれが帰ってくるたびに、あの子は笑顔が減ってきてるじゃないか」

レシンの声が突然大きくなった。

「小細工をしないほうがいいぞ。あいつの母親はきれいな女だったが、おれは、要らないと言ったら、要らないんだ。もっとおれに気を使ってくれ……」

父親はほんとうに酔っていたので、このことばを聞いて懐湘はとても心配した。何と言っても、彼女はピタイのしたたかな性格を知っていたし、軍隊にいる父親は僻遠の地にいることもわかっていた。レシンは懐湘の「生死」について、実際には保護することも掌握することもできないのだ。

懐湘がはじめてピタイの存在を知ったのは、十歳の時、まだミネ叔母さんの家に住んでいたころだった。ある日、ミネ叔母さんが一枚の写真を持って来て彼女に見せた。

「懐湘、この写真を見てごらん」ミネ叔母さんは言った。

「あんたのお父さんの彼女よ、カラン部落に住んでいるらしいわ」

懐湘は写真を手にとった。証明書用の上半身の写真で、女性はやせこけた頰と尖った鼻をしていたが、薄い唇は微笑んでおり、三角形に近い両目も微かに笑っていた。この写真に人を引きつける点があるとしたら、この微かな笑みだけだった。この女性が父親の彼女であろうとなかろうと、懐湘は直感的にこの女性が嫌いだと思った。写真を裏返すと、彼女が青のボールペンで書いたことばがあった。「落花有意、流水無情〔落花に意あれど、流水に情なし〕」美しい文字だったが、懐湘にはことばの意味はわからず、写真をミネに返した。

「この人があんたの新しいお母さんになるかもしれないわよ」ミネは言った。

「あんたのお父さんが、次の休暇の時に彼女を連れて来て、あんたに会わせるって言ってたわ」

「新しいお母さんなんていらないわ」

懐湘は母親がいないという役割にもう慣れていた。小さいときから「おばさん」しかいなかったのに、なぜ、十歳で突然、新しいお母さんができるのか、わからなかった。

「お父さんだけで十分よ」彼女は言った。

それからまもなく、レシンがラハウ部落にひとりの女性を連れてきた。ふたりはいっしょに小学校に来て、授業が終わった懐湘を迎えた。父親のそばに頰の痩せた女性がいるのを見て、懐湘はすぐにそれが写真の女性だとわかった。

「お父さん……お父さん……」

父親を見ると、彼女はすぐに嬉しそうにそばに行って抱き着いた。

「離れなさい、ほら！」父親は彼女を引き離すと、そばにいる女性を指さした。

「おばさんに挨拶をしなさい」父親が言った。

懐湘は女性をちらっと見ると、身を翻してすぐにその場を離れた。彼女はこの女性がまったく好きではなかった。とりわけ呆れたことには、彼女は父親の軍帽をかぶり、父親の軍服の外套をはおっていた。それを見て、懐湘は怒りが爆発しそうだった。この人は誰なの？　お父さんの服と帽子を身に着けているなんて……。それは、彼女と父親のふたりの世界に第三者が闖入したと宣言したのと同じだった。

「お嬢ちゃん、いらっしゃい。おばさんと呼んでね」

彼女はしゃがみこんで親しげに笑いかけた。しかし懐湘は後ずさりし、口を堅く閉ざして、どうしても彼女に挨拶しようとしなかった。

「懐湘、早く挨拶しなさい。礼儀正しくするんだ」

父親がまた挨拶を促したが、彼女は相変わらず嫌がって、どうしても口を開かなかった。実際、この時からずっとあとまで、懐湘がピタイを「おばさん」と呼んだことはなく、タイヤル語のおばさんにあたる「ヤタ」とも呼ばなかった。話をするときは内容を直に話しかけて、彼女に呼び掛けることはなかった。

レシンがこのピタイという女性を連れ帰ってまもなく、ふたりは結婚した。懐湘はミネ叔母さんの家から引っ越した。彼女には新しい母親ときまった家ができたのだ。父親に甘やかされていた懐湘にとって、ピタイが嫁いできたその日から、悪夢が始まった。「白雪姫と悪いお妃」の童話を何度も読んだからだろう、懐湘はこの頬が痩せて尖り、唇が薄く、ワシ鼻で、つんつんした声の女性に、はじめから警戒する態度をとっていた。小さいころからあちこちに引っ越し、いろいろな性格の年長者とつきあってきた経験から、懐湘は自分がこの女性には決してかなわないことを知っており、おとなしく彼女に従うしかなかった。

懐湘は、きまった「家」ができて以降、永遠に終わらない「家事」が始まったことを記憶している。洗濯、炊事、掃除、薪拾い、畑の水やり……、これらの家事は大人の女性の仕事量だった。ラハウの年長者たちはそれを見て、非常に問題だと思ったが、しかし自分の子どもを「訓練」している人には、誰も口を出せなかった。従姉妹たちでさえ懐湘をひどく可哀想に思っていた。懐湘がちょっと遊びに来ると、すぐにピタイおばさんの恐ろしい怒鳴り声が聞こえてきて、山々にこだまするのだ。

「懐ー湘ー、何をしてるの？　帰ってーきーなーさーい！」

「あ、おばさんがわたしを呼んでるわ」懐湘はいつもおびえたような目になって、急いで家へ帰るのだった。

「ああ！　いつもこうだわ。あのおばさんはすごくきついわ、ほんとに嫌な人」

いっしょに遊んでいたこどもたちはみな、このおばさんを嫌な人だと思い、彼女があまり好きではなかった。

ピタイおばさんが懐湘にさせる家事の「訓練」は、耐えられないほど多くなった。懐湘は朝早くカタツムリを集めに行かなければならなかった。帰ってくると、石で殻を砕いてカタツムリの肉を注意深く取り出し、小さく切ってアヒルにやった。アヒルに餌をやり終わると、家から衣類を川に持って行って洗い、洗い終えると干した。それから床をきれいに掃除して、やっと学校へ行けるのだった。そのため、彼女は毎日、夜が明ける前に起きだしてカタツムリを集めに出かけた。それで、同じように朝早くカタツムリを集めたり、畑仕事に出かける近所の人たちにいつも出会った。

「懐湘、ずいぶん早起きだね。さあ、このカタツムリをあげるから、早く家に帰りなさい。学校へ行かなきゃならないだろう？」

こんなに朝早く、ほかの子どもたちはまだ温かい布団にくるまっていびきをかいているのに、この小さな女の子はカタツムリを集めに家を出てこなければならないのだ。彼女を見かけた人たちはみな心を痛めたが、何も言うことはできず、袋に入ったカタツムリをやって、仕事を早く終わらせてやることしかできなかった。懐湘はカタツムリを持って急いで家に帰り、洗濯をして洗濯物を干し、昨夜のご飯の残りを温めて食べ、昼食のために卵を焼いて弁当箱に入れると、カバンを背負って山を下り、学校へ行った。これが彼女の毎朝の日課だった。懐湘はいつも朝六時十五分発の新竹行きの始発のバスで登校した。実は、もう少し遅いバスでもよかったのだが、彼女はできるだけ早く家を出た。家にいたら、いつまでも終わらない家事があるからだった。

ピタイが嘉明を産んでからは、懐湘がしなければならない家事はさらに増えた。弟の面倒を見るのが、学校から帰ってからのいちばん大事な仕事だった。彼女はいつも弟を背負って床を掃き、ご飯を作り、鶏やアヒルに餌をやった。ピタイが何をしていたのか、どう考えても彼女には思い出せなかった。自分には永遠に終わらない家事があることだけはわかっていた。しかしほめるような顔をされたことは一度もなく、もちろん、励ましのことばなど一言もなかった。

懐湘が一番忘れられないのは、家に米が無くなったときのことだった。米が無くなると、いつもピタイは竹東鎮へ父親の軍糧〔部隊に供給される食糧〕を受け取りに出かけた。

「お米を受け取りに行くからね、おまえは学校が終わったらそれを背負って帰るのよ」

ピタイは朝、彼女にそう言いつけた。学校が終わって山の下の店に行くと、ピタイが弟を背負って彼女を待っていた。そばにはキリ（竹製の背負い籠）があり、白米が一袋入っていた。

「これを背負って帰るのよ」ピタイは彼女に言った。

五十キロ入りの白米の袋は、中学生の懐湘には重すぎた。しかしピタイの冷たいことばに言い返すことはできず、力を込めてやっとのことで重いキリを背負った。ピタイは彼女のカバンさえ持ってやろうとはせず、懐湘が背負っているキリにカバンを放り込むと、自分は息子を背負って身軽に山を上って家へ向かった。発育ざかりの思春期で、下校したばかりだったので、懐湘のお腹はグウグウ鳴り、空腹のあまり全身に力が入らず、汗が噴き出した。頑張って山道を上る両脚にも力が入らず、脚がガクガクと震えた。

昔のことが、潮が寄せるように、次々に心に湧きあがった。懐湘は涙を流しながら悲しい過去を思い出し、そのなかから父親の「どうしてこうなったんだ」ということばへの答えを見つけようとした。彼女は苦しかった過去を二度と思い出したくなかった。この時、彼女はほんとうにそれを思い出せなかった。というのは父親がドアを開けたからだ。ドアの隙間からあかりが部屋に射しこんだが、父親の大きな姿が光をさえぎっていたのでその表情は見えず、よろよろと入ってくる足音が聞こえただけだった。

「このレシンの子どもが、こんなヘミリク・ガガ（ガガを破壊すること）をしでかすとは、思いもしなかった［ガガは祖先が残した訓《おし》えや行動の規範を指す。タイヤル人の精神の根幹をなす］」

父親は照明のスイッチをひねって明るくした。紅潮した顔から汗が噴き出していた。彼は布団のなかで身を縮めている娘をちゃんと見ようとはしなかった。

「よく聞くんだ」父親はこれまでにない厳しい口調で彼女に言った。

「これはおまえが選んだんだから、これからは、あっちでの生活がどうであろうとも、戻ってきて愚痴を言ったり、後悔したりするんじゃないぞ！」

酒のにおいが部屋いっぱいに広がった。涙でかすむ目で見ると、壁には背が高く凛々しい父親の影が映っていた。もはや懐湘には何の考えもなかった。これまでの数か月、マライと味わった新鮮で甘い感覚は、尽きることのない後悔と失望に完全に取って代わってしまった。

レシンの一族は昔は優秀な猟師が多く、今は多くが教職についたり公共機関に勤めたりしていた。そのため、伝統のタイヤル社会から現在まで、故郷の部落では人々から尊敬されてきた旧家だった。懐湘が結婚前に妊娠したことは、部落にとってたしかに世間を騒がせる不名誉な出来事だった。しかし一族の年長者が会議を開いて婚礼を行うと決めると、すべてが正式の手順に従って進められた。

レシンは、娘の結婚についてすべてを弟のワタン夫妻に託すと、急いで軍隊に戻った。

数日後、マライのクラヤ部落の年長者が山を下りてラハウ部落に来て、結婚を申し込んだ。双方の家族は同じタイヤル族だったが、マライの家族は後山《ホウシャン》のキナジー系統に属し、レシンの一族はマリコワン系統だった。このふたつの系統のあいだには、遠い昔に誤殺事件とその復讐があり、互いに激しい殺戮を繰り返して敵対関係にあった。遠い昔のことなので、この戦争については双方にそれぞれの解釈があり、どちらが正しいかはもう判定できなくなっており、どちらが勝ったのかも定論がなかった。ふたつの系統は、その後、ふつうに行き来するようになっていたが、しかし、それぞれに伝えられてきた互いを仇敵とする観念が、何か事が起こると常に持ち出された。選挙の時はそれが特にはっきりしており、候補者は票集めの際に、こう言うのだった。

「われわれはみな、同じマリコワン系だ。どうしておまえはわしに票を入れないんだ？」

昔はふたつの系統のあいだで結婚することはなかったが、生活様式が変わり、若者が山を下りて進学したり就職したりするようになると、双方の若者が知り合う機会も増えた。そして、結婚を申し込むときになって初めて、「あっち」の系統に属すると知るのだった。なんといってもはるか昔のことであり、年長者たちもだんだん通婚を受け入れるようになったが、必ずムパハウの儀式（双方の当事者がブタを屠って人々に贈り、贖罪し了解しあい、祖霊に報告する儀式）を行わなければならなかった。

そこで男性側がブタを用意して、山を下ってラハウ部落に来、まず和解の儀式を行った。川に行ってブタを殺し、長老が祈禱し、同時にブタの血を川の水に流して、和解の儀式が終わった。その後、それぞれが婚礼の準備にとりかかった。すべての準備が大急ぎで進められた。婚礼が終わるとすぐに子どもが生まれるのだ。マライと懐湘は退学し、ふたりの学校生活は慌ただしく終わった。

「あんたは、これからは人のクネリル（奥さん）になるのよ。イナ（お嫁さん）になるのよ。あのヤマ（お婿さん）のお母さんは亡くなってるんだから、あんたはイラッハ（兄嫁）として、家のことをちゃんとしなければならないんだよ……」

ミネ叔母さんは早朝、まだ暗いうちにやって来て、懐湘に化粧をしてやりながら、懇々と言い聞かせた。ピタイとほかの女たちも、居間や厨房で、嫁迎えや嫁送りにやってくる親戚や友人をもてなす準備に余念がなかった。

懐湘はミネの前にきちんと座り、じっとして化粧をしてもらっていた。彼女の心は乱れ切っていたし、結婚とはいったいどんなものなのか、まだわかっていなかった。彼女は瓊瑤《チョンヤオ》「女性作家、一九三六年～」の恋愛小説を読むのが好きだったが、自分のロマンチックな婚礼を夢見たことすらなかった。人生のシーンが急転回したように、自分は突然ここに座って花嫁の化粧をされている。ほんとうにもうすぐ嫁に行くのだ。

妊娠したことがわかったときから、どうしたらよいかわからず、ミネ叔母さんに打ち明け、父親が怒り狂って戻ってきてさまざまなことを処理し、一族の年長者たちが会議を開き、先方から結婚の申し込みがあり、ブタを屠って和解の儀式を行い、婚約の儀式をした。この間、双方の家族の年長者たちは忙しく駆けずり回り、内でも外でも、この結婚のためにほんとうに多くのことが行われた。彼女はただ後ろめたい気持ちでそのすべてを見ているしかなく、自分に何ができるのか、まったくわからず、自分が「悪い」といっそう強く感じた。結婚って、こんなにも面倒なことだったのだ。家族や親戚みんなに忙しい思いをさせている。どういうわけか、彼女は自分が最近、マライのことをほとんど考えないことに気づいた。たとえ今、ほんとうに彼と結婚するのだとしても、彼にはまったく期待していなかった。彼女はそっと目を閉じて、瞼に青いアイシャドウを塗ってもらった。叔母がさっき口にした呼び名には、それぞれ役割と責任があった。言いがたい圧力が胃の底からこみあげ、胸に溢れて喉まであがってきた。

「ウッ……」、懐湘は吐きそうになったので、急いで立ち上がって、部屋の隅のゴミ箱のところに行った。

「緊張しないで、ちょっと気を抜きなさい」

ミネ叔母さんがそばに来て、背中をたたいてくれた。懐湘は崩れそうになる気持ちを抑えて、ゆっくりとベッドのそばの椅子に戻って座り、叔母さんに化粧を続けてもらった。

「うちの花嫁さんをちょっと見せて。どう？　きれい？」

手が空いた伯母や従姉妹たちが部屋に入ってきて花嫁を眺めた。

「あっちには電気がないって聞いたわ。夜にはまだランプを使ってるんだってね。そうよ、わたしらが昔、していたような暮らしだって言うよ」

そばで手伝っていた大伯母のウバホがミネに言った。

「懐湘、あんた、大丈夫かい？　ずいぶんたいへんだよ」

ウバホおばさんはそう言うと、日本語でミネ叔母さんとしゃべりはじめた。従姉はそのかたわらで、朝早く庭で切ってきたピンクのバラとシダを、何本もそろえて赤い毛糸で縛って花束にし、ウェディングブーケを作っていた。窓の外はもう明るくなり始めていた。

「懐湘、これをあげるわ、ブーケの『しっぽ』にしたら？」

ラワが長い緑色のルコウソウの蔓を持って、部屋に入ってきた。彼女はミネの次女で、懐湘ととても仲がよかった。

「あら！　これでもっときれいになったわ！」

ラワは楽しそうにバラのブーケに「しっぽ」をつけると、持ち上げて左右をよく見て、満足そうだった。ルコウソウはウバホおばさんの畑の垣根に植えてあり、細くて繊細な葉はレースのように美しかった。彼女たちは小さいころ、ままごと遊びをするときにはいつもルコウソウをとって、花嫁のブーケの「しっぽ」にしていたが、今、ほんとうに懐湘のウェディングブーケの「しっぽ」になろうとは、思いもかけないことだった。

「叔母さん、わたし……、わたし、結婚したくないわ」懐湘は小さな声で叔母に言った。

「結婚しなくちゃだめなの？　叔母さん……わたし、結婚したくないの……」

懐湘はさっき、叔母にあれこれ言い聞かされて、心が沈み切っていた。ところが、まだ学校へ行っている従妹のラワを見ると、何の悩みもなく、楽しそうにウェディングブーケを手にしている。ほんの何か月か前には、学校からの帰り道で彼女はラワと少女の小さな秘密を語り合っていたのだ。ラワは今でも楽しそうな少女のままだが、自分にはさまざまなことが起こって、あっというまに女性になって、まったく未知の未来へ向かわなければならない。そう考えると真珠のネックレスの糸が切れたように、涙がぼろぼろと流れ落ちた。

「まあ、この子ったら！　そんなわけにはいかないのよ！」

ミネは彼女の髪に赤い造花をつけてやっていた。

「今になってそんなことを言っても、もう遅いのよ。勇気を出して結婚しなさい！」

ミネとて忍びがたい思いだったが、それでも勇気を持つようにと彼女を励まし、涙で崩れた化粧をきれいに直してやった。


結婚は、やはりしなければならなかった。花嫁花婿の送迎をする二台のタクシーが、でこぼこの山道を難儀しながら上って行き、エンジンのうなる音が静かな谷に響いた。道は、片側は千仭《せんじん》の高山で、片側は万丈《ばんじょう》の断崖だった。見わたす限り、山また山で、山壁に沿って切り拓かれた道は狭いうえに坂道が多く、どこもヘアピンカーブになっていた。車は何度も前進、後退、前進と、切り返し運転をしながら、ゆっくりとカーブを上っていった。経験がない運転手なら、この山道を運転する危険を冒そうなどとは決して思わなかっただろう。

「何てところなの！　ここの人たちは、どうしてこんなところで暮らせるのかしら？」

懐湘はそう思って、振り向いてそばのマライを見た。彼も借り物のスーツを着ていた。彼がこんなにきちんとした服装をしているのを見たことはなかったが、やはり、小さな子どもが大人の服を着ているようで、不自然に見えた。

車はあえぎながら山を上っていった。ラハウ部落を出てからもうすぐ三時間になる。懐湘が乗っている花嫁の車には、運転手を入れて七人が乗っていたが、もう一台の車には十人が詰め込まれていた。このような長くて走りづらい山道は、特別に車高を高くした車でなければ走れず、後山を専門に走るタクシーしか上って来られなかった。この路線を運転するのはみな、後山を専門にしているタイヤル族の運転手だった。

交通が不便なので、後山に住む人たちは車に「詰め込まれる」ことが上手になり、荷物以外に、一台の車に十数人が「詰め込まれる」こともよくあった。交通が不便なことの苦しみは彼らにしかわからなかった。

「わあ！　早く来て見ろよ！　お嫁さんだぞ！」

車はやっと、この山道で最も高いところにたどりついた。そこはチンスブと呼ばれる部落だった。朝日が最初にあたる山だと言われており、チンスブはタイヤル語で「(陽の光が)あたる」という意味だった。部落の子どもたちは車が上ってきたのを見て、見物しようと大急ぎで駆けつけてきた。ふだんでも、車が下から上がって来さえすれば、人々は誰が山を下りて買い物をしてきたのか知ろうとする。戻ってきた人はふつう、買ってきた食べ物を少し出して人々に分け与えるのだった。今日は何といっても花嫁の車がやってきたのだから、子どもたちは美しい花嫁を見て嬉しくてたまらず、急いで仲間を呼び集め、ニュースを告げて回った。

「婚礼の車」が停まっても、懐湘とマライは車のなかに座っていた。花嫁を迎えに行った人や送ってきた人たちは車を降りた。車を取り囲んだ部落の人たちや子どもたちにキャンディーを配る人もいた。

マライは懐湘にこう言った。

「車はここまでしか入れないんだ。ここから先はバイクで行くんだ」

なるほど、車から遠くないところに、三台のバイクがあり、三人の若者がそばに立って待機していた。チンスブは小さくない部落で、家は二十数軒あった。婚礼の車をたくさんの子どもたちが取り囲み、ものめずらしそうに車のなかの花嫁を見ていた。

「アアッ、クムカン〔客家人〕だ！　タイヤルじゃないぞ」子どもたちが言った。

「ワアッ、すごく白いなあ！」

懐湘が車から出ると、子どもたちは大声で叫んだ。

「すごくきれいなお嫁さんだなあ！」

「このお嫁さんはほんとにきれいだなあ！」

女たちもたくさん出てきて、マライの父親や車の運転手と話をしていた。もちろん、山に嫁いできた花嫁を見ようと出てきたのだ。

「イス、イス〔あら、あら〕、こんなきれいなお嬢さんに、山の上の苦しい暮らしができるのかしら？」

女たちは声をひそめて話し合っていたが、「イス！　イス！」というため息が途切れなかった。

しばらく休憩してから、一行は出発した。男たちは曲がりくねった細い道を歩いて、もうひとつの山へ上っていった。三台のバイクは女たちを乗せ、広い道を通って山を上って行き、山道の入口まで来ると女たちをおろした。そしてまたチンスブ部落へ戻って、人を乗せて戻ってきた。そこからはほんとうに歩かなければならなかった。先に着いた人たちは休んでいたが、全員がそろうと、いっしょに山を上りはじめた。両側には人の背丈より高いススキが茂っていた。懐湘は、片手でピンク色のドレスの裾を持ち上げ、もう一方の手で、ススキの鋭い緑の葉が目の前をふさぐのを何度も払いのけていた。背中は汗びっしょりで、よろけるように歩いていた。

「懐湘、ハイヒールを脱ぎなさい！」

ミネ叔母さんは、懐湘がドレスの裾を踏んで転びそうになったのを見て、急いでそばによって彼女を支えた。そしてリュックサックから準備してきたスニーカーを取り出して渡した。懐湘の従兄の妻のアユンは振り返って、汗まみれになって早くも「美しさを失った」花嫁を見てため息をつき、一瞬、見るに忍びないという目をした。

山道は、だらだらと長くて覚めない悪夢のようで、いつまで歩けば目的地に着けるのか、わからなかった。懐湘は、最近は「やっとピタイから逃げられる」という小さな喜びで自分を慰めてきたが、はるかに遠い山道をこんなに苦しい思いをしながら歩くうちに、その喜びも少しずつ消えていった。

ついにクラヤ部落に着いたとき、懐湘はがっかりした。今、歩いてきたあの山道をいつまでも歩き続けられたら、そして、惨めな悪夢と向き合わなくてもよいなら、どんなにいいだろうと思った。

マライの家は人煙もまばらな、はるか遠い山地にあった。竹の屋根と泥の壁の小さな家で、竹の屋根は長く葺き替えなかったために黒ずんでおり、何か所かは竹が腐って裂けていた。泥の壁も古くてぼろぼろで、家は粗末な作業小屋のように見えた。家のなかは、右側に部屋の半分を占めるような大きな竹製のベッドがあって、ふたつに仕切られていた。ベッドの隅のいくつかの古い木箱には、服が乱雑に詰め込まれていた。左側には、隅のほうに低い木のテーブルと腰掛がいくつか置かれ、居間と食堂を兼ねていた。よく「壁しかない貧しい家」と言われるが、この家はまさしくそれだった。外に別の建物があって、台所と浴室を兼ねていたが、炊事には昔ながらの薪をくべるかまどを使っていた。ウバホおばさんが、ここには電気がないと言っていたことを思い出して見まわすと、天井の真ん中からランプがひとつぶら下がっていた。たぶんこれがこの家でたったひとつの照明なのだろう。

「懐湘、ここでしっかり暮らすのよ」

ミネ叔母さんが彼女の背をたたきながら言った。

「わたしたちは暗くなる前に山を下りなきゃならないの。今日はチンスブ部落の教会に泊めてもらうことになってるのよ」

ミネ叔母さんはもう一度、彼女に言い聞かせた。懐湘は目に涙をためてうなだれ、何も言わなかった。

身内の娘がこのような僻地の貧しい部落に嫁ぐのを見、このような生活環境を目にして、嫁送りに来た親戚たちはみな、暗澹としてことばもなく、女たちは涙をそっとぬぐって、名残惜しそうに山を下りて行った。

「よし、もういいだろう。家に入れよ」

マライがやってきて彼女の手を引っ張ったが、懐湘はその手を振り払い、親戚の人たちが去っていくのを眺めていた。みなの姿が山道の曲がり角に消えるまで、ずっと見ていたが、何も言わず、ただ涙を流していた。心にはさまざまな思いが交差し、苦い涙を流しているのは何のためか、もうわからなくなっていた。結局のところ、妊娠したと知ったときから、何もかもがまったく思いがけない方向に進んだ。これまで抑えつけてきた後悔と失望が、今、すべてこみあげてきて、懐湘は号泣した。

「マライ、早く来いよ！」

何人かの若者と、さきほどいっしょに山を下りて花嫁を迎えに行った親戚や友人たちが、家のなかでにぎやかに祝い酒を飲み始めており、マライを呼んだ。

「嫁さんをずっと見張ってなくてもいいよ。鳥じゃないんだ、飛んで行くとでも思ってるのか？」

彼らはまた声をかけたが、そこにはからかいの意味がこめられていた。懐湘は母方の祖母に育てられたので、タイヤル語が完全に聞き取れた。学校に通い始めてからは、学校が国語〔中国語〕を強力に推進し、「方言」を話すことを禁じていたので、彼女のタイヤル語はぎこちないものになった。しかし、後山の辺鄙な地域では、「政令」もあまり行き渡らず、学校でもそれほど厳しく「方言」を制限しなかった。そのため、ここでは大人も子どもも流暢なタイヤル語をしゃべった。懐湘は国語で話すのに慣れていたし、白くきめ細やかな肌をしていたので、彼らは、彼女が平地の娘だと思いこんでいた。それで仲間うちではタイヤル語を話し、懐湘には国語で話した。

「行こう！　家に入ろうよ！」

マライはまた懐湘のスカートを引っ張った。

懐湘は家の外に立って、山の下の方を眺めていた。さわやかな風が乱れた髪に吹きつけた。彼女は涙にかすむ目で、平底の布靴を履き、ピンクの長いドレスの裾を引きずって立っていた。タクシーに詰め込まれて揺られ、それから野狼バイク〔台湾のバイクのブランド名〕に乗せられて、石だらけの山道を跳びはねるように走り、最後にはススキの茂る山道を歩いて上ってきた。そんな一日を過ごして、朝早くミネがしてくれた花嫁の化粧は、汗や涙でまだらになっていた。結い上げてもらった髪もくずれてしまい、ドレスはしわになって汚れていた。これで婚礼の日の花嫁と言えるだろうか、まるでひどい目にあわされたシンデレラのようだった。

「あんたは、入って行けばいいじゃない！　わたしはここで少し静かにしていたいのよ」

彼女はマライの手をスカートから払いのけ、振り向きさえしなかった。

「どうしてだ？　あいつらも花嫁さんを見たいんだよ！　おれの顔も立ててくれよ、行こう！」

マライはまた彼女を引っぱった。

「いやよ！　あとで行くわ……」

「マライ！　早く来いよ！」

男たちがまた彼を呼んだ。

「ああ……」

マライは急いで家に入っていった。マライの家はたいへん貧しく、行き来する親戚も少なかった。そのうえ、ずいぶん辺鄙なところに住んでいたので、マライの結婚には親戚や友人を招いての祝宴はせず、簡単に塩漬け肉や塩魚、野菜、酒などを用意して、懐湘の嫁迎え嫁送りに来てくれた人たちにふるまっただけだった。道が遠いので、嫁送りに来た親戚や友人は長く残ることはせず、さっさと山を下りて行った。いっしょに山を下りて嫁迎えに行ってくれた何人かの親戚や友人、そしてマライの昔の同級生が家で祝い酒を飲んでいた。

太陽がだんだん西に沈み、家のなかで酒を飲む人たちの話す声がだんだん大きくなった。

「懐湘！　早く来いよ！」

マライが懐湘を呼ぶ声もだんだん大きくなった。

「イナ〔嫁〕、どうして家に入らないんだ？」

舅が出て来た。酒のにおいがした。

「おまえはわしらが嫌なんだろう？」

舅も酒を飲んでおり、口調はきつかった。前に山を下りて婚約の話に来た時の礼儀正しさはまったくなかった。

「あ……、そんなことはありません、ユタス〔お義父さん〕」

懐湘の心は現実に引き戻され、すぐにミネの話を思い出した。彼女は今や、よその家の嫁なのだ。

「わかりました。家に戻りましょう、ユタス」

彼女は乱れた髪を整え、裾を引きずるスカートを持ち上げて、家に入った。

「おおっ！」

家にいる人たちはほろ酔い加減だったが、花嫁が入ってきたのを見ると喜びの声をあげて拍手した。

「マライ、まず、おまえの嫁さんにちょっと飲ませてやれよ」マライの友だちが言った。

「嫁さんをしっかり酔わせて、それから……ハハハ……」そう言いながら、いやらしい表情を浮かべ、夫婦の閨の秘め事を手ぶりでして見せた。

「懐湘、さあ、みんなの酒のお相手をしろ！」

マライが酒を彼女に手渡した。彼女は受け取ると、ほほえみを浮かべて杯をあげ、人々に会釈した。

「みなさん、ありがとうございます」そう言うと、一気に酒を飲みほした。

彼女はほんとうには酒を飲んだことがないが、酒の味を知らないわけではなかった。昔、父親は休暇で帰ってくると、伯父たちを家に呼んで、金門から持ってきた高粱酒《カオリャン》をふるまうのが好きだった。時には座興に、懐湘を呼んで歌を歌わせた。娘に自分の酒杯を持たせ、年上の人たちに酒杯をあげて挨拶させ、ふだんから世話になっていることへの礼を言わせることもあった。それで、高粱酒を何口かなめたことはよくあったのだ。

「おお……、マライ、おまえ、あとでがんばらなきゃな！　ワハハハ……」誰かがはやし立てた。

「ヘヘ……、ハハ……」「ワッ……、ハハハ」それを聞いて、男たちがみな大笑いした。「ハハハ……」「ククク……」マライと舅もいっしょになって大声で笑っていた。

あきれたことに、こんな話を聞いて、舅が嫁の前ではばかることなく大笑いをしているのを見て、懐湘はひどく不愉快だった。彼女の家庭は両親が離婚し、父親も母親も再婚している。しかし彼女は、タイヤル族のガガを厳しく守る外祖母と、標準的なタイヤル族の旧家の叔父と叔母に育てられたのだ。いったいここはどんな家庭なのか、彼女にはほんとうに理解できなかった。

狭い竹の家は、男たちが七、八人も詰めかけていて溢れそうだった。懐湘は注意深く、人々のすきまを通って、ベッドのそばに移った。懐湘の嫁入り道具——小型の簡易衣装ケースが、竹製の大きなベッドを形ばかりに仕切っていた。片側に舅と義弟が眠り、反対側に新婚のふたりが眠るのだ。まだ小学生の義弟はこんなうるさい「みんなの前」で眠るのに慣れているらしく、衣装ケースのあちら側で身体を丸めて布団にくるまり、いびきをかいて眠り込んでいた。こんな開けっぴろげな空間の家には、懐湘が着替えをする場所はなく、彼女は化粧も落とさず、顔も洗わず、そのまま靴を脱いでベッドの反対側に這い上がると、壁ぎわの隅に座った。一日じゅう忙しく、そのうえ妊娠している彼女は、ほんとうに疲れ、眠く、無表情でぼんやりとしていたが、瞼がだんだん重くなってきた。嫁迎えの人たちは次々に帰って行ったが、マライの仲間は三、四人残っていて、いつまで騒ぐつもりなのか、わからなかった。疲れ切った懐湘は、やがて、酒を飲んで騒ぐ声が遠ざかっていくように感じた。まもなく、彼女はベッドの隅で壁にもたれたまま、うたたねをしてしまった。

ドン、ドサッ、ガシャッ……。

懐湘は物がぶつかって壊れる音で目を覚ました。

「やってみろ！　やってみろよ！」

「おまえ、どういうつもりだ！」

「マライ！　いい加減にしろ！」

男たちが挑発しあい、それをとりなす声が聞こえた。急に目を覚ました懐湘には、何が起こっているのかわからなかった。薄暗いランプの明かりで、二、三人の男が取っ組み合いをしているのが見えた。そのひとりは新郎のマライだった。

「あ！」懐湘は驚いて叫び声をあげた。

たった今まで、楽しく酒を飲んでいたのに、どうしていきなり、けんかを始めたのだろう。部落で、酔っぱらって暴れる男を見たことがないわけではない。家でも、父親が酒を飲んでピタイとけんかをし、くだを巻いているのを見たことがある。しかし、中学生の彼女は、高校生のマライが酒を飲んでいるのは見たことがなかったし、ましてや、酒を飲んでかんしゃくを起こしてけんかをするとは知らなかった。何か月か前には「夢のなかの恋人」だった先輩のマライが、酒を飲み、けんかをしているのをはじめて目にして、懐湘は恐ろしく、辛かった。涙がとめどもなく流れ落ちた。

「おい、おまえ、もう十分だ。マライ！」

舅がマライに近づいて引き離した。マライは相手ののどを腕で土間に押さえつけていた。

「帰れ、帰るんだ！　マライのやつは酔っておかしくなってるんだ！」

舅は片手でマライをつかまえ、もう一方の手を入口の方に振って、若い男たちを急いで出て行かせた。

「来いよ！　もういっぺんやろうぜ……」

マライに押さえつけられていた若い男は、立ち上がると不服そうにまだマライに取っ組もうとした。酒に酔って大声をあげ殴りあっている男たちは、もう人間ではなく、荒野にいる野獣のようだった。懐湘はベッドの上でしっかりと布団を抱きかかえ、驚きと恐ろしさで目を大きく開いてそれを見ているしかなかった。

「わかったよ、帰ろうぜ！」

同じように酔っているあとのふたりが男を引っぱり、両側から支えながら、外へよろよろと出て行った。

家のなかのランプは燃え尽きそうになっており、うすぼんやりした黄色い炎が、明るくなったり暗くなったりしながら不安定に揺れていた。舅も酒をかなり飲んでおり、若者たちが帰っていくと、ベッドに上がってすぐに眠ってしまった。マライはよろよろとベッドに上がってくると、懐湘の布団をはぎ取り、そのまま新婚の妻に覆いかぶさった。身体じゅうから酒のにおいがして、妊娠している妻は吐き気をもよおした。

「ああっ、何をするの？」

懐湘ははぎ取られた布団を取り返すと、布団を抱えて端のほうへ寄った。彼女の心には強い疑いの気持ちがあった。これはいったいどんな男なんだろう、自分はほんとうに彼がわかっているのだろうか。

「来るんだ！」マライはきつい口調で言った。

「何を隠れてるんだ！」また力いっぱい布団をはぎ取った。

「どうだ？　おまえの家族は人が多い、そうだな？　金があるよな？　偉そうにしてる、そうだな？　え！」彼はそう言いながら懐湘に近寄った。

ランプのかすかな灯りはまたたいて不安定で、小型衣装ケースでさえぎられていたので、彼の表情はほとんど見えなかった。しかしその口調には怒りと恨みがこもっていた。

「何がえらいんだ？」

懐湘の髪をつかむと、力いっぱい枕にたたきつけた。

「アア……、ウウ……」

懐湘はいきなりの衝撃を避けきれず、額に激痛が走った。

「あんたは……わたしを殴るの？」

これは悪夢だろうか。彼女にはこれがほんとうだとは信じられなかった。

「殴ってやるさ。どうだ！」

彼が殴りかかってきた。

バシッ！

彼女は反射的に避けようとしたが、マライの大きな手で力いっぱい殴られてしまい、頬がすぐにひどく痛み始めた。

「アアッ……ウウウ……」懐湘は両手で顔を覆って、大声で泣き始めた。

ガタッ、頼りない小型衣装ケースで仕切られたベッドの向こう側で、誰かが寝返りを打った。舅か義弟かはわからなかったが、そのまま眠り続けているらしく、ふたりにはまったく関心を示さなかった。

懐湘の家族はラハウ部落では確かに名家だった。しかし彼女は在学中に未婚のまま妊娠した。これは家族にとっては極めて不名誉なことだった。家族の年長者たちは会議を開いて、婚姻をめぐる行事は、やはりタイヤル族のしきたりどおりに行うことに決めた。結婚の申し込みから婚約、そして結婚まで、ガガにのっとってやらなければならない。ただ、正式のものよりは簡単でひかえめに行なうことにした。簡単でひかえめとは言っても、やはりかなりの費用が必要だった。さらに彼らのあいだの過去の歴史的な怨恨を和解するための儀式も行わなければならず、それにも余分に多くの金がかかった。これは、赤貧に近いマライの家にとって、すべての貯えを持ち出すほどの大きな出費だった。

「わしらはラハウの親戚や友人に食わせるために、どこへ行って、あんなにたくさん（の食べ物を）手に入れればいいんだ？　おまえがしでかしたことのせいだぞ！」

マライの父親は、息子のまえでくどくどと何度も繰り返した。

実際、マライの家はクラヤ部落では尊敬されていない家庭だった。父親本人の言動がひどくて、礼儀がなっていないというだけではなかった。彼は山の仕事にあまり熱心ではなく、いつも家にいて、めったに山に仕事に行かなかった。作物もきちんと世話をしなかったので、収穫もあがらなかった。これは単純な道理だ。いつも家にいるなら、家の修繕でもすればよいものを、竹造りの家が古くなって廃屋のようになりかけているのに、やはり手を入れることはしなかった。こうしたことから、この家の男が怠け者であることが誰にもはっきりとわかった。タイヤルの人々は怠け者を最も軽蔑する。タイヤルの社会には金持ちと貧乏の区別はなく、勤勉か怠惰かの差だけがあった。

マライは自分の家庭を卑下していた。青春の恋愛が、初めて味わった禁断の果実が、大家族の娘の腹を膨らませることになろうとは、思いもかけなかった。自分で解決する能力はまったくなく、年配の人たちの段取りに従って、娘を嫁にもらうしかなかった。婚礼の準備を進めるうちに、家の貧しさや、どうしようもない窮状を実感し、さらに花嫁側の大家族と行き来することで、彼の劣等感はいっそう強くなり、それがだんだんわけのわからない怒りになっていった。そのすべてが新婚の妻に向かって爆発したのだった。

「泣け！　泣け！　泣け！」

マライは懐湘の身体にのしかかった。

「おまえは、おれの嫁になったことを後悔してるんだろ」

彼は布団を片側にはぎ取ると、礼服の裾を力いっぱいまくりあげた。懐湘がげんこつで叩いてどんなに抵抗しようとも動じず、小型衣装ケースの向こうに父親と弟が眠っているのも気にかけず、気が狂った野獣のように荒々しく、貪欲に懐湘の身体を求め、そのあいだじゅう、粗野なことばで罵った。運動選手だったマライには勝てず、懐湘はじっと我慢するしかなかった。汗みどろになり、酒のにおいがする暗闇のなかで、眉をしかめ、目を固く閉じ、唇を噛みしめて、すべてが終わるのを待っていた。

これは懐湘がまったく知らないマライだった。今朝早く出発し、はるばると、いくつもの山を越え川を渡って、苦労の末にラハウからクラヤにたどり着いたのだが、自分を一歩一歩、より険しい未来に向って進めてきたのだとは、まったく思いもかけないことだった。

「ア……、ア……、ア……」マライは低いうめき声を漏らした。

「ウーン……」

嵐はやっと終わった。発散すると、以前なら懐湘をしばらくやさしく抱いていたのに、今では様子がまったくちがい、心身を解き放ったマライは満足そうに寝返りを打つと、いびきをかいて眠りはじめた。夜の虫はもう鳴きやんでいた。もうすぐ夜が明けるだろう。懐湘はもう眠ることができず、暗闇の中で目を大きく開いて、ずたずたになった自分の心をゆっくりとなだめながら、酒のにおいがする家のなかで、マライの低いいびきを聞いていた。彼女は膨らんだお腹をそっと撫でた。人生の旅路が、ここからはほんとうに険しい場所に踏み入らなければならないのなら、勇気を出して前に進むしかなかった。引き返す道はもうないのだ。乾いていた涙が、いつのまにか再び流れ落ち、枕をじっとりと濡らした。

山の生活

懐湘《ホワイシアン》は、新婚の夜の震えあがるような教育によって、マライは酒を飲むと恐ろしい人間になることを驚きとともに発見した。幸いなことに、酒を飲まないときの彼とは何とか意思疎通ができた。ただし、それは彼の機嫌次第だった。機嫌がよくないときに、ちょっと余計なことを言おうものなら、たちまち、わけのわからない暴力と暴言に見舞われるのだった。懐湘はさまざまな教訓を経て、どのようにしてマライとうまくやっていくかを学ぼうとした。しかし、実際には、しょっちゅう機嫌が変わる彼の性格を把握するのは難しく、すぐに逆鱗に触れて、激怒させてしまうのだった。特にお酒を飲むと、まったく手がつけられなかった。しかし、たとえそうであっても、我慢するしかなかった。何といっても、ひとりで遠く、知り合いもいない山奥の部落に嫁いできたのだから、努力して合わせていく以外に方法はなかった。

マライは生まれつき怠け者で、山仕事にはまったく興味がなかった。たまに山に行って、臨時の仕事をして金を稼ぐことがあっても、三日坊主で終わった。舅のほうが山に行って樹木や農作物の手入れをすること多かったが、しかし、舅も山で仕事をしているはずの時間に家にいたり、仕事が半分ほどすんだところで川に行ってエビやカニを捕ったり、山へ行って竹鶏《テッケイ》のワナをしかけたり、隣の家へおしゃべりに行ったりしていた。タイヤル族の部落の基準から見ると、これは最も軽蔑される怠け者の行為だった。タイヤルの人々は、主として農作物の栽培で生計を立てており、ふだんは、農作物の手入れや山林や土地の世話を優先し、採集や狩猟は農作業の時間以外にしている。マライたちの家は、いつも収穫がよその家より少なく、日常生活に必要なものを手に入れるのもままならなかった。

このように貧しい家庭で、懐湘ははじめて「飢え」とは何かを身にしみて知った。彼女はいつも空腹だった。後山の部落の人たちにとって、お腹いっぱいに食べることは、贅沢なことだった。舅は米を作っておらず、小さなアワ畑もきちんと手入れしていなかったので、アワの収穫は多くなかった。家族のふだんの主食の大半は、手入れが簡単なサツマイモやサトイモだった。たまに、サツマイモを米と交換してもらって、白米の飯を炊いた。柔らかめに炊いて、それをしゃもじで四等分して、彼女とマライ、舅、義弟が四分の一ずつ食べた。白米の飯を食べるたびに、それが柔らかい、べたべたしたご飯でも、みな、何よりもおいしいと思って、特に大事に食べた。

小さいころからあちこちの家に身を寄せ、さらにはピタイに鍛えられてきた懐湘にとって、苦しい生活はそれほど大きな問題ではなかった。なぜなら、これまで環境が大きく変わってきたことで、環境への並外れた適応能力が養われていたからだ。ただ、懐湘がいつまでも我慢できなかったのは、夜、家族全員がいっしょに竹製の大きなベッドで寝ることだった。そのうえ、マライの若い肉体の求めに応じなければならなかった。彼女が持ってきた小型衣装ケースで寝る場所を仕切ってはいたが、何と言っても竹と木の板を釘で打ちつけて作った簡易ベッドだった。マライは夜、舅と義弟が寝静まると、彼女のほうに身を寄せて手探りしてくる。それが彼女にとって最も苦痛だった。しかしマライは大して気にもせず、ベッドがギシギシと激しく揺れてもかまわずに、ただ精力旺盛な身体を満足させることに集中していた。妻が心身ともに適応できていないことなど考えもせずに、ほとんど毎晩求めてきた。

「わたしとしたいんなら、もうわたしを殴らないでね！」懐湘は、マライの機嫌がいいときを見計らって、枕もとでこう言った。

「わかった！　これからはもう殴らないよ」

上機嫌のマライは、あののんびりした先輩だったころに戻ったかのようで、心が通じた。しかし、こういうときは極めてまれで、感情の起伏が激しい彼は、気分に任せて懐湘を殴ったり蹴ったりするほうが多かった。

ある日、マライは賃金を受け取って山を下り、油や塩、灯油などの日用品を買いに行った。途中で、週末を過ごしに帰って来た昔の同級生ふたりに出会った。彼らはマライを見てとても喜び、三人はいっしょに山に帰った。

「おれたちの学校のチームは、今度の中上連合運動会で総合成績では三位だったんだぞ！」

ふたりは、以前、陸上競技のキャプテンだったマライにいいニュースを報告した。

「そうなんだ！　もしおまえがいたら、きっと優勝できたよ！」

ひとりがマライの肩をたたいた。

「ふん、もちろんさ」

マライは得意になった。

「走り幅跳び、ハードル競走、走り高跳び、新竹県でおれにかなうものはいないさ」

マライが言うのはほんとうだった。彼は小学生のころから陸上競技で優秀な成績を残してきた。校内の運動会でも、郷の運動会でも、ずっとそうだったし、高級中学に入ってからも、いつも学校を代表して校外試合に出場した。彼はさまざまな試合でいい成績をあげることができた。運動会があれば、彼が活躍する雄姿を見ることができ、運動会の会場には彼の勝利を伝える放送が流れ続けた。そのため、スポーツの話になると、彼は道を歩くのさえ、堂々としていた。

「そうだよ。おまえ、なんで学校をやめたんだ？　優秀な選手がひとりいなくなって、おれたちはたいへんなんだぜ」同級生が恨みがましく言った。

「そうさ、そうさ！　今度、あの光復中学のやつがハードル競走で優勝したんだぜ！　前の時は、おまえに負けたやつだよ！　あとでおまえに、こてんぱんにやられたじゃないか」同級生が言った。

「フン、あの××か」

ライバルが自分の学校に勝ったと聞いて、マライはたちまちかっとして乱暴なことばで罵り始めた。

「おれに勝てなかったくせに、負けを認めなかったんだ。おれの後ろで××って罵りやがった。コーチに止められなかったら、あいつのキンタマなんてさっさと踏みつぶしてやったのに、××人め」

去年の些細なことを思い出してまた腹を立てた。マライはほんとうに激しやすかった。

「だからさ、誰がおまえを退学させたんだよ？　なんで、そんなに早く結婚したんだ？　知ってるか？　今年の新入生には、すっげえ可愛いこちゃんが何人かいるんだぜ」同級生はにやにや笑った。

「くそったれ！　そいつら、清純そうなふりをしてるけど、おれたち陸上競技チームの男が通り過ぎたら、うしろできゃあきゃあ騒いでるんだぜ」もうひとりが調子を合わせた。

「食品加工科のあいつのことだろ？　目が大きな……」同級生が訊いた。

「そうさ！　スカートが超ミニでさ。あいつを一週間で何とかしようと思ってるんだ、邪魔するなよ」

「あんなバカ、ごめんだよ。おれは幼児保育科の、あの、何とか芳ってやつがいいんだ、あいつはかっこよくてさ……」

陸上競技部の話をしているうちは、マライも愉快で心も穏やかだった。しかし新入生の女子学生の話になって、ふたりの男子学生が興に乗ってあれこれ言うようになると、退学しているマライは口が出せなくなり、だんだん面白くなくなってきた。そこで日用品を詰め込んだ網袋を背負って、黙って山道を上っていった。同級生たちはまだ学生で、自分のように「夫」になったり、さらにはもうすぐ「父親」になったりしなくてもよい。毎日、家族を食べさせるために苦労して働かなければならないが、こんなふうになってしまったのは、みんな懐湘のせいだ。もしあいつが妊娠せず、結婚を迫られるようなことがなかったら、おれもこいつらと同じように自由に楽しくやれたんだ。

「マライ、おまえらふたり、おれの家に寄って、ちょっと休んで行けよ、ひさしぶりだからなあ」

　チンスブに住む同級生が、家に着くと彼を招き入れた。

「おれのヤバ（おやじ）もヤヤ（おふくろ）も家にいないからさ。これを買って来たんだ、ちょっといっぱいやろうぜ」

　彼はカバンを開けて、紅標米酒《ホンピャオミイチュウ》〔蒸留酒、安価で調理にも使う〕を二本見せた。

「おっ、いいぞ！」

　彼らは、以前は、陸上競技の練習を終えて家へ帰るときには、いつもマライの借りていた小さな家に寄って、タバコを吸ったり酒を飲んだりしていた。今日は昔の同級生に会ったので、マライはもちろん快く応じて、学生時代の楽しみをもう一度味わうことにした。三人は午後から夕方までしゃべり続け、酒も飲んでしまった。そこでマライはクラヤへ帰った。

　マライが家へ帰ったのは夜の八時近かった。酒を飲んだので、足どりが少しふらついていた。彼は網袋をドサッと低い木のテーブルに放りだした。

「お酒を飲んだの？」懐湘は酒のにおいに気づき、近寄ってそう尋ねた。

パシッ！　マライはいきなり平手打ちを食らわせた。

「あ！」

懐湘はベッドの縁にうつぶせに倒れた。

「なんで殴るのよ……」

懐湘は、大きくなってきたお腹を片手でかばいながら、もう一方の手をベッドについて立ち上がった。

「お酒を飲んで帰ってくるたびに、おかしくなって！」懐湘が言った。

「うるさい！」マライはちょっとよろけた。

「おまえじゃないか！　おまえのせいでおれは勉強が続けられなくなったんだ！」

彼は憎々しげに妻を指さして怒鳴った。

「くそったれ、まだぐずぐず言うなら……ぐずぐず言うなら、殴り殺してやる！」

彼は妻につっかかってきた。

「おい、よせ、マライ！」舅がとびこんできて息子を抱きとめ、嫁をかばった。

「嫁にそんなことをするんじゃない、身体がよくない（妊娠を指す）んだから！」

「アアー」マライは父親を押しのけて、怒鳴りはじめた。

「うるさい！　殴り殺してやる！」

彼はテーブルを力いっぱい蹴ってひっくり返した。上にのっていたものが全部、ガラガラと飛び散った。懐湘はひどく驚いて、ベッドにあった薄い毛布をつかむと、外へ飛び出した。逃げなければ、今夜も苦痛の凌辱を受けるにちがいないとわかっていた。何度も経験して得た教訓だった。

「逃げるのか」マライは身体がふらつくのを踏みこたえて、外に向かって怒鳴った。

「ほっとけ！　おまえ、気が狂ったのか」

父親はまた彼をつかまえて、懐湘を追って行かせないようにした。

懐湘は家を出ると、必死になって山を走り下った。暗くて道が見えなかったが、何のためらいもなく、暗闇のなかを手探りしつつ、つまずいたり転んだりしながら走った。実家から連れて来た黒犬のラハウも彼女について走っていた。家から少し離れたところまで来て、マライの怒鳴り声がほとんど聞こえなくなると、彼女は道端のススキの茂みをかき分けて、なかに潜りこんだ。これまでに手を入れられていない野生のススキで、とても高く、そして太く育っており、茂みの底にはススキの乾いた葉が厚く積もっていた。

懐湘は前に殴られたときに、何度かここに来て、身を隠せる場所を作っていた。ここが彼女の今の「秘密基地」だった。同じような状況で、何度もここまで逃げてきて夜を過ごし、家に帰ったことがある。そんなときには、酒に狂っていた人は昼ごろに起きてきて、妻が家で家事をしているのを見ても、前夜のわけのわからない怒りはすでにどこかに消えていた。

深山の夜はとても寒かった。懐湘はススキの茂みに座って、薄い毛布にくるまっていた。ラハウがぴったり寄り添い、犬と主人は互いに身体を温め合った。深夜、ススキの茂みでは、さまざまな夜行性の小動物が活動しており、いろいろな変わった音がした。風がピューピュー吹いてきて、ススキの葉がザワザワと音を立てた。彼女はまったく怖くはなかった。家にはもっと怖い人がいるのだ。

「ヤキ（おばあちゃん）、ヤキが言ってたイエス様はどこにいるの？」

懐湘は頭をあげて、涙に潤む目で星空をじっと眺めた。酸っぱくて苦しいものが胃から喉元までこみあげてきて、爆発しそうな泣き声を押し殺した。しかし、その苦しさは止められず、涙が目からどっと流れ落ちるのと同時に、とうとう大声でワッと泣き出した。全身をふるわせ、ぐったりするまで泣きつづけた。これまでの日々のやりきれなさと苦しみのすべてを泣きつくすように、いつまでもいつまでも泣いた。

懐湘は静かにすすり泣いていた。疲れるとススキの茂みにもたれ、目を閉じてうとうとした。彼女はずっと眠ったり目を覚ましたりしていた。草むらでは熟睡はできない。特に今日は、マライが怒鳴る様子や、怒り狂った目つきが以前より恐ろしく、彼女は草むらに身を潜めて物思いにふけり、涙を流した。ふだんなら、東の空がうっすら明るくなると、目を覚まして家へ帰る支度をする。しかし、今日は家へは帰らない。一晩じゅう考えて、彼女はほんとうにここから逃げようと心を決めたのだった。しかし、クラヤを離れてどこへ行けるだろうか。あの夜、父親が部屋に来て言ったことを彼女はよく覚えていた。

「これはおまえが選んだんだから、これからは、あっちでの生活がどうであろうとも、戻ってきて愚痴を言ったり、後悔したりするんじゃないぞ！」

あの時の父の口ぶりは断固としていて、心の底から彼女に失望していることがはっきりと現われていた。それじゃ、ラハゥに戻らないとしたら、どこへ帰れるだろうか。おばあちゃんの家？お母さんのところ？　いちばん近い身内を思い出したが、最も必要なときに、彼女が頼れるところはひとつもなかった。考えているうちに悲しくなって、彼女は顔を覆ってまた泣き始めた。どれぐらい時間が経っただろうか、空が明るくなった。頬の涙のあとをぬぐうと、彼女はうつむいて、そばにいる犬のラハウに目をやった。ラハウは頭を右に傾けて、同情するような目で彼女を真剣に見ていた。

「ラハウ……」彼女は両手で犬を胸に抱いた。

「おまえだけだよ、わたしによくしてくれるのは……ラハウ……。ウウッ……」

犬を抱くとラハウ部落を思い出して、我慢できずにまた大声をあげて泣き始めた。犬は主人の悲しみがわかるかのように、じっと抱かれていた。懐湘は泣きながら考えた。ここを離れたら、どこへ行けるだろうか。突然、まずワタン叔父さんの家に行こうと思った。ミネ叔母さんは自分をおいてくれようとするにちがいない。子どもが生まれたら、マライと離婚しよう。父には、ミネ叔母さんからとりなしてもらえるだろう。ともかく、まずこの人の世の地獄から離れさえすれば、何か方法が考えられるはずだ。

そこで、夜が明けても、懐湘は山の家へは戻らず、山を下って行った。ラハウも彼女についていっしょに山を下った。彼女は特に足を速めて、山を下りて行った。というのは、クラヤからラハウまでは、はるかな遠い道のりだと知っていたからだった。婚礼の日には、車に乗り、それからバイクに乗り換えて、ほとんどまる一日かかって、やっとたどり着いたのだ。ましてや今の彼女は一文無しなので、歩いて山を下りるしかなかった。どうしても足を速めなければならない。

彼女は急いで山を下っていった。妊娠しているとすぐに空腹になる。彼女は道ばたに野草を見つけては、飢えをしのいだ。カタバミの根やタマシダの根茎を掘って食べた。喉が渇くと、道ばたの湧き水を飲んだ。これらは子どものころ、ままごと遊びをしたときの食べ物だった。懐湘は婚礼の日に山に来て以来、クラヤを出たことがなかった。この山道は、彼女の最初の印象よりははるかに遠かった。彼女はすでにずいぶん長く歩いていたが、誰にも会わなかったし、部落もひとつも目にしなかった。太陽がだんだん高く昇り、彼女の影はだんだん短くなった。大きな腹を抱えた懐湘は、あえぎながら午前中いっぱい道を急いだ。やっと、ずいぶん遠くに部落が見えた。婚礼の日にしばらく休憩したチンスブ部落だった。

「ああ！」

彼女は薄い毛布を抱えて、くたくたと道ばたに座り込み、はるか遠く、下の方に見えるチンスブ部落を眺めた。自分はこうして歩いてきたが、まだ半分も来ていない。暗くなったら、途中で日が暮れたら、身を休める「秘密基地」さえないのだ。これではだめだ。

空腹で疲れ切った彼女は、逃げようという闘志を失い、クラヤの家に帰ることにした。いずれにしても、マライはいつでもどこでも酒に狂うというわけではない、いいときもあるのだ。家には少なくとも温かい布団がある。懐湘はラハウに目をやった。ラハウは変わらず同情の目で彼女を眺めていた。

「やっぱり家に帰ろうか、ラハウ」

頭を撫でてやると、ラハウは寄りかかって来てしっぽを振り、彼女の顔を舐めた。少し休むと、彼らは立ち上がって、家のほうへ山を上っていった。家に着いた時はすでに暗くなっていた。

「どこへ行ってたんだ、イナ」

舅は彼女が帰ってきたのを見て、ほっとした。

「早く来なさい、飯だよ」

舅はいつになくやさしく彼女に呼びかけた。マライは夕飯のサツマイモを手にしており、懐湘を見てニヤニヤしていた。何といっても、懐湘がはじめて、まる一日姿を消したのだ。舅は、マライが悪いと思っていたし、嫁が実家に言いつけに帰ったのではないかと恐れていた。もし、嫁側の親族に真剣に追及されたら、おそらく金をかなり払わなければ、ことはうまく運ばないだろう。そこで彼は家にいた息子をひとしきり怒鳴りつけたのだった。

「ええ……」

一日じゅう空腹だったが、やっと温かい物が食べられるのだ。懐湘はマライが酒から覚めているかを観察する余裕もなく、座って、がつがつと食べ始めた。

「ウッ……」

半分ほど食べたところで、彼女は急に腹がひきつるのを感じたが、少し経つと正常に戻ったので、サツマイモを食べ続けた。まもなくまたひきつりがきた。

「アッ……」

彼女は手にしていた食べかけのサツマイモを置いて、腰を曲げ、両手で腹を抱えた。今度は、下着が少し濡れたのを感じた。

「どうしたんだい、イナ」舅は彼女の様子がおかしいのに気づいた。

「お腹が痛いの」懐湘は顔をあげ、眉をしかめて答えた。

「急いでアタイおばさんを呼んで来い、マライ」舅は息子に、経験がある隣りの女性を急いで呼んでくるように言った。

「たぶん、イナは子どもが生れるんだ」舅は言った。

「わかった……、わかったよ」

マライはすぐに食べかけのサツマイモを置くと、たいまつをつけ、急いで山を下ってアタイおばさんを迎えに行った。

マライが出て行ってまもなく、懐湘はベッドに横になった。舅は手慣れたようすで、まず火を起こし、湯を沸かした。懐湘のひきつりの間隔はますます短くなった。そして、それに伴って激痛も起こった。懐湘はこれがお産の前の陣痛だとわかっていた。たぶん、今日はずいぶん長く歩いたので、腹のなかの子どもが待ちきれなくなって、生まれて来ようとしているのだろう。痛みはどんどん強くなっていき、一万年も経ったように感じられた。アタイおばさんがやっと来たが、赤ん坊をとりあげる道具は何もなく、はさみを一丁持ってきただけだった。

「まず、はさみの刃を焼いて」

彼女ははさみをマライに手渡した。マライはすなおに受け取って、火にかざし、はさみの刃を消毒した。

「赤ん坊を包む布はどこにあるの？　イナ、怖がらなくてもいいのよ、すぐにすむから」

アタイが家に入って来てからは、彼女がこの家の指揮権を完全に握り、誰もが彼女の指示する通りにすなおに動いた。

「あんたたちは向こうへ行って！　もうすぐ生まれるわ」

準備ができると、彼女は三人の男を小型衣装ケースの向こう側のベッドに追いやった。マライと弟はそちらへ行ったが、舅はさっさと家の外へ出て行った。

「おぎゃあ……おぎゃあ……」

とうとうベッドから赤ん坊の泣く声が聞こえてきた。生まれたのは女の子だった。後山では、子どもを産むのはとても「自然」なことだった。アタイは赤ん坊のへその緒を消毒したはさみで切り、赤ん坊をきれいに洗ってやると、清潔な布で包んだ。

懐湘は娘に、瓊瑤の小説からとって、「夢寒《モンハン》」という名前をつけた。夢寒は整った顔立ちで、黒くて大きな目をしており、母親と同じようにきれいだった。

懐湘は辺鄙で貧しい山奥で、毎日、屈辱に耐えながら、生きていこうと努力してきた。そして最初の女の子を産んだ。結婚してから身心に受けた苦しみと傷は、彼女の生命を次々と絶えまなく襲う狂った嵐のようだった。彼女は、これまでに経験したことがない、死んだほうがましだと思うような苦しみを舐めつくした。しかし極端な天候は長くは続かないものだ。嵐には終わりがあり、雨がやむと空は晴れる、狂ったような嵐に洗われた山林は、とりわけすがすがしく清らかで、生気に満ちている。草木も、山や川も大地も、新たに整えられて、前とはちがう風貌を見せる。

懐湘は女の子を産んでから、いっそうたくましく、勇敢になった。娘をおびえさせないために、娘の安全を守るために、マライが酒を飲んで酔っ払い、殴ったり蹴ったりしたときには、勇気を出してマライに抵抗した。こんなに小さな夢寒を連れて、荒れた山野にある「秘密基地」に逃れることはできないからだった。

「今日はおまえが草抜きに行ってくれ、イナ。わしは腰が痛くてな。孫はわしがちゃんと面倒を見るから」

舅は、これまでは毎日山に行って、アワやサツマイモ、陸稲《おかぼ》、キマメなどの農作物の手入れをし、雑木を伐り草を抜き、土をほぐし……、いつも朝早く家を出て、遅くなってから帰ってきていた。夢寒が生れてからは（「懐湘の妊娠が終わってから」と言うべきだろう）、舅はしょっちゅう、言い訳をして——腰がだるいとか、背中が痛いので、家にいて子どもの世話をするとか——嫁を山に仕事に行かせた。

「でも、お義父さん、子どもがお腹を空かせたら、どうするんです」

懐湘はピタイと何年かいっしょに暮らして鍛えられていたので、辛抱強く、どんな苦労にも耐えることができた。仕事をすることはまったく平気だったが、しかし、夢寒はまだお乳を飲んでいる。舅は何とかして懐湘を仕事に行かせようとしたが、彼女は子どもの食べ物が心配だった。

「乳をやってから仕事に行けばいいさ。赤ん坊が腹を空かせたら、粥のうわずみをすくって飲ませてやるよ」

結局のところ、舅は山に仕事に行きたくなく、家で孫の面倒を見ていたいのだった。実は、山の仕事は、以前はずっと、亡くなったマライの母親が主にこなしていた。彼女はまじめな働き者だった。マライの父親は今と同じように、家で子どもの面倒を見たがり、山に仕事に行くことを嫌がった。近所には、自分は身体が悪いんだと言っていたが、いつも酒を飲み、酔って家へ帰ると、妻に怒鳴り散らした。心の奥底では自分がよい夫ではないとわかっていたので、酒のせいにして大声でわめき散らして自尊心を保っていたのかもしれない。しかし、辛い労働をこなしていた、生産の担い手の妻を、好き放題に手をあげて殴るようなことはしなかった。妻が不幸にも病でこの世を去ってからは、マライの父親はふたりの息子を育てた。必要がないときは、堂々と家にいるようになり、山へ仕事に行くことは少なくなった。

「じゃあ、そうしましょう」

懐湘は舅の言うとおりに、山へ行って作物の手入れをすることにした。

マライはたまに妻といっしょに山へ仕事に行ったが、いつも半日ほど働くと、こっそり家に帰って休んだ。時には隣人についていて山へ上ってシイタケを植え、わずかな賃金をもらって日用品を買った。マライはほとんど仕事をせず、家にいて昼まで寝ていることが多かった。午後には隣人といっしょに川へ行ってエビやカニを捕まえた。山を下ってチンスブへ行くこともあった。チンスブでは、下の街へ行って買い物をして戻ってきた人が、豚肉を少し焼いて皆にふるまう習わしがあったからだ。

懐湘は山での仕事が得意というわけではなかったが、かといって、まったく知らないというわけでもなかった。ラハウ部落では、ミネ叔母さんやピタイに山に連れて行かれて仕事を手伝ったし、大人たちがきつい農作業をしているのを見たこともあった。舅も彼女に、どのように草を抜き、木を伐り、土を耕して作物を植えるかを教え、懐湘はそれを真剣に学んだ。そして、毎日、朝早く山に仕事に行き、遅くなってから帰った。近所の人たちは、このきれいで肌も白い娘が一日じゅう山で働いているのを見て、とても不憫に思った。

「この笠をあげるわ、イナ」

近所の女性は、山仕事に出かける懐湘を見かけると、頭にかぶっていた笠を脱いで、いたわるように彼女に渡した。

「いいえ、結構です。おばさん、ご自分でかぶってください」懐湘は急いで頭をふって断った。

「ほんとうに残念だわ。陽の光にあたったら、あんたも、わたしらみたいに黒くなってしまうわよ。かぶっていきなさい……」女性は笠を懐湘の頭にかぶせてくれた。

「じゃあ、いただきます。ありがとう、おばさん」懐湘は礼を言うと、笠をかぶって、サツマイモ畑のほうへ山を上っていった。

懐湘は毎日、山へ行ってまじめに働いた。農繁期には、よその家と「ムスバユフ（労働力の交換）」をして助け合った。クラヤ部落の人たちは彼女がとても好きだったが、それは、彼女が仕事がよくできるからではなかった。その逆で、懐湘は農作業では、後山の部落の人たちにまったくかなわなかった。しかし、小さいころからさまざまな環境で鍛えられたので、人とのつきあい方をよく知っており、人とのやりとりもこなれていた。どちらかというと後山の人々は粗野でおおざっぱだが、彼女は上品で優しく、礼儀正しく、そのうえ、きれいだったので、クラヤでの人間関係はとてもよかった。さらに年配の人たちは、彼女のようなか弱い女性が、家族を養う重責を担わなければならないことに同情し、よく彼女に物をくれたり、仕事を手伝ってくれたりした。

山での仕事を懐湘が引き受けてからは、彼女が毎日勤勉に作物の世話をするだけでなく、彼女を可愛がっている近所の年配の人たちが協力し教えてくれたおかげで、作物は順調に育ち、それまでにくらべると収穫もずっと多くなった。

「娘をチンスブに注射に連れて行きなさい、イナ。わしは脚が痛くて、あの子を背負って山を下りられそうもないんだ」

ある朝、山に仕事に行く準備をしている嫁に、舅がこう言った。もちろん、何も持たずに行ったとしても、家からチンスブまでは、長い長い道のりだった。歩き始めたばかりの子どもを背負って、あの険しい山のなかを、うねうねとどこまでも続く細い山道をたどるのは、考えただけでも脚が萎えた。それで舅は、孫を予防接種に連れて行くよう、嫁に言いつけたのだった。

「マライをいっしょに行かせるよ。ついでに塩と照明用の『スープ』（灯油を指す）を買ってきておくれ、どちらももうなくなってしまったんだ」

「わかりました。じゃあ、行って来ます」

懐湘が子どもを背負い、マライがからの網袋を背負い、おむつや水を入れた手提げ袋を手にして、ふたりはいっしょに山を下りて行った。

ふたりは途中で背負った子どもと手提げ袋を取り換えた。マライは怠け者で、ふだんは子どもの世話をしたがらなかったが、実は小さな夢寒をとても可愛がっており、歩きながら娘をからかって笑わせた。三人はしゃべったり笑ったりしながら、昼前にはチンスブの衛生室に着いた。

「マライ、これがあんたの娘なの？　すごく可愛いじゃない！」

衛生室の看護師は子どもを見、それから懐湘を見て言った。

「こちらが奥さんね。こんなにきれいなんだから、なるほど、娘もこんなに可愛いのよね！」

「ねえ、この子を見てよ、すごく可愛いわ！」

「ほんとね」

予防接種を待っていた人たちが夢寒と懐湘を取り囲んだ。そばで何人かが、ひそひそ話をしていた。マライの奥さんはとても勤勉で仕事ができ、山の仕事は今では全部、彼女がやっているということだった。

「いやあ、そんなこと、ないよ！」

マライはちょっと得意そうににやにや笑い、懐湘は娘を背負ってマライのそばに立って微笑んでいた。

「ちょっと待ってね。針を煮沸するわ！」

看護師は注射針を煮沸消毒に持っていき、みなに少し待つように言った。

「おまえ、ここで待っていて、夢寒に注射をしてもらえ。おれは店に行って買い物をするから。

注射がすんだら、店に来いよ」マライはそう言うと出て行った。

予防接種が終わると、懐湘は娘を背負い、手提げ袋を持って、店にマライを探しに行った。

「ヤタ（おばさん）、マライはここにいませんか？」

店に行ってもマライの姿がなかったので、懐湘は店のおかみさんに尋ねた。

「さっき来たけど、すぐに出て行ったよ」おかみさんは言った。

「ホラの家に行ってみなさい。マライはたいてい、あそこに行くわよ。みんなで豚肉を焼いてるんだよ！」彼女は店の左下の方にある家を指さした。

「わかったわ、行ってみます。マファイス（ありがとう）、ヤタ」

懐湘は何度もおじぎをしておかみさんに礼を言い、マライを探しに出て行った。

その家まで行かないうちに、よだれの出るような焼肉のにおいがしてきた。こんないいにおいのする焼肉を最後に食べたのはいつのことだったか、彼女はもう忘れていた。ふだん、たまに食べられるのは、濃い味の塩漬け肉［発酵させた塩漬け肉、チムミヤン］か、舅かマライが山で捕まえて来たヤマネズミやハクビシンなどの野生動物で、それもいつもあるというわけではなかった。どれも、サツマイモやサトイモ、アワ、それに山菜スープといっしょに食べるだけだった。塩で味つけをするとそれなりにおいしいが、十日も半月も肉を食べないことがよくあった。こんないいにおいのする焼肉はどんな味だろうと思って、彼女は思わずつばを飲み込んだ。一切れでも食べられたら、どんなにいいだろう。

辺鄙な土地で交通もひどく不便なので、後山の部落で新鮮な豚肉を食べるには、冬に狩りをしてイノシシを獲るか、山を下りて平地の街へ行って買ってくるしかなかった。山を下りるには、朝早く部落を出なければならず、街で一晩泊って、翌日の早朝、後山行きの小さなバスに乗って帰ってくるのだった。後山行きのバスは三、四便しかなかったので、予約していなければ席がないこともよくあり、そうなると街にもう一泊しなければならなかった。山を下りるには、時間がかかるだけでなく、食事や宿泊、交通、そして買い物にも多くの金が必要だった。それで、山地では、誰かが山を下りて日用品を買って戻って来ると、近所の親戚や友人は、その人の家に行って「おしゃべり」をした。買い物に行ってきた人は新鮮な豚肉を少し取り出して、火を起こして焼き、人々にふるまうのだ。このような「分かち合い」はふつうのことで、買い物に出かけた時には、必ず肉を多めに買ってきて皆に分けなければならないことは誰もが知っていた。これは後山にある部落の不文律だった。

　ホラの家の庭に近づくと、五、六人の男女が煙が上がるたき火を囲んで肉を焼いているのが見えた。

「マライ、かみさんが来たぜ」子どもを背負った懐湘を見たひとりが、すぐにマライに声をかけた。

「え？　なんでこんなに早くすんだんだ？」

　マライはちょっとがっかりしたようだった。彼は酒のコップを手にしており、そばには若い女が座っていた。彼女の髪は金髪でウェーブがかかっていて肩より長かった。艶のある黒いキャミソールは胸元が大きく開いており、下着の黒いレースが見え隠れしていた。膝には真っ赤な薄手のジャケットをかけて、脚全体を隠していた。ふたりはそれまで談笑していたが、懐湘がやって来たのを見て、話をやめた。

「おっ、あんたがマライのかみさんかい？　こっちに来なよ。いっしょに焼肉をしよう！」中年の男が彼女に呼びかけた。この家の主人のホラらしかった。

「うーん……結構です。マライを迎えに来たんです。わたしたち、早く家へ帰らないと……」懐湘は、心ではぜひとも座って焼肉を食べたいと思っていたが、口では遠慮深く断った。

「かみさんに遠慮させるなよ、マライ。食い物を無駄にしなくてもいいじゃないか」主人が言った。

「わかったよ！　おまえ、急ぐことはないよ、座って肉を食えよ。それから帰ろう！」マライが言った。

懐湘は長く口にしていなかった焼肉をとうとう食べられることになって、内心とても嬉しく、夢寒を背中から下ろして抱くと、マライの向かいの小さな木の椅子に座った。そばのおばあさんは、山仕事でかぶる頭巾をかぶったままだったが、自分の椅子をちょっと寄せて、懐湘に笑いかけた。

「まあ、あんたがマライの嫁さんだったのかい？　みんな、あんたがよく働くって言ってるよ。ちょっとその子を抱かせておくれよ、イナ」

彼女は両手を伸ばして夢寒を抱こうとしたが、子どもは人見知りして、すぐに母親の胸に顔をうずめ、しっかりとしがみついて離れなかった。

「大丈夫です。わたしが抱いています、おばさん」

「この子は知らない人を見ると、恥ずかしがるんですよ」懐湘が言った。

「ねえねえねえ、ごまかさないでよ！　あんたはさっき、負けたのに、まだ飲んでないわよ」

マライのそばに座っていた女が、マライの腕をつかんで揺さぶった。

「わかったよ、ごまかしたりしないさ。おまえが買った酒じゃ、おれが飲むのに足りないんじゃないかって思ってさ」

マライはすぐに手にしていたコップを口もとに持っていくと、惜しむように一息で飲んだ。

「そうよ、それでこそ男だわ……。どんどん飲んでね、飲んでしまったらまた買ってくるわ。店にはお酒があまりないんじゃないかしら？　それが心配よ」

女はマライに流し目をすると、嬉しそうにクックックッと笑った。それから振り向いて、ほかの男たちと拳酒《けんざけ》〔拳をして負けた方が酒を飲む遊び〕をして冗談を言い始めた。ここでは彼女が最も生き生きとしており、集まりの中心になっているようだった。

皿の焼肉がなくなると、ホラはバラ肉を取り出して焼き網にのせ、新鮮な肉の全面に縦横に切れ目を入れて塩をふった。これが山では最も普通の焼肉のやり方だった。ジュウジュウ……、炭火に焼かれて、肉の表面の切れ目から肉汁がにじみ出て来た。炭火がじかにあたる面からは、油が一滴一滴しみ出した。肉汁と油がいっしょになって炭火の上にしたたり落ちると、ジュウジュウと音をたて、よだれが出そうなにおいがした。新鮮な豚肉を一年以上も食べていなかった懐湘は、恥ずかしさも忘れ、網にのせられた肉に目が釘付けになって、瞬きするのも忘れていた。香ばしい豚の油が火の上にポタポタと落ちるのを見ると、その油をお碗で受け止められないのが恨めしかった。持って帰って炒め物に使ったり、直に飲んだりするほうが、こうして無駄に火に落ちるよりずっといいのに……。以前のラハウでの暮らしはそれほど裕福ではなかったが、しかし少なくとも三食とも白米を食べられたし、豚肉もいつも食べていた。彼女は、昔はなぜあんなに食べ物の選り好みをしたのだろうと心から後悔した。肉の油身なんて、ほんの少しでも食べようとしなかった。ああ！　あのような生活はこの後山の部落からははるかに遠く、まるで「黄粱一炊の夢」〔栄枯盛衰もひとときの夢のようにはかないという意味〕のように思われた。

「イナ、あれが誰か、知ってるかい？」そばに座っていたおばあさんが懐湘の耳もとでひそひそと言った。

「あれはイチ・ユシの娘で、街では、おしゃべりのプロ（風俗嬢）をしてるんだってさ」

彼女は話しながら、ますます懐湘の耳元に口を近づけたが、その声は聞きとれないほど小さくなった。懐湘は好奇心から向かいの女をじっくりと観察した。なるほど、彼女の服装は流行の最先端で、化粧も特に濃く、この後山の部落の女たちとは、まったくちがっていた。実は、最もちがっているのは彼女の動作で、酒をどんどん飲み、大声で拳酒をしていた。そして男たち全員に色目を使い、女たちのそばに座っているおじいさんまで捕まえて、いっしょにアイノミ（ふたりが頰をくっつけて、一つの杯からいっしょに酒を飲む）をした。老人は少ししか歯が残っていない口を開けて大笑いしていた。

「これを食べなよ、イナ」

ホラが、おいしそうなにおいのする焼肉をナイフで大きく切り取って器に入れ、懐湘に手渡してくれた。

「あら……、どうしてこんなにたくさんなの？　わたしは少しでいいんです、ママ（おじさん）」

懐湘は遠慮して断ったが、心は全部食べたいという思いでいっぱいだった。

「さあ、食べなさい。わしらはもう食ったんだから」

ホラは器を彼女の手に押しつけると、元に戻って肉を小さく切り始めた。

「マファイスラ（ありがとうございます）、ママ」

そう言うと、懐湘は熱い肉を手でじかに持ち、小さく嚙みちぎるとフウフウと吹いてさまして、夢寒の口に入れてやった。子どもに食べさせると、自分も食べ始め、子どもが一口、母親が一口というふうに分け合って、肉を食べてしまった。懐湘は、この焼肉はこれまでに食べた食べ物のなかでいちばんおいしいと思った。器の底に残った香ばしいにおいのする黄色い油も舐めてしまいたいほどだった。ほんとうに、新鮮な豚肉をずいぶん長く食べていなかったのだ。

やがて人々が次々にやってきて、酒を飲み、おしゃべりをして、酒も肉もすぐになくなってしまった。

「家へ帰る時間よ、マライ」

夢寒が退屈してぐずり泣きを始めた。マライは、もう酒も残っていないのを見ると、立ち上がって帰ろうとした。

「じゃあ、わたしたち、いっしょに行きましょうよ」

女も立ち上がった。懐湘は彼女がハイヒールを履いているのにはじめて気づいた。さっきまで赤いジャケットの下に隠れていた超ミニの黒いスカートは、突き出したおしりをぴっちりと包んでいた。彼女が立ち上がると、突き出した胸とおしりを目にして、そこにいた人々の目が輝いた。女はクラヤとチンスブのあいだに住んでいた。家は三人姉妹で、みな外で「働いて」いる。彼女は三人姉妹の末っ子で、マライとは小学校が同じだった。小学校を卒業してまもなく、姉が連れて来た「社長」に連れられて山を下り、「働きに」行ったのだった。

山の人たちははっきりとは言わなかったが、彼女たちが山を下りて何をしているのか、誰もが知っていた。知ってはいたが、あれこれ尋ねるようなことはせず、ただ陰でこそこそ話し合っていた。三人姉妹の父親は鉄筋コンクリートの家を建てた。そのための建築資材は、多くの人手を使って山に運び上げなければならなかった。部落の人たちが大勢、頼まれて資材運びをして賃金をもらった。家が完成すると、新築祝いの宴席を設けて人々を招き、新しい家を見学させた。これはおしなべて貧しい後山の部落では、とりわけ「まぶしい」（人目を引く）ことだった。

彼らはいっしょに山道を歩いて帰って行った。途中、マライと女はしゃべったり笑ったりしていた。昔の子ども時代のことを話しているのだ。女のことばづかいやしぐさには、風俗業界っぽいところがたくさんあったが、懐湘はそれは我慢できた。何といっても彼らは小学一年からいっしょに育ち、共通の思い出があるのだ。しかし、マライは今、懐湘の背中の子どもを負うことも、手提げ袋を持つこともしてくれず、その女のバッグを背負い、トランクを持ってやっていた。女は手ぶらで、右手でハイヒールをぶら下げているだけで、歩きながら談笑していた。懐湘はひどく不満だった。歩いているうちに、ふたりからずいぶん後ろに離れてしまった。ふたりが肩を並べて歩いているのを見ながら、この女がマライと結婚したらどうだっただろうかと想像してみた。できるものなら、この男を女にやってしまいたいと心から思った。だが、この女は懐湘のような日々を送ることができるだろうか？　急に、懐湘は自分がまったく「嫉妬」していないのに気づいた。彼女が不満なのは、マライが子どもを負ぶってくれず、手提げ袋も持ってくれなくて、自分が苦労させられているという点だけだった。そして、ある疑問が心に生じた。これでも、わたしはまだこの男を愛しているのだろうか。

「もうすぐわたしの家よ、ちょっと寄っていかない？」女は振り返ってうしろの懐湘に声をかけた。

「けっこうです。わたしたちはまだ長い道を歩かなければならないんだから！」懐湘は答えた。

「うん、じゃあ、おれがおまえの荷物を家まで持って行ってやるよ」マライは女に言った。

「おまえは先に行けよ、すぐに追いつくから」振り返って懐湘にそう言うと、女について右側の細い道に入り、家まで送って行った。

もうすぐ暗くなる。懐湘がそれほど行かないうちに、マライはほんとうに彼女に追いついた。

「夢寒《ムハン》を負ぶってやるよ！」と彼は言った。

もうすぐ家に着くというときになって、子どもを背負うなんて……。懐湘はもう彼に手伝ってもらおうとは思わなかった。

「この子は寝ちゃったわ、起こさないでちょうだい」懐湘はそっけなく答えた。

「じゃあ、袋を持ってやるよ」

マライは手提げ袋を奪い取った。ふたりは日暮れのなかを静かに歩いて家に戻った。

マライが酒を飲みはじめると、懐湘は、彼がいきなり怒り出したり、無理を言い出したりしないかと警戒するようになっていた。しかしこの夜、マライはかんしゃくをおこさなかったし、ベッドでも彼女を情熱的に扱った。だからといって懐湘が何らかの快楽を覚えたわけではなかった。彼女は頭では今日のチンスブでの出来事を思い出していた。あの「おしゃべりのプロ」の女を思い出し、また、おいしかった焼肉を思い出すと、今でもたまらくなって唾を呑み込むほどだった。そして、時おりマライの激しい動きで現実に引き戻されて我に返ると、時間はどうしてこんなにゆっくりと過ぎるのだろうと感じるのだった。

実際、最近は、生活の面でもセックスの面でも辛い思いをしているので、彼女は夫婦のセックスについてはまったく興味を失っており、「嫌悪と疲弊」を感じると言ってもよかった。いつも夕暮れどきになると、彼女は神経が張り詰めるようになり、マライを見ると冷たくあたって、彼に余計なことを考えさせないようにするほどだった。それで彼が引き下がって、夜に自分に面倒なことを持ちかけなければ、いちばん良かった。幸いなことに、娘のおびえた様子を見て、マライが性欲を少し抑えることもあった。

結婚して一年あまりたつと、マライに対する気持ちはだんだん淡白になってしまい、さらに、自分は彼を愛したことなどなかったのだとさえ思うようになった。最初に結ばれたのは、ただ寂しかったからで、それに思春期の愛情への憧れと好奇心があったからだ。懐湘のその憧れには、完璧な家庭を持つ夢への渇望が含まれていた。その後、不注意にも妊娠してしまい、父親には激怒された。家族会議や長老の説教、結婚の儀式を経て、僻遠の貧しい後山へ嫁に来たが、婚礼の夜になってはじめて、夫の受け入れがたいほど凶暴な性格を知ったのだった。懐湘はやっと夢から完全に覚めたのだったが、残念なことに遅すぎた。彼女にはどうすることもできないほど、ことは進んでいたのである。

最初のうち、自分はもうこれ以上、頑張れないと思うときには、あの夜、父親に言われたことばが心によみがえった。懐湘は、外見はおとなしくしとやかだが、内面的には父親の強気と負けず嫌い、そして、母親の賢さと、すばやく反応し、思い切りがよく、潔く責任をとる性格を受け継いでいた。懐湘にはさらに、環境に適応するたくましい力があった。今、こんな状況にあっても、実家に帰って恨み言や泣き言を言ったりすることはなく、マライが変わることも期待せず、娘と、山仕事のやり方を学ぶことに、全精神を集中させていた。

夢寒が二歳になるころ、懐湘は再び妊娠した。前回の経験があったので、妊娠による心身の変化にも比較的、平常心で対することができた。山の女たちがみなそうするように、出産まで毎日、山に仕事に行き、順調に男の子を産んだ。舅とマライはたいへん喜んで、この子を志文《ジウェン》と名づけた。

「ニワトリをつぶしてやるよ、イナ」

舅はニワトリを一羽つぶして、嫁に食べさせてやった。このニワトリは懐湘が自分で育てたものだった。

去年、隣のおばさんが、自分が飼っているメンドリがかえしたヒヨコを五羽、懐湘にくれ、ニワトリの飼い方も教えてくれた。実は懐湘は養鶏ができた。昔、ピタイはニワトリとアヒルを飼っており、懐湘にその世話をさせていたのだ。しかし、隣のおばさんが熱心に教えてくれるので、彼女はすなおに教えてもらった。その後、後山でニワトリを飼うのは、昔、家で飼っていたのとはちがうことがわかった。ここではほんとうに「放し飼い」にするのだ。毎日、夜が明けると、まずニワトリに、刻んでよく煮たサトイモかサツマイモを与え、それからニワトリを放して好きなところへ行かせてやる。夕方になるとニワトリは自分で戻ってくる。ニワトリは一日中、自分で餌を探し、草のなかの昆虫や土のなかのミミズや虫の卵を好んで食べた。夜になると家に戻ってくるが、鳥たちの喉の下にある嗉嚢《そのう》はいつも餌でパンパンに膨らんでおり、餌をやる必要はまったくなかった。ニワトリを飼うのはこんなに簡単なのに、舅はどうしてニワトリを飼わないのだろう。懐湘には理解できなかった。

「トリを飼うための金がどこにあるんだ。人が食うものだって満足にないのに、ニワトリに何を食わせるんだ」舅は言った。

「ふん、クランガン（怠け者）めが」

近所の人たちは、これは怠け者の口実だと思っていた。

今度のお産では、自分が育てたニワトリがあり、山の作物の収穫もわりに多かったので、最初のお産の時より食事はよかった。しかし、後山の女たちには「お産のあと、ひとつき休む」という習慣はなく、子どもを産んだ翌日には起きあがって家事を始める。

「わしの嫁は、お産の次の日から山へ行って草とりをしていたもんだ」舅はいつも嫁にこう言っていた。

懐湘は舅の言いたいことがわかっていたので、ラハウ部落の女たちのように、お産のあとに一か月も休んで養生をするつもりはなかった。今回は鶏肉で身体に栄養をつけられる。産婦が食べる麻油鶏湯〔ゴマ油で炒めた鶏肉としょうがを酒で煮たスープ〕はなかったが、簡単にショウガと鶏肉を煮ただけのスープでもとても満足だった。

二人目の子どもが生まれていっそう忙しくなったが、それ以外には、日々の暮らしには何の変化もなく、彼女はやはり山に仕事に行かなければならなかった。舅は家でふたりの孫の世話をしており、マライはやはり気まぐれに山へ手伝いに行ったり、日雇い仕事に行って金を稼いだりしていた。日雇い仕事の機会は多くなかった。マライを雇うのを嫌う人が多かったからだ。というのは、マライは仕事を怠けるだけでなく、わけもなく約束を破ることがよくあったからだ。ふたりには金がないのを可哀想に思って、マライを雇ってくれる人が多かった。また、懐湘の側に立って、マライに仕事の機会を与えることで、懐湘の経済的な負担を減らしてやりたいと思う人たちもいた。しかし、二人目の子どもが生まれると、マライはさらに口実を見つけて、仕事に行かなくなった。子どもが病気になったのでふたりで世話をしなければならないとか、父親がどこかを痛めたので家にいて手伝わなければならないとか言うのだった。いずれにしても、彼は理由を見つけては、山に仕事に行ったり、日雇い仕事に行ったりすることから逃れた。

「じゃあ、わたしを行かせてくださいませんか、おじさん」

懐湘は、金が稼げるのに、その機会を逃すのは惜しいと思った。何と言っても、山では日雇い仕事をする以外には、金を儲ける機会はないのだ。それで、マライに日雇い仕事を頼みに来た隣人に、自分のほうからこう言った。

「それはかまわないが、あんたはスギ林で雑木を伐ったり雑草を刈ったりできるかね?」隣人は疑うように懐湘に尋ねた。

彼がためらっているのを見て、懐湘は承諾してもらえないのではないかと心配した。マライはとっくに息子を抱き、夢寒を連れて、近所におしゃべりに出かけていた。

「わたしは草刈りができます、いっしょに行かせてください」懐湘はうなずいて、隣人に積極的に売り込んだ。

「うちのユマもいっしょに行くんだ。おまえたち、ふたりで仕事をすればいい。あいつに教えさせるよ」隣人は、懐湘がこの仕事をとてもしたがっているのを見てそう言った。

これが、懐湘がはじめて後山で金を稼いだ仕事だった。懐湘は、仕事をしながら仕事を覚えようと、必死になって働いた。仕事が終わったとき、彼女は賃金を三百元もらった。雇ってくれた隣人夫婦は彼女の真面目さをたいへんほめてくれた。それ以降、クラヤ部落の人たちは、前山から来た懐湘をいっそう気にかけてくれるようになり、仕事があれば、みな喜んで声をかけてくれた。懐湘は辛抱強く、賢く、勤勉だったので、仕事の機会がだんだん多くなった。ナシやリンゴの袋かけ、シイタケ栽培などである。義弟はもう中学生になっていて、山を下りて学校の寮に住んでいた。家ではマライと舅が子どもたちの世話をしていた。こうして、男が内、女が外という労働分担が固定したようだった。

後山では、最も金を稼げる仕事は、シイタケ栽培だった。シイタケ栽培は、山に行って、短ければ三、四日、長ければ一週間から十日、泊まらなければならない。シイタケの種菌を詰めた瓶のほかに、自分のために必要な数日分の温かい衣服や飲み水や食料も背負って行かねばならない。全部合わせると数十キロの重さになる。それを背負って山を越え、ずっと山奥まで行かねばならなかった。懐湘は昔、米を担いで家に帰ったことを思い出し、ラハウ部落でピタイに鍛えられたからこそ、今の生活に耐えられるのだと、心のなかで感謝した。

シイタケ栽培では、経験がある男たちが原木に穴をあける作業をする。穴は直径一センチほどで、原木にずらっと穴があけられると、ほかの人がその穴に種菌を植え付ける。そして、穴をあけるときに切り取った円形の樹皮で穴を塞ぎ、最後に煮溶かしたロウをその表面に塗りつけ、殺菌と封蠟《ふうろう》を行なう。シイタケ栽培の原木には、カエデやアカシア、ハンノキなどの広葉樹がよく用いられる。長さ百四十センチぐらいに切ってしばらく放置して水分を抜き、原木の水分が抜けてシイタケ栽培に適した状態になってから、種菌の植え付けを始めるのだ。

懐湘はシイタケの種菌を植え付けたことがなかったので、仲間に教えてもらった。雇い主が招いて来てもらった人たちはみな評判の高いベテランで、技術は熟練しており動作も速く、一日に平均して、瓶入りの種菌を約百二十本植え付けることができた。懐湘は、自分もみなと同じような速さで作業をしたいと願い、たいへんな努力をした。ご飯を食べるのも水を飲むのも、呑み込むようにそそくさと終えた。小便も我慢して、膀胱が破裂しそうになってやっと駆けて行って用を足すと、急いで戻ってきて作業を続けた。そのような努力を一日続けると、手は皮がむけ、腰はまっすぐに立てないほどだったが、それでも瓶四十本分の種菌しか植え付けられず、ほかの人の半分もできなかった。

「大丈夫だよ、ゆっくりやればいいさ」

シイタケ農園の主人も部落の人で、彼女の事情を知っており、助けてやりたいと思っていた。しかし懐湘は、他人の同情に頼って生活に必要な金を儲けるのはいやだった。彼女は、自分の力だけでも、他の人と同じようによくできることを証明しようと、いっそう努力して練習した。みなといっしょに何度か山に行ってシイタケを植え付けたが、彼女は行くたびに前回より速く、上手にできるようになった。半年も経つと、彼女も一日に瓶百二十本のシイタケ菌を植え付けられるようになった。

夜は、粗末な作業小屋で寝た。小屋がない場所もあり、その時はみなでたき火を囲み、地面に枯れ草を厚く敷いて、そのうえに麻袋を敷いて寝た。

懐湘がはじめて家を離れて山で眠った夜は、昼間の仕事でひどく疲れていたからか、あるいは、マライがそばにいないからか、のびのびとすることができた。嫁に来てからずいぶん長くなるが、彼女がぐっすりと眠れたのは、この深山の農地で野宿した夜がはじめてだった。

息子が満一歳を過ぎると、マライは山を下りて兵役に行った。懐湘は相変わらず、山仕事を担当し、日雇い仕事に出て金を稼いだ。懐湘は、今では山での仕事にとても習熟しており、部落の人たちといっしょに「木の実採り」に行くのを特に好んだ。というのは、お金が手に入るだけでなく、楽しくない生活環境からしばらく離れて、大勢の真面目で勤勉な友人たちといっしょに仕事ができるからだった。

「懐湘、あさって、わしらは木の実（松ぼっくり）採りに行くことになったよ」

隣のおばさんが、懐湘に教えに来てくれた。今年の「ブワイコニャック（木の実採り）」の仕事が始まるのだ。

「いいわね、でもわたしはやっぱりひとりで行くわ」彼女は言った。

「大丈夫だよ、あんたの伯父さんも行くし、うちのヤワイも行くんだよ。あんたもいっしょに行けばいいよ」おばさんはそう言った。ヤワイは彼女の娘で、懐湘と仲がよかった。

「わかったわ。それなら、ほんとうにいいわ。じゃあ、あさって、いっしょに行きましょう！」

また「木の実採り」に行けると聞いて、懐湘はとても嬉しかった。

後山では、毎年十一月になると、林務処〔林務局の下部機関〕の人が来て山地の原住民を松ぼっくり採集に雇う。集めた松ぼっくりが何に使われるのか、彼らも知らなかったが、輸出して金を稼ぐのだということだった。松ぼっくりを採る仕事を部落の人たちは「木の実採り」と呼んでいた。

山に「木の実採り」に行くには、山道をずいぶん長く上らなければならなかった。松の木は、部落からいくつもの山を越した、はるか遠くの海抜の高い山にあったからだ。朝早く出かけて三日三晩歩かなければ、高山の宿営地には着かなかった。「木の実採り」の賃金は日給で計算され、一日四百元だった。ありがたいことに、林務処の職員は、部落を出発して山を上り始める日から山を下りて部落に帰る日までをすべて含めて、賃金を計算してくれた。

「木の実採り」にはだいたい五、六十人が出かけた。十数軒の家族が参加しており、ひとつの家族は三人から五人とまちまちだった。懐湘はひとりだったが、となりのおばさんの夫婦とその娘で四人一組のグループになった。彼らは登山するときのように、食料や鍋、寝袋、衣服、マッチなど、生活用品を背負って行かねばならなかった。食料を三、四日分しか持って行かない人もいたが、食べてしまうと、林務処の職員から購入することができた。

山地の林務管理処では、二、三組の管理員が交替で山に上って巡回していた。管理員は一組三、四人で、何日か巡回して任務が終わると、山を下りて次の組に交替する。山に上ってくる管理員は、ついでに食料や塩魚、塩漬け豚肉などを運んできて、山で働いている人たちに売った。山を下りる管理員は、処理した松ぼっくりを持って山を下りた。管理員から買った物の値段は記帳されており、最後に賃金を受け取るときに天引きされた。力が強い男たちは、食料をたくさん背負って山に上った。そうすれば、金を使わなくてもすんだ。

宿営地に着くと、人々は気に入った場所に簡単な小屋を建てた。それぞれが独立していたが、互いに近くに建て、遠く離れた小屋はなかった。そのため、宿営地はにぎやかな小さな部落のように見えた。家を建てるのは、タイヤルの男の基本的な生活技術だったので、この種の簡単な小屋は数時間もあれば完成した。手が速い人は、自分の小屋を建ててしまうと、ほかの人の手伝いに行った。そういうとき、その人はグループのなかで高く評価される。というのは、タイヤルの人々は、勤勉で手工芸の技能がすぐれた人を尊敬するからだ。

今回の山行きでは、ブターという青年が道中ずっと、特によく懐湘の面倒を見てくれた。彼女の重い荷物を背負ってやることはできなかったが（彼自身が重いものをもっとたくさん背負っていた）、山の湧き水を汲んでやり、けわしい坂を上るときには手を引いてやり、休憩の時には面白い話をして彼女を笑わせた。懐湘は、この世界にはマライのほかにも男がいるということを忘れかけていた。彼女の人生でただひとりの男はあんなふうに彼女を失望させ、そのために、彼女はすべての思いを子どもたちと仕事に注ぎ込むことになったのだ。この浅黒くてたくましいブターは、彼女が家庭の圧力からしばらく逃れたそのときに現れ、しかもこんなに親切で明るく、おもしろい男なのだ。長いあいだ、冷めきっていた懐湘の心に、恋心めいたものがかすかにおこり、彼を見かけるたびに胸がドキドキするような気がした。そのため、今度の山行きは、前回よりずっとリラックスして、楽しく感じられた。しかし、ブターが心をこめて尽くしてくれても、懐湘は自分が結婚しており、彼の人柄が気に入ったとしても、決して超えてはいけないものがあることを知っていた。

宿営地に着いて落ち着くと、それぞれの家族は火を起こして夕食を作り、さっさと寝てしまった。翌朝早く、男女三、四人が一組になって、松の木を探しに出かける。十数組が山野をあちこち探し回り、松の木を見つけると、男がコの字型の長い鉄釘を木の幹に打ち込んで、足がかりを作る。男たちはその釘を踏んで上りながら、さらに上の幹に釘を打ち込んでいく。こうして木のてっぺんまで上ると、松ぼっくりがたくさんついた枝をのこぎりで切り落とす。枝が地面に落ちると、女たちが枝から松ぼっくりを採り、竹の背負い籠に入れて、小屋へ持って帰る。

「おじさん、おれたち、明日いっしょに木の実採りに行かないかい？　どう？」

懐湘が夕飯を作っていると、小屋の外でブターがおじさんと、明日、同じ組で松の木を探そうと相談しているのが聞こえた。彼女は、おじさんがブターの頼みを聞いてくれたらいいのにと思った。

「いいよ。あんたが木に上ってくれるんだろう？　わしは高いところへ上るのはあんまり得意じゃないんだ。だけど、そうなると、だれがあんたの親父さんと行くんだね？」

おじさんが承諾してくれたので、懐湘はとても嬉しく、夕飯を作りながら歌を口ずさみはじめた。

「うちは、兄貴がふたりいるし、兄嫁さんもいる。おやじは、おれがおじさんといっしょに行ってもいいって言うんだよ」ブターは言った。

「よし、若い人がいっしょにやってくれたら、そんないいことはないよ。じゃあ、明日いっしょに行こう」

おじさんがそう約束すると、ブターは喜んで自分の小屋に夕飯を食べに帰って行った。

次の日、夜が明けないうちから、宿営地のそれぞれの小屋で朝食の準備が始まった。太陽が昇る前に出かけようというのだ。

「おじさん、飯はすんだかい？」

ブターは朝早く、道具を揃えて、彼らの小屋に駆けてきた。おじさんと話してはいたが、その目はすぐに懐湘を見つけて、にっこりと笑いかけた。

「ずいぶん早いんだね、ブター。ご飯は食べたんだね？」

朝食を食べていたおばさんが顔をあげて、声をかけた。懐湘は茶碗に残っていたサツマイモ飯をかきこむと、立ちあがって仕事に使う背嚢を準備しに行った。ヤワイは残ったサツマイモ飯と塩漬けの豚肉を野生バナナの葉で包んだ。みんなの昼ご飯にするのだ。

日が昇ったころには、宿営地は空っぽになっていた。それぞれの組が、松の木を探しにすでに山に向かっていた。彼らは毎年、山に上って「木の実採り」をするので、多くの人がどこに松が何本あるかを知っていた。しかし、山はあまりにも広く、しかも道もない原始林だったので、探し歩かなければならなかった。

懐湘の組は探していた松をすぐに見つけた。ブターはすぐに鉄釘を取り出して木の幹に打ちつけはじめ、おじさんも手伝った。ブターは高い枝に上ると、枝を切り落とし、おじさんも別の枝を切り落とした。枝を切り落とすには注意しなければならなかった。枝をたくさん伐りすぎると、松の木がひどく傷ついてしまい、木が回復するのに長い時間がかかる。新しく伸びた枝が十分太くなければ、翌年、松ぼっくりをたくさんつけることができない。

「懐湘、ある場所が見えるところに連れて行ってやろうか」休み時間にブターが言った。

「どんなところが見えるの？」彼女が尋ねた。

「おれといっしょに上って行ったらわかるよ」松のうえの方を指してブターが言った。

「ええっ、あんな高いところへは行かないわ」

懐湘は首を振って、目の前に積み上げられた松の木の枝をひっくり返しながら、取り残した松ぼっくりがないか、探していた。

「連れて行ってやるよ。大丈夫だよ、見に行こう」ブターは繰り返し言った。

「じゃあ行くわ。何が見えるの？」

懐湘は木の枝を置くと、立ちあがってブターといっしょに木の下に行った。

「おれについて上って来いよ、怖がらないで」ブターは先に上ると、木の下にいる懐湘に言った。

「あら、わたし、小さいときはいつも木のぼりをしてたのよ、怖くなんかないわよ」

緊張が解けて、彼女の生まれつきの負けず嫌いな性格が現れた。ふたりは上下になって、松の木のてっぺんへと上っていった。懐湘は、ブターの手足の巧みな動きに目を奪われ、男の人はこうでなきゃと思った。

「あそこだよ。来てみなよ。ヤッホー」

ブターは身体をかがめて右手を伸ばし、懐湘を引っぱりあげた。

「どこ？　何が見えるの？」

懐湘はブターが指さす方向を眺めた。それは変わった形をした山だった。山の上半分は大きな丸い石柱のような形をしていた。どこかで見たような気がした。

「あれはパパックワカだよ。見たことないかい？」ブターが言った。

「ああ、あれがパパックワカなの？　大覇尖山ね。写真で見たことがあるわ。ほんとうにあんなふうなのね。ハハハ……」

懐湘はタイヤル族の伝説の聖なる山を見たのだ。ピンスブカン（南投県仁愛郷発祥村）もタイヤル族の起源伝説の山だが、大霸尖山もタイヤル族の起源と伝えられている山だった。彼女は興奮してブターの腕をしっかり握って揺すり、木の上で跳びはねんばかりだった。このときの懐湘は、完全に十八歳の娘に戻っていて、大霸尖山をまぢかに見て楽しそうに大笑いしていた。

「おい、気をつけろよ、おれたち、木の上にいるんだぜ！」ブターが注意した。

「うん。すごく嬉しいのよ。大霸尖山を見せてくれて、ほんとうにありがとう！」懐湘が言った。

「それからさ、あっちを見てごらん。あれは苗栗県だ。山を越えると台中県の和平郷だよ」ブターは連なる山々を指して、懐湘に教えた。

「あっちへずうっと行くと、宜蘭県だ」彼は左のほうを指さした。

「うん……」

懐湘はブターの手の動きに合わせて、右を見たり左を見たりしていたが、彼がいろいろなことを知っているのに感心した。マライより少し年上なだけらしいのに、どうしてこんなにちがうんだろう？　そう考えているうちに、彼女は突然、ブターのがっしりした胸が自分の背中にぴったりとくっついているのを感じた。ブターの男性特有の息のにおいもはっきりとわかった。

「ううん……」彼女は無意識に身体を少しずらした。

「気をつけろよ！」

ブターはびっくりして彼女をしっかりとつかまえた。ブターはわざと彼女にくっついていたわけではなかった。木の上には立てる場所は少ししかなかったし、それに大覇尖山や近くの地理を教えていたので、ふたりの身体がくっついてしまったのだった。

「見ろよ、あの山は真っ赤できれいだろ！」

懐湘は近くの山の中腹に、赤くなっている木々を見た。

「あれはカエデの林だよ。昔、あそこに行って霊芝を採ったことがあるんだ。ずいぶん遠いんだよ。あそこのカエデはどれも太くて背が高いんだよ」ブターは言った。

「まあ、行ってみたいわ！」懐湘は言った。

昔、夢に溢れる少女だったころ、カエデの赤い落ち葉を拾うのが好きで、しおりにして人にょくあげたものだった。

「うん、あそこはずいぶん遠いんだよ。聞いたことあるんだけど、外国でも……、アメリカや、カナダやメキシコでも、秋にはカエデがすごくきれいなんだって。カエデの大きな林があって、山が燃えるみたいに赤くなるんだって！」ブターは言った。

「いつか見に行きたいと思わないかい？」ブターは尋ねた。

「燃える山みたいに赤いカエデですって？　きれいでしょうね！　ぜひ見に行きたいわ！」

想像しただけでも興奮してきて、驚きの声がとまらなかった。貧しい家から遠く離れ、絵のように美しい深山に来て、彼女はとてもくつろいでいた。

「ねえ、あんたたち、何を見てるの？　わたしも見たいわ」

ヤワイが木の下から大声で叫んだ。木の上にいたふたりは、下にも連れがいることをやっと思い出した。実は、ヤワイはずっとブターが好きだった。この数日というもの、ブターと話す機会をずっと探していたのだ。しかしブターは彼女があまり好きではなかった。ヤワイは丸顔で可愛らしい娘だったが、たぶん、好きなタイプは人それぞれなのだろう。ブターは彼女をあまり気にかけなかった。

「ヤワイ、ここから大霸尖山が見えるのよ。わたしと替わりましょう」

懐湘は嬉しそうに木の下に向かって叫んだ。そしてゆっくりと下りて行った。ブターはヤワイが上ってくると、大霸尖山を指さして教えた。だが、他の県や街の方向を教えることはせずに、さっさと説明を終えてしまい、ふたりは木を下りてきた。人々は採った松ぼっくりをすべて背嚢に入れると、次の目標を探しに出発した。

「木の実採り」の仕事はこのようにして行なわれた。松の木を探して、山じゅうを苦労して歩きまわらねばならず、重い荷物を背負って山々を越えなければならなかった。しかし好きなことは疲れないと言うとおり、人々は毎年冬が来て、山に上って「木の実採り」をするのを待ち望んでいた。というのは、松ぼっくり採りの仕事は、山に上ると一、二か月は続き、「木の実採り」に一回行くと、二万元あまりの金が稼げたからだった。これは後山の部落の人々にとって大きな収入だった。それに、みな、近所の人や親戚、友人だったので、一年に一度、こんなに長い時間いっしょに働き、いっしょに暮らすのも悪くはなかったのだ。

林務処の職員は、毎日山に上ってきて、仕事の進み具合を確認した、上ってくるときには、松ぼっくりを入れる布袋を山の管理所まで担いできた。それから、松ぼっくりを大きな帆布の上に広げて乾かす。松ぼっくりが乾燥すると、内側の松の実は簡単に落とすことができた。松ぼっくりには、松の実はほんのわずかしか入っていないので、大袋一杯の松ぼっくりから採れる松の実は少しだった。職員たちは軽い松の実を持って下山し、売りに行くのだった。

山でみんなでいっしょに働くのは、楽しみも多かった。人々は集めた松ぼっくりの袋をいくつか隠しておき、林務処の職員が上ってきたら、何袋かだけを持って帰らせる。そうすると、次の日は松ぼっくりを探しに行かなくてもいい。男たちは山に狩猟に出かけ、女たちはあちこちに遊びに行き、その日は休日になった。林務処の人が上ってくると、前日に隠しておいた松ぼっくりを渡せばよかった。これは小学生がテストで集団カンニングをするようなもので、いいこととは言えないが、彼らはこのようないたずらがとても好きだった。林務処の職員がごまかされるのを見、さらに彼らに「ご苦労さん、ご苦労さん」と声をかけるのを聞くと、みな、笑いを押し殺したが、心ではたいへん得意になっていた。

山の仕事では、食べるものはとても簡単で、手近な山菜で作ったスープと、焼いた塩豚肉でご飯を食べたが、たいへん美味しかった。それぞれの家族が、山で食べるものを背負って行った。苦労して背負ってくることを誰もが知っているので、よその家族の小屋に食事に行く人はいなかった。しかし、男たちが仕事の合間に狩りに出かけて捕ってきた獲物は、必ずみなで分け合って食べた。それがタイヤル族の習慣だった。

懐湘は今度の「木の実採り」で二万元あまりを稼いだ。辛く寒さの厳しい冬であり、海抜の高い山はひどく寒かった。松ぼっくりを採るとき、寒さでかじかんだ手の指をよく突き刺してしまい、血が出た。しかし懐湘は苦しいとは思わず、逆に、束縛から逃れた喜びを感じていた。仕事が終わって家へ帰るときには、名残り惜しさと、何とも言えない喪失感を覚えた。

山を下りる

クラヤは海抜が高い山地にあり、温度や湿度、空気や水質など、シイタケ栽培にたいへん適していた。ここのシイタケは肉が厚くてふっくらしており、食べると柔らかく甘みがあるし、焼くといっそういい香りがする。そのため、ここ数年、平地の小さな街の市場でとても評判になっており、街の商人たちはクラヤのシイタケをたいへん歓迎していた。特に大きくて肉が厚い冬菇《どんこ》は売れ行きがよく、生産が追いつかないほどだった。部落の人たちは、シイタケを収穫すると火で乾燥させ、それを背負って山を下りて売りに行く。街の商店は待ちかねていてそれを買い取る。シイタケを売りに行くと、一回で少なくて七、八万元、多ければ十数万元の収入になる。それで、部落では多くの人が段木を使ったシイタケ栽培を始めて金を稼ぐようになった。

懐湘《ホワイシアン》は、自分もシイタケ栽培をしたいと以前から思っていたが、家は貧しくて資金がまったくなかった。山に上ってシイタケ栽培や収穫を手伝うたびに、そのシイタケ園が自分のものだったらどんなにいいだろうと思った。ふたりの子どもが、古くてぼろぼろの、身体に合わない寒そうな服を着ているのを見ると心が痛んだが、家には食べさせる米すら十分にはなく、服を買ってやりたくても買えなかった。子どものこととなると、懐湘は母親として、いつも子どもたちのそばにいて面倒を見てやりたいと強く願っていたが、生計のためには子どもたちを置いて仕事に出なければならなかった。

ある時、懐湘はシイタケ栽培の仕事に雇われて出かけ、一週間ほどして帰ってきた。もう夕方になっていて、家に入ると、舅がちょうど夕食の準備をしていた。夢寒と下の子は低いテーブルのそばの土間に座っていた。

「あいつらは賃金を払ってくれたかね？」

彼女が子どもを抱きしめもしないうちに、舅が開口一番、彼女に尋ねた。

「わしらはおかずが何もないんだよ、塩も炒め物をする油もなくなってしまった」舅が言った。

「わかったわ。あした、チンスブに行って買ってきます」

懐湘はいつも舅の言うとおりにしてきた。彼女は仕事のために持って行っていた包みを下ろすと、すぐにふたりの子どもを抱こうと駆け寄った。子どもたちは母親が帰って来たのを見て、嬉しそうに両手を伸ばすと、母親の懐に顔を埋めた。

「夢寒、坊や、すごく会いたかったわよ！」

彼女は両手で子どもたちをきつく抱きしめた。

「お母さんが帰って来た、お母さんが帰って来た……」

夢寒は跳びはねながら母親の首にしがみついて放そうとしなかった。息子はふたりのあいだに挟まれて、息ができなくなりそうだったが、やはり嬉しそうに「ああ……ああ……」と笑い続けていた。

親子三人が再会した喜びもつかのま、懐湘は悲しくて涙がこぼれそうになった。娘の髪はぼさぼさ、顔は痩せこけて垢だらけだった。舅は家には何もないと言ったが、確かにそのとおりだった。弟のほうを見ると、顔は鼻水のあとだらけだったし、地面に落ちていた汚いものでも食べたのか、口のまわりには赤い湿疹がたくさんできていた。ふたりの両手両脚は蚊に嚙まれて、あちこちがアズキ氷のような赤や黒に変色していた。懐湘はもう一度ふたりをいとおしく胸に抱きしめ、下の子が我慢できなくなって自分から離れるまで、長いあいだ放そうとはしなかった。子どもたちにもっといい生活をさせるためには、子どもたちと自分は、この辛さにもうしばらく耐えなければならないと思った。

その後、懐湘は日雇い仕事で金を稼ぐ機会が増えた。彼女はもらった賃金をこっそりと少しずつ貯め、舅とマライに全部を渡さないようにした。だが、中学校で勉強している義弟には十分なことをしてやり、寮で暮らすためのこづかいも渡してやった。貯金がある程度できたら、部落の人に頼んで、家の近くの林にシイタケ小屋を建ててもらおうと計画していた。

「シイタケ小屋を建てたいんだって？」

ある日、懐湘は近所の人に頼まれてリンゴの袋かけをしていた。ブターもちょうど手伝いに来ていた。

「そうなの。でもわたしのお金じゃあ、シイタケ小屋を建てるのに足りるかどうか、わからないのよ」懐湘は言った。

「それに山に上って、原木を伐ってもらわなければならないし、シイタケの種菌も買わなければならないし……フーッ」懐湘はため息をついた。

「大丈夫だよ、おれとおれのふたりの兄貴を雇って、小屋を建てればいいよ！」彼は言った。

「工賃はふたり分でいいよ。友だちなんだから」

ブターは、自分の工賃は要らないと親切に申し出た。外見はおとなしい懐湘が、家族の支えもなく、ひとりで小屋を建ててシイタケ栽培をしようとしているのを見て、彼女を尊敬し、また、いとおしくも思った。

「だめよ！　それじゃ申し訳ないわ。じゃあ、いつごろ、お金が十分に貯まるか、もう一度計算してみるわ。シイタケ小屋が建てられるようになったら、お願いするわね。お兄さんたちにもお願いするわ」ふたりはそう約束した。

「あんたたち、何を話してるの？　わたしもそっちへ行くわ！」

ヤワイは遠くないところでリンゴの袋かけをしていたが、ふたりが話しているのを聞きつけると、何の話かわからなかったが、とにかく仲間に入ろうと焦った。もちろん、ブターのことが気になっていたからだった。

「前にあんたたちが木に上って大覇尖山を見た時だって、わたしが自分から上るって言わなかったら、あんたたち、わたしを放っておいたじゃない。フン！」

彼女は不満そうに口をとがらせ、「あんたたち、あんたたち」と繰り返していたが、その目はブターだけを見ていた。

　秋になって、やっと十分な金が貯まり、懐湘は、ほんとうにブターたち三人兄弟にシイタケ小屋を建ててもらうことにした。手持ちの資金が多くなかったので、小さな小屋をひとつ建てただけだったが、兄弟は仕事が速く、小屋は一日で完成した。シイタケ小屋ができると、彼らは山に上ってシイタケ菌を植えつける段木を伐ってきて、積み上げてくれた。工賃を計算する時、ブターは自分の分は受け取らないと言い張った。

「あんたのお金はもらえないよ、手伝ってあげると言ったんだから」

　ふたりはしばらく押し問答をしていた。最後には、懐湘はお金を引っ込めたが、心ではブターの好意に深く感謝した。

　その後、懐湘は、小屋を建てて残った金を全部、シイタケの種菌を買うのに使い、種菌を買いに行く隣人に頼んで、自分の分も買ってきてもらった。懐湘はついにあの時の願いを実現して、自分のシイタケ園を持つことができた。

　シイタケを収穫して売ると、家の経済状況は少し良くなり、少なくとも子どもには暖かい服を着せてやれるようになった。しかし、まだ兵役についていたマライが、自分の家にもよその家とおなじようにシイタケ園ができたのを知って、しょっちゅう手紙で懐湘に金を要求してきた。休暇で帰ってくると、その時がシイタケの収穫の時期だったら、部隊に帰るときに大袋一杯の干しシイタケを担いで行き、街で売った。しかし、その金を家に持って帰ることはなかった。

　懐湘は貧しいなかで努力して家の生活状況を良くしていった。野菜を植え、ニワトリを飼い、山で作業をし、山での日雇い仕事に雇われた。今、彼らの家は、空腹という問題で悩むことはなくなった。

結婚して四年目、父親が軍に退役を申請して除隊し、故郷に帰って農業を始めた。このとき、ピタイにはすでに四人の子どもがいた。この数年、懐湘は一度もラハウの実家に帰っていなかった。とても遠くて、後山から下りるのはひどくたいへんだというのが理由のひとつだったが、最も大きな理由は、夫の家がほんとうに貧乏で何もないことだった。何も持たずに里帰りするのはいやだったのだ。彼女は一年じゅう山での仕事に忙しく、山を下りる時間もなかった。それに、父親から、苦しくても帰ってきて恨み言を言うな、と言われていた。これらの理由で、彼女は結婚後、長いあいだラハウには帰っていなかった。

今は家計の状況がよくなったので、彼女はたまには子どもを連れて山を下り、父親に会いに行くようになった。

はじめて里帰りをしたときは、父親が昔のことを気にしているのではないかと、懐湘は心配だった。息子を背負い、夢寒の手を引き、もう片方の手に衣服を入れた大小の重い手提げと土産物を持っていた。土産物は父親や親戚や友人に贈るために山から持って来た干しシイタケや乾燥させた野生の霊芝、小米糕［アワ菓子］、落花生などだった。

懐湘がラハウのバス停でバスを降りると、バス停のそばの店の主人、阿慶《アチン》が彼女を見つけて声をかけてきた。

「あれまあ、レシン兄貴の娘じゃないかね？　うん、ずいぶんひさしぶりだなあ！」

阿慶は客家人で、ラハウでこの店を長くやっていた。彼は二代目だった。店のそばがバス停だったので、ここは部落のショッピングセンターであり、交通の要所であり、最新ニュースが集まり、広がっていく場所だった。

「阿慶おじさん、ずいぶん長く会わなかったけど、おじさんはやっぱりお若いわね！」

懐湘は笑いながら客家語で阿慶にそう答えると、店に入って、キャンディーやビスケットの大袋を選んだ。ピタイの子どもたち、つまり腹ちがいの弟や妹たちへのお土産にするのだ。

「さあ、これをあげよう」

阿慶はきれいな色の飴玉をいくつか、夢寒にわたした。

「あんたの娘かい？　可愛い子だね！」

夢寒はきれいな飴玉を見て目を輝かせたが、恥ずかしそうに母親の上着のすそをつかんで顔を隠した。しかし顔を半分出して、キラキラ輝く大きな目で飴玉をじっと見ていた。

「あら、おじさんが飴をくださるって。ありがとうって言いなさい」

懐湘は、故郷とはこんなに温かいものかと思った。

「あり……がとう……」

娘は小さな手を伸ばして飴玉を受け取ると、うつむいて床を見ながら、とても小さな声でありがとうと言った。彼女は恥ずかしそうにしていたが、一秒もしないうちに、飴を食べたいという思いに勝てず、あっというまに飴玉を口に押しこんだ。

た。

「ううん……」

懐湘が背負っていた下の子は、早くから飴玉が欲しくてうずうずしていたが、姉が飴をもらって口に入れたのを見ると我慢ができなくなって、母親の背中で身をよじり、飴を欲しがって泣いた。

「わかったわよ。夢寒、弟にもひとつあげなさい」

懐湘がしゃがむと、姉は弟の口に飴を入れてやった。

「阿慶おじさん、ありがとうございます。お父さんの家に帰るわ」

彼女は荷物を持つと、娘の手を引いて外に出た。

「あんたのおやじさんは引っ越してきて、このむこうに住んでるよ。新しい家を建てたんだが、知ってるかね？」阿慶は言った。

「学校の裏だよ、あんたの家の田んぼのそばだ」

レシンは軍隊を退役すると、退職金で山の下にある自分の農地に二階建ての家を建てた。家族は山の上から山の下の新しい家に引っ越したのだ。この数年、部落の人たちは、土造りの古い家を、鉄筋コンクリート造りの平屋や二階建てに建て替えていた。父親は農業を始め、山林の手入れをし、山の下の長く放ってあった水田も整理して耕し始めた。

「父さんが退役してから新しい家を建てたのは聞いているわ。でも、その家がどこにあるのか、まだ見ていないのよ。それじゃあ、わたしは山に上って行かなくてもいいのね」

懐湘はそう言うと、子どもたちを連れて出て行った。

父親の畑に着くころ、遠くに二階建ての鉄筋コンクリートの家が見え、それが父が建てた新しい家だとわかった。阿慶の店からここまで来るあいだに、以前あった古い土の家が、ほとんど、鉄筋コンクリートの平屋か二階建てに建て替えられているのが目に入った。昔のままの家はほんの数軒しかなかった。

懐湘は、最初のうちは父に会いたい一心で、帰心矢の如しだったが、父親の家に近づくにつれて足どりはだんだん重くなり、歩みが遅くなった。「近郷情怯」というとおり、親元に近づくと嬉しい反面、気が引けて、心が少し落ち着かなかった。

父親は世界で最も彼女を愛してくれる人だった。小さいころから彼女を宝物のように大切にしてくれた。仕事のせいで、そばにいて面倒を見られなかったが、それ以外では彼女の要求は何でもかなえてくれた。

ある年の誕生日のことだった。ワタン叔父さんが街から特大のバースデーケーキを買ってきてくれた。遠い金門の前線にいる父親が、懐湘の誕生日には必ずバースデーケーキを買って祝ってやってくれと、叔父に金を送って来て命じたのだった。バースデーケーキは懐湘にとっては珍しいものではなかった。烏来の外祖母の家にいたころは、父親は毎年ケーキを買ってきて、誕生日を祝ってくれた。その年の誕生日は、父親は金門に配置換えになっていたのだが、それでも誕生日に娘を喜ばせることは忘れていなかったのだ。

ミネ叔母さんは、丸い箱の外側のリボンをほどくと、みなが期待に満ちたまなざしで見つめるなかで、蓋を注意深くゆっくりと持ち上げた。七、八人の子どもがこの貴重なケーキをじっと見つめていた。蓋がすっかり取り除かれると、みなが驚きの声をあげた。

「ワッ、これは何のケーキなんだい？」

「エッ、これ、ケーキなの？」

「アアッ！」

「ワタン、あんた、何を買ってきたのよ？」

「エッ、どうしてこんなことになったんだ？　おれは確かに、生クリームのケーキを買ったぞ！」

ワタン叔父さんは近寄って来て、テーブルのケーキをひと目見ると、信じられないというように口を大きく開けた。箱の中には、形が崩れてめちゃめちゃになり、色が混ざってしまったケーキの小さな山ができていた。箱の内側にはあちこちに生クリームやパウダーシュガーがくっついて、立派な生クリームケーキが、人を驚かせる「悪魔のケーキ」に変わってしまっていたのだ。

ワタン叔父さんは、新しく買ったバイクの後ろの座席にケーキを縛り付けて、街から山へ帰って来た。山の家へ向かう道は、大小の石だらけの細い山道で、バイクは跳ねるようにして坂を上って来た。ワタンはいつもそうして家へ帰っていたのだが、こんな「壊れやすい」ケーキを乗せたことはこれまでなかった。柔らかいケーキは衝撃に耐えられず、ケーキの上にのっていた生クリームでできたきれいなバラの花も、さくらんぼも、チョコレートやパウダーシュガーなども全部、箱の中ですべったりぶつかったりして、ぐちゃぐちゃになってしまったのだ。

「あら、大丈夫よ！　形はだいぶ変わってしまったけれど、やっぱりおいしいわよ」

ミネ叔母さんは、店がつけてくれたプラスチックのナイフでケーキの形を整えると、赤い細いローソクをケーキに立てて、火をつけた。

「誕生日おめでとう！　誕生日おめでとう！」

みんなが彼女のために誕生日の歌を歌ってくれているあいだ、懐湘は遠くの軍隊にいる父親を思っていた。長いあいだ離れてはいるが、父親が自分を愛してくれているのはよくわかっていた。「悪魔のケーキ」を見ながら父親を懐かしく思い、悲しくも、また嬉しくもあって、ろうそくの火がゆらめくなかで、こらえきれずに感動の涙を流した。

その日、山のいとこたちは新しい世界を知ったと言えるだろう。彼らははじめて本物のバースデーケーキを目にしたのだった。その形にはびっくりしたが、生れてはじめて味わったケーキのおいしさはいつまでも忘れなかった。山では、家族全員が三食を十分に食べることにさえ苦労しており、バイクに乗って街までわざわざケーキを買いに行くような余分な金はなかった。そんな金があれば、油や塩やしょうゆを買うほうが、ずっと実際的だった。


懐湘が子どもたちを連れて父親の田んぼのほうへ歩いていくと、遠くに背が高くがっしりした父親の姿が見えた。彼は稲刈りが終わった田んぼで、乾いた稲わらをせっせと積み上げていた。そばには男の子と女の子がひとりずついて、それを手伝っていた。懐湘は、あれはピタイの子どもにちがいないと思った。昔、面倒を見てやった弟と妹が、あんなに大きくなっていようとは思いもかけなかった。

「お父さん……」

懐湘はためらいがちに小さな声で呼びかけた。レシンは両手に大きなわら束を提げて、稲わらの山に向かっていたが、懐湘の声を耳にして、顔をあげてちょっとこちらを眺めた。痩せた若い見知らぬ女が、大小の荷物を持って、子どもを背負い女の子の手を引いてあぜ道を歩いてくる。今しがたの「お父さん……」は聞きまちがいだと思って、そのまま稲わらを持って歩いて行った。

「パパ、何をしてるの？」

自分を一番愛してくれる父親を目にして、懐湘は思わず、子どものころの甘えた口調で呼びかけた。しかしすぐにまた、気おくれしてしまった。父親は自分にどう応えてくれるだろうか。

「エッ？　おまえ、何しに帰って来たんだ？」

父親はわら束を稲わらの山に投げ出すと、大股で急いでやって来た。顔に浮かんだ驚きと喜びの表情をすぐに隠し、冷ややかな口ぶりだったが、目に浮かんだ喜びは消すことができなかった。このような細やかな表情は、彼の最愛の娘を完全にごまかすことはできなかった。

「父親も家もない人のようだと言うところだったよ」

相変わらず冷たい口調だったが、我慢できなくなって、ふたりの子どもに目配せをして、あやしはじめた。懐湘は心から大きな石が取り除かれたような気がしたが、叱責されておどおどしているふりをしなければならなかった。得意そうにしてはいけない、父親がまたかんしゃくを起して、ほんとうに自分に怒り続けるかもしれない。

「ええ……、山ではずっと忙しくてね、仕事がちょうど終わったから、あの……、子どもたちを連れてきて、おじいちゃんに会わせようと思ったの！」

懐湘は子どものころ、まちがったことをして言い訳をしたときの口調で言ったが、心のなかでは、そのときと同じようにつぶやいていた。じゃあ、お父さんは山にわたしに会いに来なかったじゃない？　後山でわたしがどんな暮らしをしていたか、知ってるの？　ほんとうに、父親も家もない子どものように、すごくみじめだったのよ。そう思うとすぐに悲しさがこみあげてきて、目に涙が浮かんだ。

「これがおまえのラキ（子ども）かい？　こんなに大きくなって」

レシンにとって、娘の涙は致命的な弱みで、すぐに降参してしまった。

「ユタス（おじいちゃん）だよ。ユタスって呼んでごらん！」

彼はうずくまって夢寒を見、それから下の子を見た。ふたりは恥ずかしがって、顔を母親の身体に隠してしまい、懐湘は居心地が悪かった。

「姉さん、帰って来たのね？」

嘉明《チャアミン》と玉鳳《ユィフォン》は、懐湘が帰って来たのを見て、嬉しそうに駆けて来た。ふたりは姉の荷物を持ってやり、家族は六人いっしょにレシンの新築の家へ帰っていった。

以前、ピタイが懐湘を「鍛え」過ぎたということはあったが、今回の里帰りは、父親がいる家に帰って来たのであり、懐湘は人生ではじめて「幸せ」に一番近いところにいると感じた。レシンは権威的な男性主義の性格で、もちろん、家のなかの資源は彼が支配しており、権力の中心人物であった。彼は懐湘にはすまないことをしたとずっと思っており、そのため彼女をいっそう可愛がった。かつて、娘の過ちのために激怒し、厳しく叱責したが、それは怒りのあまりであり、さっき再会したときにその「こだわり」は帳消しになっていた。今、懐湘は父親の家で「お姫様」の地位を取り戻し、誰も彼女をいじめることはできなかった。

「せっかく山を下りて来たんだから、しばらく泊っていけよ。二階の客間はおまえにやるから」

父親は懐湘に言った。

「あした、誰かを行かせて、おまえの舅に、おまえはここに何日か泊っておれを手伝うと伝えさせるよ」夕飯のときに、レシンは娘に言った。

もちろん、それはピタイに、自分が娘に泊まっていくように言ったのだと宣言するものでもあった。それで懐湘は母子三人で、はじめてラハウに長く滞在した。それからは、娘に会いたくなったり、農作業が忙しくなったりすると、レシンはクラヤに人を送って懐湘を帰って来させた。

父親の家にいるとき、懐湘は自分の生活について、いいことは言うが悪いことは口にせず、山での生活の実情を決して話そうとはしなかった。自分を溺愛している父親に辛い思いをさせたくはなかったのだ。あの夜、父親から、辛くても「戻ってきて恨み言を言うな」とあんなにも「厳しく」言い渡されたのだ。だから彼女は結婚してから受けたすべての苦しみに耐え、戻ってきて恨み言を言うことは決してなかった。父親が彼女を溺愛していることはわかっていたが、内心では、自分のせいで家族が恥をかいたことを認めており、父に申し訳ないと思っていたのだ。

懐湘は里帰りするたびに、必ず一生懸命に山仕事をし、田んぼに出て父の手伝いをした。彼女の仕事の能力は、以前とはくらべものにならなかった。後山に嫁に行って、わずか数年で、娘はどんなたいへんな農作業でもこなせるようになっていた。彼女を最も愛する父親はそれを見て、彼女をほんとうにいとおしく思った。

レシンはマライの家が貧しいのを知っていたので、懐湘が里帰りして農作業を手伝ってくれるたびに、必ず米と金をクラヤに持ち帰らせた。そのため、舅は、嫁が里帰りして実家の仕事を手伝うのを喜んでいた。子どもの世話をしなくてすむだけでなく、嫁が帰ってくれば白い飯が食べられたからで、それは日雇い仕事に行っているのと同じだった。

夢寒が小学校に上がり、下の子が三歳になったころ、マライが三年の兵役を終えて部落に帰って来た。マライの家の経済状況は、懐湘が計画的に収入源を増やし支出を切り詰めたおかげで大きく改善され、少なくとも毎日、白米の飯を食べられるようになっていた。

マライが退役して帰って来たころは、子どもたちも大きくなり、家の経済状況も妻の努力のおかげで大きく改善されていて、すべてが思い通りにうまくいっているように感じられた。それでマライは明るく生き生きとして、毎日、懐湘といっしょに山に仕事に行き、帰ってくると家事を手伝い、子どもの世話をした。

「そうさ、彼女は仕事がいちばんよくできるよ、いちばん勤勉だ」

あるとき、ふたりが山に日雇い仕事に出たとき、いっしょに働いていた人が、マライの前で、懐湘は能力が高く勤勉だとほめつづけ、こんなによくできた奥さんをもらうとは、マライは運がいいと言った。そのことばは、もともと劣等感が強いマライにはとても耳障りだった。仕事を終えて家に帰ると、彼はひどく不機嫌になって、発作を起こした。

「そうさ！　おれは馬鹿だ、金がなくて怠け者だ。おまえは最高さ！」

「そんなふうに言わなくてもいいじゃない。誰もあんたにどうこう言ってないじゃないの！」

懐湘はとても心配で、不吉な予感がした。マライが以前の、何かと言うとすぐに激怒する男に戻ったように感じた。

「おまえたちが言ってたんじゃないか！　このやろう！　おやじの家へ帰っちまえ！　おれは、おまえなんか養えないからな」

マライは仕事が終わると、ほかの人たちと米酒《ミィチュウ》を二、三杯飲み、家へ帰ると酔って暴れはじめた。話すうちに、怒りがつのって、下に置いたばかりの道具を取りあげて壁に投げつけた。

「お母さん……、ああ！」

「ああ……うう……」

ふたりの子どもは驚いて、すぐに母親のもとに駆け寄り、抱きついて泣きはじめた。

「おまえはまた酔って暴れているのか？」

外から帰って来た舅は、息子の怒鳴り声や、子どもたちの泣き声、物を投げつけるバンバンという音を遠くから聞きつけた。

「いい加減にしろ！　なんでいつも家に帰って来て、嫁を困らせるんだ？　チッ……」

父親は家へ入りながら、息子を怒鳴りつけた。舅は、今では嫁の懐湘を見直しており、少なくとも彼女をかばうようになっていた。マライは、怒りが沸騰して冷静になれないとき以外は父親の言うことを聞いたので、ベッドにドサッと腰をおろすと、懐湘を恐ろしい目でにらみつけ、怒りのあまり荒い呼吸をしていた。

懐湘が予想した通り、よいことはやはり長く続かなかった。まもなくマライは昔に戻り、仕事を一日じゅうしっかりとすることはなくなった。積極的にも勤勉にもならず、逆に酒に溺れるようになった。再び懐湘に手を出すようになり、わけもなく子どもたちを罵って憂さ晴らしをすることもあった。しかし、父親がはっきりと妻の味方をする態度を見せているからか、あるいは義父の威厳を恐れているからか、さらには、今では懐湘が家の経済を支える主力であることから、マライは懐湘を口汚く罵りはしたが、手を出すことはやや少なくなっていた。

マライが除隊してきてしばらく経ってから、懐湘はなぜか、急に体調を崩した。一日じゅうひどく眠く、食欲がなかった。山を下りてチンスブの衛生室に行って看護師に診てもらい、風邪薬をもらって飲んだが、まったく効かなかった。もともと痩せていた懐湘は、いっそうげっそりとやつれてしまい、とうとう起きあがれなくなってしまった。

家の主要な稼ぎ手が倒れてしまい、舅とマライはたいへん心配し、頭を痛めた。夜、マライと舅が家の外で小さな声で話し合っていた。

「おまえ、よそで犬のクソを踏んできたんじゃないだろうな！　この馬鹿野郎が！」

ふたりは長いあいだボソボソと話していたが、舅が急に大きな声でマライに尋ねた。その声があまりにも大きかったので、家の中にいた懐湘にもはっきりと聞こえた。しかし、「犬のクソを踏む」ということばの意味はわからなかった。

翌日の夕方、懐湘は、マライが山を下りて塩魚と塩をたくさん買ってきたのを目にした。

「わしらの親戚や友人、みんなに配るんだ。みんなが平穏に暮らせるようにな」

舅は、塩と塩魚をいくつかに分けると、部落で同じ祭儀集団に属する親戚や友人に配ってくるように息子に命じた。この集団は、タイヤル族のいわゆる「クトゥフ　ニカン」（共食団）あるいは「クトゥフ　ガガ」（共祭団）で、分かち合い、助け合い、ともにひとつの「ガガ」を守る集団である。ふつうは親戚や気の合った隣人、友人で構成され、漢民族の宗親集団に類似している。

マライが家々に物を届けて戻って来ると、懐湘は起きあがってご飯を食べられるようになり、夕飯には、茶碗にいっぱいによそった白いご飯と塩魚を食べた。翌朝には、ベッドから下りて家事や子どもの世話をはじめた。三日目には、この奇妙な病は薬を飲まなくても治り、彼女は山へ仕事に行った。

実は、懐湘のように、わけもなく病気になり、医者にかかっても治らないという状況は、タイヤル族の伝統社会では、ふつう、同じ祭儀集団か家族のなかにガガを破った者がいることを示している。急いで過ちを認めて和解の儀式をしないと、病人はよくならず、同じ祭儀集団の人にも不測の事態が続く。懐湘が治らない奇妙な病に侵されたが、人に言えない悪事を働いたのが誰なのか、どう考えても誰も思いあたらなかった。そこで、舅はあの夜、息子のマライを問いただすしかなかったのだ。

「おばさん、お義父さんがマライに『犬のクソを踏む』って言ってたんですけど、どういう意味かわかりますか？」

　数日後、山で隣のおばさんといっしょに日雇い仕事をしているときに、懐湘はふと思い出して疑問に思っていたことを尋ねた。

「知らないのかい？　それは男の人が、自分の奥さん以外の女と好きなように寝ることだよ。それを『犬のクソを踏む』って言うんだよ」おばさんは言った。

「だから、わたしらに塩と塩魚をくれたんじゃないのかい？」おばさんは声をひそめて懐湘に言った。

「ああ……、そうだったんですね」

　懐湘はやっとわけがわかった。夫は兵役に就いていたとき、他の女と性的な関係を持ったのだ。それが舅の言う「犬のクソを踏む」なのだ。彼女はすぐに思い出した。夫が軍隊から帰ってきたばかりのころは、長いあいだ会っておらず、マライも「行いを改め」ていた時期だったので、ふたりの仲はうまくいっていた。ある夜、大雨になって、竹葺きの屋根に雨がザアザアと狂ったように降り注いだ。こんな夜にはマライが必ず求めてくることを懐湘は知っていた。特に大雨のときは、ふたりのたてる音が雨音で消されるので、やりたいことを思う存分できるからだ。それに、小型衣装ケースの向こうに眠っている舅や子どもたちに聞こえるかもしれないと気をつかう必要もなかった。

「おまえ、脚をこうしろよ」

マライはそう言うと、真剣な様子で懐湘の左脚を手で高く持ち上げて、左側の壁にひっかけた。

「何をするのよ」

懐湘はそんなふうにされて気分が悪かったが、カエルのような姿勢をとらされたので、おかしくなった。

「ワ！　ハハハハ……」懐湘はとうとう我慢できなくなって笑いだした。

「何をするつもりなのよ？　ハハハハ」彼女はほんとうにおかしいと思った。

「ふん、やめだやめだ、もう寝るぞ」

マライは自分の枕に戻ると懐湘を向こうへ押しやり、不機嫌そうに寝返りを打って眠ってしまった。懐湘はその反応をいぶかしく思った。以前は、彼がしたいときには、懐湘の気持ちにはおかまいなく、殴ったり無理強いをしたりして、必ず思いどおりにしていた。今日のように懐湘に笑われたからといって、怒って自分から引き下がるとは、ほんとうにおかしなことだった。

「犬のクソを踏む」の真相を知ってから、懐湘はマライが帰って来てからのことをもう一度思い返してみた。夜、ふたりでいるとき、彼はいつも自分におかしな姿勢をさせた。夫はあんなにたくさんの干しシイタケを持ち出して売りに行ったのに、どうしてその代金を、家計を預かる彼女に渡さなかったのかが、今になってやっとわかった。また、どうしてあんなおかしな姿勢を覚えたのか、戻ってきてからそれをさせようとするのかも、わかった。彼女はだんだん腹が立ってきた。この数年というもの、自分は家族のために牛のように一生懸命働き、苦しいことや辛いことがあっても口に出さなかったのに、彼はそんなことをしていたのだ。ほんとうにひどすぎる。懐湘はたいへん腹が立ったが、ひどく惨めでもあった。

夜、眠るとき、懐湘は枕と布団を抱えて壁ぎわに寄り、マライを近づけないようにした。暗いなかでマライが手探りをしてくると、怒りにまかせて、力いっぱい蹴飛ばした。

「離れてよ、触らないで！　これは父さんの家から持ってきた布団よ、触らないでよ！」彼女は低い声で言った。

「やめろよ。ちょっと抱くだけさ、ちょっとでいいから……」

マライは自分がしでかした過ちのせいで、妻が嫌がっているのはわかっていたが、やはり手を伸ばして彼女を抱いた。

「離れてよ、汚い手で触らないでよ！」彼女は力いっぱい彼を押しのけた。

「汚い奴め……けがらわしい奴め……、離れてよ！」罵る声がどんどん大きくなり、しきりの向こうにいる舅が目を覚ましてしまった。

「イナ、どうしてマライにそんなふうにできるんだ、イナ」

暗い部屋から舅の声が聞こえて来たので、ふたりは驚いてすぐに静かに横になった。

「わしらは、もう、そのことはきちんとかたをつけたんだ。おまえは、なんでそんなふうにできるんだね。そんなふうにふるまうのはまちがっている、ガガはそうではないぞ」舅は言った。

「それに、はじめは、おまえが自分からわしらの家に嫁に来たがったんじゃないか。わしらが嫁に来てもらったんじゃないぞ」

舅の見下したような口ぶりに、懐湘は身体じゅうの血がカアッと頭に上ってくるように感じたが、歯を噛みしめて怒りを押し殺した。黙っているうちに、抑えきれない涙が目じりからボロボロと流れ落ち、枕をじっとりと濡らした。

彼女はガガを恨めしく思っていたのだろうか。舅が言っているのは何のガガだろうか。過ちを犯したのはマライなのに、夜中にガガに合わないと叱られているのは自分なのだ。妻には、自分を裏切った、誠実でない夫に対して、怒りを表す権利さえないというのか。塩魚何匹かと塩ひと包みですべてが帳消しになり、それ以降はその話をすることも許されないのか。それがガガなのか。

小さいころからタイヤルの社会で暮らしてきたが、烏来でもラハウでもクラヤでも、年配の人たちは彼女に、すべての言動はガガに合致していなければならないと教え、「ソン　マハ　ガガ……（ガガというものは……）」とよく言った。彼女が未婚で妊娠し、退学して結婚したことは、ガガから大きくはずれており、父親は激怒し、親子のあいだは決裂した。しかし懐湘はこれまで、舅が言うガガを、今のように恨めしく思ったことはなかった。

翌朝、まだ暗いうちに、懐湘は惨めな気持ちで、山を下って行った。長年のあいだに鍛えられて、足どりは軽く、太陽が昇ったときにはチンスブ部落に着いていた。そして毎日運行されている下山タクシーに間に合って、ひとりでラハウ部落の父親の家に帰った。

「ん……、マライは山にシイタケ栽培に行ったわ。わたしは退屈だから、帰って来たの」

あまり上手な嘘ではなかった。子どもたちさえ連れてきていないのを見て、父親は事情を察しようだったが、何も尋ねなかった。ピタイはどちらにしても、彼女が帰ってくれば、家事や農作業をしてもらえるので、細かいことは言わなかった。

「正直に言いなさい。どうしてひとりで帰って来たの？」

翌日、トウモロコシ畑で草抜きをしていた懐湘のところへ、ミネがわざわざやって来て尋ねた。

「叔母さん……」

彼女は頭を振ったが、涙を止められず、ぼろぼろとこぼれ落ちた涙と顔の汗が混じった。辛かったことのすべてを、どこから話せばいいだろうか。

「大丈夫よ、辛いことがあるなら、叔母さんに正直に話しなさい」

ミネはうずくまって、いっしょに草を抜きはじめた。

「あの人たちにひどいめにあわされたのなら、あんたにはここに身内がいることを忘れちゃだめよ。わたしたちが助けてあげるわ」

叔母がそう言うのを聞いて、懐湘はとうとう我慢できずに泣きはじめた。涙がぽたぽたとトウモロコシ畑の土に落ち、何度も作業着の袖で涙をぬぐった。しばらくして涙がとまると、何があったかを洗いざらいミネに話し始めた。この数年、自分が山でどんなふう暮らしてきたかを叔母に話した。ふたりは涙を流しながら草抜きを続け、夕日が西に傾いても家へ帰ることを忘れていた。

夜、従兄のパトゥが家に来た。彼はラハウの家族のなかで最年長の従兄で、父親とほぼ同じ歳だった。父親は重々しい表情で、彼に言った。

「明日の朝早くあちらに行って、わしらと話し合いをするように伝えてくれ」

ミネが父親に話したのだった。父親はひどく腹を立て、従兄のパトゥを呼んでクラヤ部落の婚家に行かせ、説明に来るように伝えさせたのだった。

「これを取っておきなさい」

翌朝、懐湘が部屋でまだ寝ているところへ父親が入ってきて、まとまった金を渡して言った。

「街へ行って、ほしいものを買いなさい、それから子どもたちの服も買ってやりなさい」

レシンは、宝物のように大切に思っている娘が、自分が想像していたより百倍も貧しく苦しい生活を送って来たと知って、ひどく心が痛み、娘が起き出す前にやってきたのだった。彼は娘を山の下の小さな街へ行かせて、ぶらぶらと気晴らしをさせてやろうと思っていた。ミネが言ったことについては、何も尋ねなかった。懐湘は起き上がると、子どものころ、おもちゃや服やこづかいをもらったときのように、すなおに手を伸ばして父親が差し出したお金を受け取った。

「あら……、パパ、ありがとう」懐湘は嬉しそうに笑った。

「うん……、もう少し寝なさい……」

レシンはうなずきながら微笑み、娘に小さな声でこう言うと、ゆっくりと部屋を出て、そっとドアを閉めた。懐湘はもらったお金を手にして、布団にくるまってぼんやりと座っていた。父親に愛されているとずいぶんひさしぶりに感じ、知らぬまに涙が流れた。

懐湘はもう一世紀ものあいだ、山を下りて街へ行かなかったような気がした。小さな街の中央市場は人の行き来が激しく、沸き返るようににぎやかだった。彼女は急に目がちらちらし、頭がくらくらした。あまりにも長いあいだ、このような「豊かな」光景を目にしなかったからだ。彼女ははじめて街に来たおのぼりさんのように、珍しそうにあちこちに目をやった。しかし市場にはさまざまな衣服やおもちゃや日用品があるのに、なぜか、どうしても食べ物、食べ物、食べ物に注意をひきつけられるのだった。多分、空腹の日々があまりにも長く続いたせいだろう、こんなにたくさんのおいしい食べ物をいちどに目にすると、何を食べたらよいのかわからなかった。しばらく眺めてから、麺類を商う店で、湯麵加滷蛋〔味付き煮卵入り麺〕を注文し、おかずも一皿つけてもらって、おなかいっぱい食べた。食べ終わると市場をぶらぶらして、子どもたちに服を一そろいずつと、おもちゃを買ってやり、豚肉も買って帰路についた。

夕方になって父の家に戻ると、驚いたことに庭の外にマライが座っており、ふたりの子どもたちがそばを駆け回っていた。舅とクラヤのふたりの長老は、居間で父親やワタン叔父、そしてラハウの長老たちと話をしていた。舅とマライは後ろめたいような表情で、低姿勢だった。自分たちに非があることを知っていたのだろう。子どもたちは母親が帰ってきたのを見、新しい服とおもちゃまでもらったので、大喜びだった。

夕飯の後、庭の真ん中にたき火をして、父親と舅、その他の長老たちがそれを囲んで座った。ラハウに住んでいる懐湘の伯叔父や従兄弟たちが次々にやって来たが、彼らは顔を合わせても話をせず、かすかにうなずき合うだけで、いかめしい顔つきで空いている場所に座った。

懐湘は子どもたちを連れて、家のなかで弟と妹といっしょにテレビを見ていた。山から来た子どもたちはテレビを見たことがなかったので、物珍しげに、瞬きもせずに見ていた。懐湘は落ち着かない気持ちで庭のほうを気にしていた。かっとしやすい気質の父親がこのことをどう処理するのか、わからなかった。

「この婿のマライがやり手だったら、妻や妾を何人持とうが、かまわない」

口を開いた父親は迫力十分だった。かまわないとは言ったが、非常に不満に思っていることはその口ぶりからすぐわかった。クラヤから来た人たちはみな黙ってたき火を見ながら、気まずそうに耳を傾けていた。

「だが、わしらは娘を小さいときからここまで大きくした。おまえらに侮辱させたり、虐待させたりしようと思って嫁に出したんじゃないぞ」

父親はマライを見ながら、右手の指で、懐湘がいる部屋を指さして言った。マライは少年のころから、軍官である懐湘の父をひどく怖がっていた。今は彼の娘を嫁にもらっていたが、やはり彼が怖かった。しかも、今回は、懐湘が実家に戻って自分の行状を告げ口したのだ。義父の目つきは彼をいっそう不安にした。

「子どもが過ちを犯したとき、わしらはタイヤル族のガガに照らして、きちんと処理した。ちがうか？」父親は言った。

「わしのこの娘の懐湘を、わしらは要らないゴミだと思って放り出したんじゃないぞ。この娘はタイヤル族のガガに照らして、ちゃんとおまえたちの家に嫁にやったんだ！」

レシンは後山から来た人たちに目をやった。懐湘が「おまえは自分から嫁に来た」と言われたことを、レシンがひどく気にしていることがよくわかった。レシンの怒りがだんだん膨れあがっていくのもわかったが、彼は怒りを抑えて言った。

「もういい。あんたらがわしの娘をどんなふうにひどい目にあわせたかは、これ以上は言わないことにする。しかし、マライのヤナイ（妻の兄弟たち）は、自分たちの姉妹が侮辱されるのを決して赦さないだろう！」そう言いながら、たき火を囲んで座っている懐湘の従兄弟たちの方をさっと見回した。

彼らの表情はそれぞれに厳しく、マライを見る目はいっそうきつく恐ろしかった。マライは、座るときに彼らをちらっと見たあとは、もう顔もあげなかった。

ずっとうなだれたままで一言もしゃべらないマライは、その姿勢のままだったが、身体が微かに震えているのがわかった。空気は次第に重くなっていき、庭では木が燃えるパチパチという音と、夜風が垣根を吹きすぎるヒューヒューという音しか聞こえなかった。その風で炎が左右に揺れ、火のまわりの人々の顔を明るく暗く照らし出した。異常なほどの静けさで、人々は息がつまりそうだった。

「コホン！」

クラヤから来た伯父が咳ばらいした。その場にいた人々は彼が何か話そうとしていると知って、静まり返った。

「親戚の方々、ほんとうに申し訳ないことをした」伯父は頭を下げ、誠意をこめてそう言った。

「だが、嫁やマライの子どもたちのことを考えてやってほしい。わしらは決して反目し合ってはならんのじゃ」

伯父はそう言うと、たき火のまわりの人たちを見回し、懐湘の舅のほうを見た。舅は彼の意図するところを理解して立ち上がった。

「ああ……、わしはほんとうに、まちがったことを言ってしまいました」舅はとうとう、こう言った。

「わしはこの酒で、犯した過ちのすべてを『持っていく（消す）』。わしらはほんとうに悪かった！」

彼は立ち上がると、手にしていた酒のコップを挙げてそう言い、指をコップの酒に浸すと、酒を地面に撒いた。それから顔をあげて、酒を飲みほした。そして元の場所に座ると、頭を下げてレシンの反応を待った。レシンは深く息を吸い込むと人々を見た。それから酒のコップを挙げて指を酒に浸し、地面に撒いた。これは祖霊を敬う意味である。その後、その酒を飲みほした。こうして和解の儀式が終わった。謝罪と和解の儀式が重苦しい雰囲気のなかで終わったので、びくびくしていたマライもほっとした。ヤナイたちからこっぴどく「教訓」を受ける運命を逃れられたのだ。

レシンは今では、婿の家がひどく貧しいのを知ったので、クラヤの婚家への償いの要求はたいへん少なく、形ばかりに一千元を求めただけだった。それでサイダーと塩魚を買って懐湘の従兄弟たちに配り、残った三百元は懐湘にわたした。懐湘は、こんなことがあってはじめて、父親があのとき「帰ってきて恨み言を言うな」と言ったのは、実は怒りにまかせてのことだったと知った。父親はやはり自分を愛していてくれていたのだ。

翌日、懐湘はふたりの子どもを連れ、マライと舅について、後山のクラヤ部落の家に帰った。

「身体を大切にするのよ」

「懐湘、スガヤ　タ　ラ（また会おうね）」

朝、ずいぶん早かったが、ミネと早起きの隣人たちが手を振って見送ってくれた。マライが夢寒の手を引き、懐湘は息子を背負って、重い足どりでその後をゆっくり歩いて行った。彼らは始発のバスで山の下の街に行き、そこから後山行きのタクシーに乗った。車は疾走し、窓の外の見慣れた景色はうしろに飛び去った。懐湘は振り向いて、愛するラハウ部落が遠ざかっていくのを眺めた。急に、婚礼の日、嫁送りに来てくれたおばさんたちが、涙をこらえ、別れがたい表情をしていたのを思い出した。それ以降、自分が歩んできた道や、経験した苦しみや試練を思い返すと、おばさんたちの涙の意味が、今、やっとわかったのだった。

しばらくして、懐湘はまた妊娠したのに気づいた。志文が三歳のとき、二番目の息子の志豪《ジハオ》が生まれた。山奥の日々はずっと変わらず、単調だった。山林や渓流、空を流れる雲や流れ落ちる滝は天成の美しさだが、懐湘には、灰色の埃をかぶったように思え、気分が沈むとその美しさも色を失った。なんといっても、外の世界に比べると、山奥の生活は苦しく、物資も極度に不足している。頑張って働いてきたが、家族は多く、必要なものはいつになっても満足に手に入らなかった。特に、毎日毎日繰り返され、終わることのない仕事は、多すぎて息がつけないほどだった。

前回、ラハウであの出来事が決着してからは、懐湘は家でこれまでよりは筋の通った扱いをされるようになった。あいかわらず山へ仕事に行き、外へ日雇い仕事に出たが、舅とマライもたまにはいっしょに行って手伝った。今ではマライは彼女に対してわきまえた態度をとるようになり、夜に彼女を求めるときでも、彼女の気持ちを少しは大事にしてくれ、以前のように暴力で無理強いすることはあまりなくなった。

春になって、懐湘は山にシイタケ栽培の仕事に行った。今回の仕事は十数日くらいの予定だった。折よく、ブターも雇われて来ており、ユーモアのある彼はいつも懐湘を大笑いさせた。これは彼女の生活ではめったにない楽しい時間だった。ブターの近くにいたがるヤワイももちろんやって来た。懐湘は三人の子どもの母親だったが、彼らと同じ年頃で二十歳を出たばかりだった。若い人たちが毎日いっしょに仕事をし、笑い、しゃべり、ふざけあっていると、時間はすぐに経っていき、仕事がそれほど辛いとは思わなかった。

母親の美しさを受け継いでいるので、懐湘はいつも異性といい関係を保つことができた。ブターが懐湘を好きなことは、みな、見てわかっていたが、男は誰でも美しい女性と近しくなることを好むものだ。特にチンスブ部落からきたふたりの若者は、懐湘の歓心を買おうとして、喜んで彼女の使い走りをし、面白いことをして彼女を楽しませ、仕事を手伝ってくれた。ブターの心配りはもちろん言うまでもなかった。三人は懐湘に至れり尽くせりで、ひそかに競い合っていた。誰がたくましくて、いちばん太い段木を運べるか。誰が仕事がよくできて、段木に穴を開けるのがいちばん速いか。誰が懐湘とたくさん話し、彼女の目をひき、得意な気分になれるか。

小さいころから両親と離れていたので、懐湘は愛されることを渇望していた。早熟な彼女は学生時代、恋愛小説を読むのが大好きで、いつも、小説のなかの男女の恋愛のロマンチックな甘さや、あいまいな感情、愛情と憎悪のもつれなどに陶酔し、自分が小説の美しい女主人公のように、かっこよくて有能な男性と知り合って恋に落ちることを想像して、うっとりとしていた。それゆえ、中学生のときに、人生で「最初の男性」である先輩のマライと知り合うと、ふだんは心のなかに秘めていた幻想をふたりの関係に投射し、ためらうことなく自分が織りあげた愛情物語のなかに身を投じ、愛情物語の主人公を演じたのだ。実際の条件と小説のストーリーがどれほど離れているかは、考えもしなかった。妊娠して結婚することになり、悪夢のような残酷な現実に直面して、はじめてはっと目が覚めたのだが、既成事実は覆すことができず、すべてが手遅れだったのだ。

懐湘は、男たちが自分に好意を持っていることは知っていたが、彼らが衝突しないように、そしてまた他人にあれこれ言われないように、気づかないふりをしていた。誰とも普通の良好な関係を保ち、人を遠ざけず、誰かひとりと特に仲よくすることもなく、人との距離を上手にとっていた。年若く、外での経験も少ないのに、このようにうまく人づきあいができるのは、烏来に住んでいたときの見聞や、母親のハナから受け継いだ遺伝子によるものだろう。「清流園の花」の娘なのだから、男たちをうまくあしらう方法を知っていてもおかしくはなかった。ただ、懐湘はあまりに早く結婚し、夫の暴力的な性格という暗い影のもとで暮らし、食べるために毎日、朝から晩まで働いてきたので、そのような本領を発揮する機会もなく、マライにだけ心を砕いてきたのだった。

ブターは懐湘がとても好きだった。山で何度もいっしょに仕事をしてきたので、ふたりは何でも話せる友人になっており、互いの生活についていつもたくさん話をしていた。ブターは懐湘の貧しい環境と結婚生活の苦しみを知っていたので、機会さえあれば懐湘を助けてくれた。シイタケ小屋を建ててやったのもそのひとつだった。互いに好意を持っていたが、懐湘には夫がいたので、ふたりは単純な友人関係を保とうと努め、一線を越えることはしなかった。ただ、今回のシイタケ栽培作業では、懐湘にはっきりと好意を示すライバルがふたり現れたためか、あるいは機が熟したと考えたためか、ある日の夕方、仕事のあと、ふたりで大きな岩の上で休んでいるときに、ブターは懐湘に心を打ち明けた。そして、彼女のこれからの人生を、自分に面倒を見させてくれないか、真剣に考えてほしいと言った。

「おれたち、山を下りて、下に住んでもいいんだよ。おれはどんな仕事でもできる」

ブターは懐湘に言った。ふたりは同じ方向を眺めていた。遠くには高い峰々があって、青々とした山なみに連なっていた。

「あんたは働かなくてもいいよ、おれが養ってやるから」

彼は左腕を伸ばして懐湘の肩にまわした。

「できないわ」

懐湘は肩を抱いた彼の腕をはずそうともせず、じっと遠くの山を眺めていたが、頭を振りながら言った。

「パパに殴り殺されちゃうわ」

懐湘は両膝を曲げて、膝を抱いた。目は変わらず遠くを見ていた。

「ああ……」そっとため息をつくと、ゆっくりと言った。

「わたし……、自分の子どもを、わたしみたいな、母親がない子にはしたくないのよ」

そう言った時、ぼんやりと遠くを見ていた目に、決然とした光がきらりと浮かんだ。夕方の涼しい風が吹いてきて、髪の毛が何本か、美しい顔にかかった。ブターは懐湘のほうを向くと、髪をそっとかき分けてやり、その華奢な身体をしっかりと胸に抱きしめた。

「なあ、懐湘、うんと言ってくれよ」

抱きしめられた両腕がきつくしまって、懐湘は息ができないほどだった。

彼女は、彼がいきなりこのような動作をしたので、ひどく驚いた。

「だめよ！」

両手で力いっぱい押し返して離れようとしたが、まったく動けなかった。ブターのたくましい両腕が、やさしく、しかししっかりと懐湘を抱いており、彼女の顔は彼の厚い胸にぴったりとくっついていた。

「もう辛い思いをすることはないよ、おれがちゃんと面倒見るから。それからあんたの子どもも……」

ブターは息を切らせながら、真心をこめて耳元でささやいた。驚いていた懐湘はだんだん落ち着き、身体も緊張が解けてきて、自然にブターの胸に寄りかかった。彼が発する男の息づかいとがっしりした筋肉に、懐湘はこのうえない安定と幸福を感じた。時間がこのまま止まってしまったらいいのにと、どれほど願っただろうか。そうすれば欠陥だらけの現実の世界に戻らなくてもいいのだ。

空が暗くなってきて、山の頂を超えて吹いてくる夜風がひんやりしてきた。ブターは長いあいだ切望してきた女を抱いて、放したくないと思った。うつむくと、こらえきれずに彼女の額に口づけをした。懐湘は目を閉じたままで、止めようとはしなかった。ブターは両手で彼女の顔を持ちあげると、唇に口づけしようとした。

「ウン……」

懐湘はそっと顔をそむけ、ブターは彼女の髪に口づけした。

「こんなことをしていてはいけないわ」

懐湘は目を開くと、突然、我に返り、力をこめてブターを押しのけて、立ちあがった。

「これからはもう、こんなことをしちゃだめよ。帰りましょう」

そう言うと岩から飛び降りて、シイタケ栽培の小屋のほうへ歩いて行った。ブターは驚いて岩の上にぼんやり立ったままで、彼女を追いかけるのも忘れていた。

「懐湘、ブター、どこにいるの？　ご飯ができたわよ！」

そのとき、岩のうしろの林から、ヤワイの呼ぶ声が聞こえてきた。

「あの岩のあたりじゃないか？」

「そうだな。ブターを見かけたような気がする」

チンスブから来たふたりもいっしょに探しにやって来た。それを耳にして、ブターはやっと我に返り、岩から飛び降りると、懐湘と前後して歩いて行って、彼らと落ち合った。

「ブター、あんたはいつもこうよね。いいところがあってもわたしには教えてくれない」

ヤワイは口をとがらせて、ブターに駄々をこねた。

「そんなことないさ。懐湘が野ウサギの巣があるって言うからさ、捕まえて夕飯のおかずにできないかなと思って、見に行ったんだよ」

ブターが出まかせを言うと、単純なヤワイはすぐにそれを信じた。五人の若者は笑いながらいっしょに小屋へ夕飯を食べに戻った。

今回のシイタケ栽培の仕事で、懐湘は賃金を三、四千元もらった。チンスブ部落を通ったときに、米酒を一本と、塩豚肉と魚の缶詰をいくらか買って家に帰った。舅が白米のご飯と、シイタケのスープ、青菜炒めを用意していたので、夕飯はごちそうになった。みないっしょに酒を飲み、いい気分になった。

その夜、懐湘がぐっすり眠っていると、突然、マライに揺り起こされた。

「懐湘……、懐湘、起きろよ」彼は言った。

「ううん、何をするのよ？」

山で十数日も働いたので、懐湘は疲れており、眠かった。

「いっしょに来いよ、ちょっと出よう！」

マライは酒を飲んでいたが、めずらしく穏やかで、まるで懐湘に頼みごとをするみたいだった。

「どこへ行くの？」

懐湘はほんとうに眠く、疲れきっていたので、目をこすって尋ねた。

「秘密基地へ行くんだよ」

マライは彼女の耳元でささやいた。懐湘は突然、目が覚めた。「秘密基地」？　知ってはいるが、はるかに遠い場所のように思えた。

その夜、ふたりは月の光のもと、家から離れたススキの茂みのなかで睦みあった。マライの喘ぐ声が微風とともにススキの葉のあいだを通り抜けて、暗い夜に消えていった。懐湘は目をしっかり閉じていた。頭のなかにはよく知っている人影が、ぼんやりとだが途切れることなく現れた。あの厚い胸、たくましい腕、男らしい息づかい、額にくちづけした温かい唇……。

「アア……、アア……」

彼女はがまんできずに叫びはじめた。懐湘は結婚して七年経ってはじめて、「満足」とは何かを知ったのだった。

懐湘はしょっちゅう山を下りて、ラハウへ父親の農作業を手伝いに行った。マライもたまにはいっしょに行って手伝った。子どもたちも連れて行ったので、一度の滞在が一、二か月になることもよくあった。レシンの新しい家は大きかったが、懐湘たちは三階に建て増しした部屋に泊まった。ベッドやテーブル、イス、タンスなどすべてそろっていて、子どもたちはこのおじいちゃんの家に泊まるのが大好きだった。というのは、この部屋は、後山の自分たちの家に比べると、たいへんぜいたくだったからだ。

「わしはこの土地を懐湘にやるつもりだ」

ある日、人々が田植えの休憩をしているときに、レシンが目の前に広がる百坪余りの農地を指さして、手伝いに来ていた従弟に言った。従弟に言ったとはいえ、実際にはそこにいた人全員に言ったのであり、懐湘とピタイもその場にいた。

「懐湘もわしのほんとうの子だからな。それに家の手伝いをして、とてもたくさん仕事をしてくれる。この子に土地を少しもやらないというわけにはいかんだろう」

ピタイは顔をそむけてちがう方向を見ており、聞こえないふりをしていた。従弟はずっとうなずいていた。

「うん、そのとおりだな」

懐湘自身は、父親から土地を分けてもらうことがあろうとは、考えたこともなかった。しかし父親がこういうのを聞いて、たいへん嬉しかった。土地をもらえるからではなく、父親が彼女をいとおしく思っていることが感じられたからである。

懐湘の舅はクラヤで次男と暮らしていた。彼は軍隊を除隊したばかりで、山に帰って仕事をしていた。長男のマライよりはずっと勤勉で、山での仕事にまじめに取り組んだので、懐湘は安心してシイタケ小屋や山の畑の農作物の世話をすべて彼にまかせた。

マライは、義父の前では、怠けようとはしなかった。夕飯の後、義父と酒をいくらか飲んでも、酔っぱらってかんしゃくを起したり、人を罵ったりすることはまったくなかった。逆に、義父が飲みすぎて大声でしゃべりはじめ、義母のピタイにからもうとすると、義父をとめ、義父をその場から連れ出した。ラハウでの生活は快適で、食事も衣服も日用品も、後山よりはずっとよかったが、マライは怠け癖と劣等感から、義父の家で暮らすのがいやだった。そのため、口実をつけてはクラヤの家へ帰り、妻と子どもたちをラハウに置き去りにした。

「ねえ、わたしたち、山の下に引っ越してこない？」

ある日、懐湘はマライに相談を持ちかけた。

「子どもたちは、ここでなら、おなかいっぱい食べられて、いい服も着られるわ。夢寒を山の下の学校に転校させてやりたいのよ。山の家は学校から遠すぎて、登校するのがたいへんだし、それに先生たちはみんな代理講師だし……。あれじゃあ、このさき、あの子は外の学生についていけないわ。わたしたち、街に出て仕事を見つけて、お金を稼ぎましょうよ」

懐湘は懸命に夫を説得した。

「そうさ、おれたちの家は貧しいさ。クラヤは遅れてるさ。おまえたちのここは、何でも素晴らしいよ」

マライは劣等感から、ひどく神経質になっていた。

「おれたちの山では暮らせない、学校では勉強ができないっていうんだな。なら、山に住んでるやつらは、みな死んじまえばいいんだ！」

山を下りて引っ越し、転校し、仕事を探す……、そう言われて、劣等感だけでなく、生まれつき怠け者のマライは、我慢できなかった。彼の答はまったく筋道が通らず、いい加減なものだった。

「そんなつもりじゃないことは、わかってるでしょ?」

懐湘は説得を続けた。

「山の仕事は、お義父さんとあんたの弟がしてくれるわ。わたしたちは山から下りて仕事をして、お金を稼ぐのよ。山の上と山の下の両方で稼ぐほうが速いじゃない。それに、いつでも山に帰れるわ」

マライは眉をしかめ、両腕を組んで、不満そうに大きくため息をついた。彼には実は何の考えもなかった。何年ものあいだ、家計のために苦労して忙しく働いてきたのは、彼ではなく妻だった。そのため、家の重大な計画はすべて、懐湘が決めていた。マライはせいぜい難癖をつけてあれこれ文句を言い、彼女に嫌な思いをさせるだけだった。

「山を下りて引っ越してもいいさ。だが、条件がある」彼は言った。

「おれたちはここを出て家を借りよう。おまえのおやじの家には住まない」

その後、彼らは、ラハウと山の下の小さな街のあいだにある客家の村——内湾小村に引っ越した。ここは、昔はにぎやかな集落だった。芝居小屋や旅館、食堂、歯医者などがあり、わずか千メートルほどの通りの両側にはさまざまな店があって、生活に必要なものを売っていた。ここには汽車の小さな駅もあった。鉄道の支線がこの村まで来ており、かつては石炭を運んでいた。その後、この地の炭鉱は経営が困難になった。採掘にかかる経費は高いのに、品質は低価格の輸入石炭に劣っていた。そのため、工業燃料の石炭は海外から輸入した石炭を用いるようになり、この炭鉱は次々に閉山した。通りをぶらついていた炭鉱夫たちがいなくなると、小さな村の店の多くは経営が立ちいかなくなって閉店した。芝居小屋もつぶれて、そのあとは大きな廃屋になった。

懐湘は芝居小屋の裏の路地に家を借りた。二階にある古い部屋で、歪んでしまってきちんと閉まらない格子扉を押して入ると、採光が悪くて室内は薄暗かった。中には居間とキッチンと浴室、そして小さな部屋が三つあり、木の格子のガラス窓には古い柄物のカーテンがかかっていた。

「わあ、これがぼくらの新しい家なんだ!」

「ククク、ここはいいなあ!」

子どもたちは着いたばかりの二階の家に入ると、嬉しそうにあちこちを見て回った。志文と志豪のふたりの男の子は、階段に特に興味を持ったらしく、上がったり下りたりして遊び始め、部屋に駆けこんで来たかと思うと、すぐに外の踊り場に駆けだした。夢寒は母親を手伝って衣服を整理していた。マライは居間で、前の間借り人が残していった古いテレビを直していた。テレビはザアザアと雑音を出していて、画面に映る映像は横に切れ目が何本も入っていた。マライは画面を見ながら、テレビの上の室内アンテナをあちこち動かして調整しようとしていた。

「ヤッホー！」いたずらっ子が叫びながら、外からとびこんできた。ドアがバタンと閉まった。

「ヤア！」いたずらっ子はまた叫びながら、とび出して行った。

バシッ！　マライはアンテナを床に投げ捨てた。

「阿文《アウエン》〔志文の愛称〕、阿豪《アハオ》〔志豪の愛称〕、おまえら、こっちへ来い！」ドアの外に向かって怒鳴った。

「お母さん……、お父さんがまた怒鳴っているわ」

夢寒は父親の怒鳴り声を聞いて、驚いて母親のそばに寄った。懐湘はすぐに畳んでいた服を置き、立ち上がって居間に行った。

「しっかり立て！」

マライは台所からビニールホースを持ち出していた。子どもたちの脚にはそれぞれ一本ずつ跡がついており、ふたりが殴られたのがわかった。ふたりは罰として、壁を背にして並んで立たされていた。六歳の志文は両手を両脚にぴったりつけてまっすぐに立ち、身動きしなかった。三歳になったばかりの志豪は両脚が震えており、声を出して泣くまいと我慢していたが、顔には涙と鼻水が流れていた。腕で何度も拭ったので、顔じゅう涙と鼻水が混じっていた。

「言うことをきくんだ！　言うことを聞かなかったら、殴り殺すぞ！」

マライは罵りながら、ビニールホースをふたりのいたずらっ子に突きつけた。彼のしつけには、原則はまったくなかった。気分がいいときには、子どもたちが騒いでも放っておいたが、機嫌が悪いときは、子どもが何もしなくても、ふたりをつかまえてむやみに叱りつけた。子どもたちを叱るときに、その理由をはっきり言うことはなく、ただ一言、こう言うだけだった。

「おまえたちが言うことを聞かないからだ」

どのように「言うことを聞く」べきかについては、一度も話したことがなかった。結局、子どもたちは、お父さんが不機嫌なときは、静かにして、遠くに離れている方がいいと知っていた。そうでなければつかまえられて、理由があってもなくても殴られるのだ。

「これからはいい子にするのよ、わかった?」

懐湘は可哀想に思ったが、しかし今は彼らを「助ける」わけにはいかなかった。そんなことをすれば、マライはいっそう激昂して、懐湘までひどく殴られることになる。これは長年のあいだ、痛いめにあって、彼女が得た教訓だった。

「おまえたちがいい子にしていれば、お父さんは殴ったりしないわ。可愛がってくれるわよ。わかった?」

ふたりの子どもは鼻水をすすり上げ、うなずいた。

「じゃあ早く、お父さんにごめんなさいって謝りなさい」

彼女はとりなしを続けた。この騒ぎがもうすぐ終わることはわかっていた。それも長いあいだに体得した結論だった。どんな原因で家庭内暴力が起ころうと、最後は必ずこのような結論になった。「お父さんに謝る」ということだ。

「お父さん、ごめんなさい!」

「ごめんなさい、お父さん!」

ふたりの子どもはびくびくしながら近寄って、テレビの画面をにらみつけている父親に深々と頭を下げた。

子どもたちの転校の手続きが終わり、学校が始まると、夢寒は四年生、志文は一年生になった。学校は駅の向こうにあり、家からは歩いて十五分ほどで、姉と弟は毎日、手をつないで登校した。通学にはとても便利だった。

懐湘はすぐに、竹東の街でレストランの仕事を見つけた。料理を運んだり食器を洗ったりする仕事だった。彼女は毎朝、家の用事を片づけると、バイクに乗って出勤した。このバイクは、父親が「こっそり」買ってくれたものだった。

「ピタイに言うんじゃないぞ、面倒だからな」

レシンはピタイに知られるなと言った。これは父と娘の小さな秘密だった。

懐湘は環境に適応する能力が高かった。レストランでの仕事も、山での仕事と同じようにまじめにこなした。礼儀正しかったし、他の人より仕事が多くても文句を言わなかったので、すぐに同僚たちに好感を持たれるようになった。彼女の家の状況を知って、みな、彼女に同情した。

「お客さんが残した料理を持って帰ってもいいわよ」同僚の秀芳《シュウファン》が言った。

「料理は、ほんとうは、どれもきれいなのよ。持って帰って、もう一度温めたら食べられるわよ」

秀芳は竹東の客家人だった。レストランの同僚はほとんどが年配の女性たちだったが、彼女だけは懐湘と歳が近く、二十八歳だった。懐湘より三歳、年上なだけだったので、ふたりはすぐに仲よくなった。

「大丈夫よ、どのテーブルの料理がきれいか、わたしも気をつけて見ておくわ。それを持って帰ればいいのよ」彼女は親身になって考えてくれた。

それで、懐湘は毎日、午後の二時から五時までの仕事の空き時間を利用して、客が残した料理をパックに詰め、それを持って、バイクで半時間かけて家に帰った。家に帰ると、マライや子どもたちがそれを夕食に食べられるように支度をし、またバイクで慌ただしくレストランに戻った。五時からまた仕事が始まり、レストランが閉店してから食器を洗い、掃除をし、テーブルや椅子を整理して、やっと仕事が終わる。それからひとり、バイクに乗って山道を走った。帰宅するのは十時ごろで、マライと子どもたちはふつうは眠っていた。毎日、このように苦労が多くても、懐湘の心は希望でいっぱいだった。こうして努力して働いていさえすれば、家族の将来はよくなっていくと信じていた。

内湾に引っ越して三年になろうとしていたが、マライは「自分に合った」仕事をまだ見つけていなかった。たまに仕事を紹介してくれる人がいても、いつも二、三日で辞めてしまった。仕事が辛いとか、雇い主がけちだとか、同僚がいい加減だとか、いずれにしても自分に合わないというのだった。たまにレシンが彼をラハウに呼んで農作業をさせ、賃金を払ってくれたが、マライは義父の家へ仕事に行くのをいやがった。内心では自分が妻に養ってもらっていることはわかっており、そのうえ義父に経済的な援助をしてもらうのだ。心の奥底にずっとある劣等感から、彼は不機嫌になった。そのため、ラハウで仕事をして帰ってくるたびに、マライは口実をつけて酒を飲み、懐湘にいやがらせをした。

その日の昼は、レストランで結婚披露宴があった。テーブルが三十並んだが、客はみなタイヤル族の顔立ちをしていた。彼らはタイヤル語でしゃべっていて、懐湘はとても親しみを覚えた。

「どちらからいらしたんですか？」料理を運んだ時に、お客に訊いてみた。

「わたしらは玉峰から来たんだよ。あんたもタイヤルかい？」

「ええ、夫はクラヤなんです」

相手は彼女がタイヤル人だと知って、嬉しそうに会話を始めた。あれこれ関係をたどるうちに、その人の従姉がブターの家族に嫁いでいることがわかった。懐湘が山を下りて一年あまりたったころ、積極的に動いていたヤワイは、とうとう願いを遂げて、長く敬愛してきたブターに嫁いだ。

「あのブターは、ほんとうにいい人だよ。働き者の、絵に描いたようなタイヤル人だよ」

その人は、懐湘がブターの知り合いだと知って、ブターの近況と評判がいいことを話してくれた。

「そうですよね。ヤワイは運がよかったわ」

懐湘はブターが結婚したと聞いて、彼のために喜んだが、なぜか、心ではかすかな喪失感を覚えて、そっとため息をつくと、仕事に戻った。

懐湘が一日忙しく働いて帰宅すると、マライが居間でひとりテレビを見ていた。いや、テレビが彼を見ていたというべきだろう。テレビはついていたが、マライはテレビの前に座って、口を開けて居眠りをしていた。懐湘は疲れ切った身体を引きずって、そっとドアを開けて部屋に入った。

「うん？　どこへ行くんだ？　なんでこんなに帰りがおそいんだ？」

　マライが目を覚ました。とげとげしい口ぶりだった。

「今日はレストランで宴会があってね、お昼は三十卓、夜は六十卓だったのよ。おそくまでずっと忙しくて、今やっと帰って来たのよ」懐湘は言った。

「あなたは、今日はお父さんのところへ仕事に行かなかったの？　疲れてるんでしょう？　早く休んでちょうだい」

「腹が減った」マライが言った。

「麺を作ってくれよ、食いたいんだ」

　懐湘は手提げ袋を置くと、上着を脱ぎながら、夫に話しかけた。

「わたし、今日はとても疲れてるのよ。お昼に持って帰ったおかずを温めて食べてくれない？あんたの好物の滷蹄膀〔豚足の煮つけ〕よ」

　彼女は上着をドアの裏のフックにかけ、部屋から着替えを取ってきてシャワーを浴びる支度をしようとした。

　バシッ！　いきなり、スリッパが片方、居間から夢寒の部屋に投げつけられた。

　バシッ！　もう片方は、ふたりの男の子の部屋のドアに投げつけられた。

「夢寒、阿文、阿豪、みんな出て来い！」マライが激怒して怒鳴った。

バタン！　バタン！　ふたつの部屋のドアがすぐに開いた。三人は大急ぎで居間に飛び出してくると、直立不動の姿勢をとった。子どもたちは毎晩、彼らがそんなにすばやく出てこられたのは、まだ眠っていなかったからだった。子どもたちは毎晩、母親が帰って来るのを待っていた。母親がベッドに彼らを見に来てから、やっとほんとうに眠りにつくのだった。

「おまえら、麺を作ってこい！」

マライは三人に指を突きつけて怒鳴った。三人は驚いて、どうしたらいいのかわからなかった。

「わかったわ、わたしが作ってあげるわ」

懐湘は着替えを置くと急いで居間に戻り、子どもたちを助けようとした。

「ちょっと待ってね、すぐに作って来るから」

彼女は、今は、この頭が狂った野獣に道理を説くときではないとわかっていた。彼の機嫌を取ってやり、全員が退却するしかなかった。懐湘は大急ぎで湯麺《タンメン》を作り、そろそろと運んできた。

「麺ができたわよ」

マライの前の小さいテーブルに麺の入った器を置いた。マライはちらっとそちらに目をやり、懐湘と子どもたちを見た。父親は怒っていた。子どもたちは全員、自分から壁に背にして罰を受けるために立ち、誰もベッドに行こうとはしなかった。マライは左手で器の上に置かれた箸を払い落とし、右手で器を持ち上げて、ゆっくりと傾けた。熱い麺とスープがボタボタとすべて床に流れ落ちた。バン！　ガチャン！　彼は器をコンクリートの床に力いっぱい投げつけた。陶製の器は壊れて四方に飛び散り、子どもたちは驚いて、頭を抱えてうずくまった。

「フン！　もう食いたくない！」

彼は両手を腰にあてて懐湘に言い、怒りで大きな息を吐きながら、部屋に寝に行った。

「もういいわ、みんなもう寝なさい」

懐湘は子どもたちの頭を撫でてやり、可哀想に思いながら、早くベッドに入るように言った。

「お母さん、手伝うわ」

夢寒が部屋の隅からほうきとちりとりを持って来て、床に散らばった器のかけらと麺を集めた。懐湘はバケツとモップを持ってきた。母と娘は黙って床にこぼれたスープをきれいに拭き取った。

逃げる

内湾に引っ越してからは、懐湘《ホワイシアン》が勤めて安定した収入があり、さらに、時々ラハウに帰って臨時の仕事をしたし、山のシイタケ園や木材、農作物の収入もあった。今では家の経済状況は良くなりつつあり、カラーテレビに買い替え、電話をひき、カラオケの器械も買った。そのうえ、懐湘はマライに分割払いでバイクを買ってやった。彼が仕事に行く（あるいは仕事を探しに行く）ときに、歩かなくてすむようにというのだ。しかし、マライはますます酒に溺れるようになった。ほとんど毎日、酒を飲み、飲むとかんしゃくを起こして、いつも人を罵り、さらには殴ることもあったので、子どもたちはとても彼を怖がっていた。

ある夜、懐湘は早めに帰宅した。マライはバイクで山を下りて仕事を探しに行っており、まだ帰っていなかった。子どもたちは部屋で母親と楽しそうに話し、笑い、騒いでいた。

「お母さん、あした、ぼくたちの学校、保護者の日なんだ。明日の朝、学校に来られる？」志文が尋ねた。

「いいわよ、朝なら行けるわ。でもお仕事があるから、ちょっとしかいられないわね」懐湘は言った。

「わあっ！　お母さんが来られるって言った！」

志文は嬉しそうに手をたたきながら跳びはねた。

「お母さん、ぼくの教室にも来てね！」

一年生の志豪は母親の胸に跳び込み、甘えて母親の首に抱きついて揺すった。

「もちろん、行くわよ！」懐湘は彼の手をほどくと、言った。

「もうおそいわ。おまえたち、もう寝なさい」そう言うと、立ちあがって浴室へ行った。

「あ、お父さんが帰ってきた！」

突然、夢寒が大きな声でみなに注意した。子どもたちはすぐに静かになった。静かな村の外から、ブルブルというバイクの音が近づいてくるのが聞こえた。子どもたちにはそれが父親のバイク、野狼一二五の音だとわかった。

「はやくはやく！　はやく寝たふりをしよう！」

子どもたちは大急ぎで部屋に駆けこみ、あっというまに姿を消した。まもなくマライがドアを開けて入って来た。

「夢寒、阿文、阿豪、おまえらみんな出て来い！」

浴室にいた懐湘は、マライが居間で子どもたちに怒鳴っているのを聞いて、彼がまた酔っぱらって、子どもたちに難癖をつけようとしているのを知り、急いで身体を拭くと、服を着て出て行った。

「あら、おかえりなさい。仕事のことはうまく行った？」

彼女はこれ以上ないほど優しく、気づかうように尋ねた。

「くそ喰らえ！　ひでえ仕事だ、あんなやつら、くたばっちまえばいいんだ」

この数年、外での仕事はすべて、「ばかやろう」か「ひでえ」か、そうでなければ「おれ（マライ）には合わない」だった。懐湘はもう慣れていたが、気づかわしげに尋ねたのは、彼がかんしゃくを起こさせないよう、なだめるためだった。

「あら、それなら、行くことはないわ。ゆっくり探しても大丈夫よ。どっちにしてもわたしが仕事に行ってるし、家はまだやっていけるから！」

バシッ！　片方のスリッパが夢寒の部屋のドアにぶつかった。

「仕事に行ってるのが、えらいってのか？」

ヒューッ、バシッ！　もう片方のスリッパが懐湘の目の前を飛んで、ふたりの男の子の部屋のドアにぶつかった。

「みんな、出て来るんだ！　聞こえたか？」

なぜそんなに腹を立てているのかはわからなかったが、マライはギリギリと歯ぎしりをしており、両手を堅く握りしめて、まるで仇敵に生死をかけた戦いを挑んでいるようだった。子どもたちはひとりずつ部屋から出てきたが、三人ともみな恐ろしさのあまり、少し震えているようだった。

「罰だ！　立て！　なんで言うことをきかないんだ！」

マライは力いっぱい、低い木のテーブルをたたいた。テーブルに置いてあったキーホルダーがカタカタと跳びはねた。しかしマライが言わなくても、子どもたちは全員、自分から壁を背にして直立不動で立っていた。

「まあ、おまえたち、これからはいい子になるのよ、そうすればお父さんは怒ったりしないから。わかった？」

再び同じドラマが演じられたのだ。いつものことだった。

「おまえたちが悪かったのよ。はやくお父さんに謝りなさい」

懐湘は振り向いて言った。

「あなた、おなかはすいてないの？　何か作りましょうか」懐湘は恐る恐る尋ねた。

「ふん、要らん！」

マライは懐湘の口調と態度に満足したので、子どもたちを赦してやった。

「お父さん、ごめんなさい」三人の子どもたちは謝りながら、お辞儀をした。

「ふん、今度言うことを聞かなかったら、ぶち殺してやる」

いつもこういうふうにおさまるのだった。マライに殴られたり蹴られたりしなければ、子どもたちにとってそれは喜劇と言えた。

翌朝早く、懐湘は特に化粧を薄くして正装し、学校の保護者参観日に出かけた。ふたりの子どもは母親が来たのを見てとても喜び、すぐに同級生に「ぼくのお母さんだ」と教えた。先生との懇談会が終わる前に、懐湘は急いで学校を出て、バイクを飛ばして出勤した。

「お母さん、ぼくらの先生が、お母さんはきれいだねって言ってたよ！」

志豪がとても嬉しそうに言った。懐湘はいつものように昼休みを利用して、レストランから料理を持って帰って来ていた。子どもたちはすでに帰宅していた。

「ぼくらの先生も、お母さんがきれいだって。それに若いねって言ってた！」志文も母親に駆け寄って言った。

「そう？　じゃあ、先生にお礼を言わなくちゃね！」懐湘は言った。

「そうだそうだ、おまえはきれいさ！　おれはみっともないんだ！」

マライは居間で隣人と酒を飲んで談笑していたが、子どもたちのことばを聞きつけて、納得できないとばかりに口をはさんだ。その口ぶりはとても不満そうだった。

「奥さんはほんとうにきれいですよ、マライさん。こんなきれいな奥さんを嫁にもらって、あんたは運がいいですよ！」隣人は子どもたちのことばに同意した。

懐湘は持って帰った料理を片づけるためにキッチンへ行った。そして、酒に合いそうなおかずを皿に盛って出てくると、ふたりに勧めた。

「この滷牛腱〔牛すね肉の煮込み〕と客家小炒〔客家風炒め物〕はおいしいんですよ、おつまみにどうぞ」

「おお、いいですな。ありがとう、ねえさん」

客家人の隣人は何度も礼を言い、懐湘はおかずをテーブルに並べた。するとマライがいきなりタイヤル語で言った。

「見てろよ、あとでこいつを『捕まえて』（痛い目にあわせて）やるからな」

マライはぞっとするような目つきをして、歯をギリギリと嚙みしめ、両手を握ったり開いたりしていた。しかし、隣人はこの不穏な空気にまったく気づいていなかった。

「はやく帰ってください」懐湘は身体をかがめてテーブルの上をきれいにしながら、慌てて客人の耳元にささやいた。

「あの人、酔って暴れ出すわ。はやく帰ってください」

隣人は驚いたが、すぐに立ち上がってこう言った。

「あ、マライにいさん、わしは用があるので、失礼しますよ」そう言うとマライの返事も待たずに、そそくさと帰っていった。

「ふん、臆病者め！」

隣人が慌てて逃げて行ったのを見て、マライは冷笑した。

夫の暴力の傾向が日ごとに強まるのを、懐湘はとても憂慮していた。自分が殴られることを恐れたのではない。ここ数年、家のことはすべて、彼女が引き受け、処理していた。さらに、ラハウの実家が彼女の後ろ盾になっていることもあって、マライは、ふだんは彼女に好き勝手に手を出すことはなくなっていた。彼女が心配しているのは子どもたちのことだった。マライは、機嫌が悪いと、子どもに八つ当たりした。罰で立たせるのは最も軽く、時にはさらに怒鳴ったり、殴ったりした。あるとき、志文は、テレビのリモコンを放り出したせいでマライに殴られ、両脚に青黒いあざが一本ずつできた。志文を殴るのに使った細い竹はばらばらに裂けていた。仕事から帰ってきた懐湘は、それを見て心をひどく痛め、志文に薬を塗ってやりながら涙をこぼした。

夢寒はあるとき、わけもわからずマライから殴られた。その日は仕事が休みの日で、懐湘は家にいた。夢寒は学校から帰ってきて、母親が家にいるのを見ると、嬉しそうに言った。

「お母さん、先生がわたしの絵をクラスの代表として、学校のコンクールに出してくれるんだって！」

「ほんとう？　すごいじゃない！」

懐湘は野菜をより分けていたところだった。朝早くラハウから持って帰ったカゴ一杯のシュンギクを、夕飯の鍋物にしようと思っていたのだ。

「出ていけ、出ていけ！」マライがいきなり夢寒に怒鳴った。

「出ていって、もう一度入ってこい！　礼儀知らずめ！」

彼は怒り狂って立ち上がり、娘が背負っているカバンを引っぱって、外に押し出した。

「あっ！」

夢寒はあやうく敷居につまずくところだった。

「どうしてこんなことをするの？　わたしがどうして礼儀知らずなの？」

夢寒は驚いて泣きだした。自分が何をして父親が機嫌を損ねたのか、わからなかった。

パシッ！　マライは娘の左頬を殴りつけた。頬にはすぐに赤い筋が五本ついた。

「まあ、なんでこの子を殴るの？　この子が何をしたって言うの？」

マライが手を振りあげて、さらに殴ろうとしているのを見て、懐湘はさっと前に出て娘をかばった。

「礼儀知らずめ」マライは大声で罵った。

「人がいるのに、挨拶もしない。おれは、礼儀を知らないやつがいちばん嫌いなんだ」彼は言った。

「中学生になっても、まだ礼儀がわからない！　出ていって、やりなおせ！」

彼はやはり怒って、娘に、もう一度入ってきてやりなおすように怒鳴った。

「阿文、阿豪、おまえたちも出て行って、礼儀とはなにか練習しろ！」

ふたりの男の子はドアの隙間からすべてをのぞき見していたので、父親が呼ぶとすぐにとびだして来た。三人の子どもたちは出ていくと、まずドアを閉め、それからドアを開けて入って来た。

「お父さん、ただいま」三人はドアを入るとすぐにマライにお辞儀をして、挨拶した。

「もっと大きな声で！」まだ声を詰まらせている夢寒にマライは言った。

「お父さん、ただいま！」夢寒は深々とお辞儀をして叫んだ。

「よし！　これからは礼儀をわきまえるんだぞ、わかったな」彼は言った。

「わかりました」三人は声をそろえて答えた。

「いっそ離婚しなさいよ」

秀芳は懐湘の愚痴を聞くたびに腹を立て、マライと別れるように言った。

「子ども連れて行くのよ。どっちにしても、今はあんたがひとりで子どもを養ってるんじゃない！」彼女はそう言った。

確かにそのとおりだが、懐湘はやはり両親と同じ過ちを犯したくないと思っていた。彼女は、父親と母親がいっしょに暮らしてこそ、子どもにとって完璧な家だと思っていた。

「でも、あんたは自分のことも考えなきゃだめよ」秀芳は言った。

「お金のことを、全部マライに教えちゃだめよ。自分のために少しはへそくりを貯めておいて、もし必要になったら、それを使うのよ」

秀芳は客家の娘だった。まだ結婚していなかったが、ものごとがよくわかっており、仲のよい友だちの状況に心を痛め、いつも懐湘に自分のことを考えるように言った。


その日、懐湘はレストランの仕事が非番だったので、家事をすませ、マライの昼食の用意をすると、バイクに乗って山のほうへ父親に会いに行った。

「あんたのお父さんは、下の畑でサツマイモの草取りをしているわ」

懐湘がレストランから持ってきた筍絲滷啼膀〔客家料理、味つけ豚足のタケノコの千切り添え〕をテーブルに置くとすぐに、後ろからピタイの尖った声がした。

「じゃあ、お父さんを手伝ってくるわ」懐湘は答えた。

ふだんはレストランできつい仕事をしているのに、休みの日にはいつも父親の家に行って仕事を手伝った。彼女は父親を心から愛していたし、父親は世界でただひとり、心から彼女を愛してくれ、彼女を失望させたことがない人だった。

初夏とはいえ、六月の太陽の光はすでにぎらぎらと照りつけはじめていて、十時を過ぎたばかりなのに、我慢できないほど暑かった。彼女は笠をかぶって、畑の方に歩いて行った。

「アバ（お父さん）」

主にタイヤル語を使う後山の部落に嫁入ってからは、懐湘はいつもタイヤル語で父と話した。もう母親になっていたが、子どものときのように父親に甘える声で、自分が来たことを遠くから父親に知らせた。ふつうなら父親はすぐに彼女に答えてくれた。彼女は急ぎ足でイモ畑のほうへ歩いて行った。段々畑にはほかの作物も植えられており、人の背丈より高いトウモロコシが風に揺れ、緑が美しく広がるサツマイモ畑もあった。そのなかで、最も大きな真四角な土地にトウモロコシが植えられていた。それは以前、レシンが懐湘にやると言ったあの畑だった。

「アバ、アバ、どこにいるの？」

父親はいつもとちがって、彼女の呼びかけに答えなかった。トウモロコシに視線をさえぎられていたので、父親がなぜ答えないのかわからなかった。目の前のトウモロコシの長い葉を払いのけると、畑に倒れている父親が目に入った。彼は身体を折り曲げて、サツマイモ畑にひざまずいていた。片手で身体を支え、もう一方の手をこぶしに握って左胸をたたこうとしており、黒ずんだ顔は苦しげに歪んでいた。

「アバ！　どうしたの？」

異常を見てとるとすぐ、懐湘はサツマイモの葉を踏んで、まっすぐに父親のもとに駆け寄った。

父親は娘が来たのを見て話しかけようとしたが、苦痛のあまり何も言えなかった。

「ウウ……、ウウ……」

「さあ、わたしが背負ってあげるわ」

彼女はしゃがみこむと、一も二もなく父親の両手をつかんで背中に引きずりあげた。どこからそんな力が出たのかわからないが、背が高くてがっしりした体格の父親をほんとうに背負ったのだ。彼女は力を振り絞って、背負ったり引きずったりしながら、サツマイモ畑を越え、トウモロコシ畑を抜けて、家のほうへ向かった。

「おい、どうしたんだ？　おやじさん、どうしたんだね？」

やっとのことで、畑のそばの小道まで来ると、隣人が見つけて大急ぎで駆け寄って来た。そしてレシンを懐湘の背中から下ろして自分が背負った。

「急いでワタン叔父さんのところへ行くんだ。おやじさんが病気になったから、病院へ連れて行ってくれと言うんだ。さあ早く！」

「わかったわ」

懐湘は何も言わずに、すぐに叔父の家へ駆けて行った。公務員のワタンは安定した収入があり、妻のミネも家の切り盛りが上手だったので、数年前に退職してから車を買い、家には電話も引いてあった。部落でも数少ない、自家用車がある家だった。

「ワタン叔父さん！　ワタン叔父さん！　お父さんが病気なの。病院へ連れて行ってもらえる？」

「どうしたんだ？　おまえのおやじがどうしたって？」

庭にしゃがみこんで犬小屋の修理をしていたワタンは、姪がぜいぜいと息を切らしながら慌てているのを見て、よくないことが起こったと悟り、手にしていたペンチを置いて立ち上がると、懐湘に尋ねた。

「わからないのよ！　お父さんは胸が痛くて、歩けないの！」

走って来た懐湘は汗びっしょりだったが、あえぎながら言った。

「えぇっ！」

ワタンは事態が深刻なのを直感して驚きの声をあげると、すぐに小走りで兄の家のほうへ向かった。何歩も行かないうちに、隣人がレシンを背負って必死になってやってくるのが見えた。ワタンはそれを見るなり自分の家に駆け込み、車の鍵をとると、服も着替えずにとびだして車のエンジンをかけた。

「あら、みんな、何を急いでるの？　昼ご飯ぐらい、食べて行きなさいよ」

台所で昼食の用意をしていたミネは、夫がとびだしていくのを見て、何だろうと追いかけて来た。そのとき、ワタンと隣人はすでにレシンを車のトランクに「押し込んで」いた。それで彼女には何が起こったのか、わからなかったのだ。

「懐湘、ここにお金と、あんたのお父さんの健康保険カードが入っているわ。持って行って」

ピタイが追いついてきて、懐湘にカバンを渡した。懐湘は財布を受け取ると、叔父と隣人といっしょに車に乗りこみ、飛ぶように山を下りて行った。

山の上から街の大きな病院までは、車を飛ばしても五十分ほどかかる。そのうえ、レシンがサツマイモ畑で発作を起こしてから、どれぐらい時間が経っているかわからなかった。彼らがやっと病院に着いたときには、レシンはすでに重度の昏睡状態に陥っていた。医療スタッフが救急措置に手を尽くしたが、やはりどうすることもできず、レシンは不幸にも心不全で亡くなった。

父親の急死に、懐湘は悲しみのあまり生きる意欲も失うほどだった。この世で自分を最も愛してくれ、自分も最も愛した肉親を失ったのだ。彼女は身体が空っぽになったようにぼんやりしていた。マライでさえその深い悲しみを感じ取り、しばらくは酒に酔って暴れるようなことはなかった。

電話の向こうから、よく知ってはいるが、なじみのない声が聞こえて来た。懐湘にはそれが母親のハナだとわかった。母娘は数十年ものあいだ、ほとんど何の連絡もしなかった。烏来の祖母の家で、たまたま一、二度、出会っただけだった。母親の電話は、母親の弟が教えてくれたものだった。懐湘は山の下に引っ越してから、何度か母親に電話をかけたが、ハナはいつも懐湘を避けるように、二言三言、適当なことを言うと、そそくさと電話を切ってしまった。その後は、懐湘も二度とハナに電話をかけなかった。父親が亡くなった。彼女は母親に連絡するつもりはな

「もしもし、どちらさま?」

かったのだが、ミネに、やはりハナに連絡するべきだと諭されたのだった。

「何と言っても、あのふたりはあんたの実の父親と母親なんだから、お母さんに連絡しないわけにはいかないわよ。それが人としてするべきことよ」

それで、懐湘はミネ叔母さんの家から、母親のハナに電話を掛けたのだった。

「もしもし、懐湘です」

大きくなってから、彼女はハナを「お母さん」と呼べなかったし、「おばさん」とも呼ばなかった。ピタイと話すときと同じように、呼びかけることはせず、直接話を切り出した。

「あの、ええと……、お父さんが亡くなりました。心臓病です」

「え？　亡くなった？　……こんなに早く亡くなるなんて……。どうしてこんなに早く……」

ハナは急な知らせに、ひどく驚いたらしく、ぶつぶつとつぶやいていた。信じられないようだった。

「あの、この土曜日に教会で葬儀ミサをして、それから埋葬します」

懐湘は、母親が父親の葬儀に来てくれるのでないかと、ほんのわずかだが期待していた。

「あの……、懐湘、あの……、わたしは行けないと思うわ。忙しいのよ……。あの……、土曜日はちょうど用事があるの。ほんとうにごめんなさいね、懐湘」

ハナは、葬儀に来られない理由をしどろもどろに述べたが、実はこれまでに何度か連絡した経験から、彼女がそう言うだろうと懐湘は覚悟していた。いつもと同じようにがっかりはしたが、それほど意外ではなかった。

ワタン叔父や伯父たち、親戚や友人、隣人に助けられて、父親の葬儀は無事に終わった。肉親を失った懐湘はひどく悲しんだ。何といっても、父親は彼女の人生で、生活の面でも感情の面でも、自分を裏切ったことはなかった。潜在意識のなかで、自分は「よくない」といつも思っていた懐湘は、父親が可愛がってくれたときだけ、ひそかに、自分も「いい」にちがいないと肯定することができた。だから、この世でただひとり、生きている価値を自分に肯定させてくれた父親がこのように突然去ってしまったことを、懐湘はどうしても受け入れることができなかった。彼女は悲しみのあまり気力を失って、一日じゅうぼんやりしていた。ぼうっとした状態で半年ほど過ごして、やっと少しずつ元気を取り戻した。現実に向き合わなければならないことはわかっていた。三人の子どもを育てなければならず、家族のために頑張って仕事を続けなければならなかった。

懐湘の舅はたまに山を下りて、息子一家に会いに内湾に来ると、いつも十日から半月ほど滞在した。農繁期にはラハウに行って仕事を手伝うこともあった。その日、懐湘は仕事が休みで、ピタイを手伝いにラハウへ帰った。ちょうど内湾にいた舅もいっしょに行った。マライは家に残って、子どもたちの面倒を見て、食事を作ってやると言った。実は、昼食と夕食はすでに懐湘が支度しており、あとはただ温めればよいだけだった。

「わたしは用事で出かけるから、お昼はあんたが戻ってきて、お舅さんにご飯をつくってあげて」ピタイは懐湘にこう言いつけた。

「夜にならないと帰らないから、夕方には、干しておいた洗濯物を取り入れてね。それから、弟と妹にご飯を作って食べさせてやって。あんたたちも夕飯を食べてから内湾に帰りなさい」

ピタイは懐湘に家事の指図をしたが、それはまったく自然で、昔と変わらなかった。

「ええ、わかりました」懐湘も昔に戻ったように、礼儀正しく答えた。

「あ、それから、戸籍謄本と印鑑証明をもらってくるのを忘れないでね。あとで身分証と印鑑をわたしに預けてね」彼女は言った。

「ええ、わかったわ。それをどうするの？」懐湘は不思議に思って尋ねた。

「あら、何でもないのよ。あんたのお父さんのあの畑の書類を作るのよ。あんたの弟妹たちの分は全部あるのよ。あんたも二、三日のうちに、はやく持って来てね」

ピタイは少しわずらわしそうだった。

「はい、わかりました」懐湘は答えた。

正午になる前、懐湘と舅が田んぼにしゃがみこんで草取りをしていると、クラヤに住むマライの従兄のトゥライがやって来るのが目に入った。彼は、マライの母親の従姉の息子で、マライよりずっと年上だった。娘はすでに結婚しており、彼はすでにおじいちゃんだった。

「おい、トゥライ、こんなところに来るなんて、珍しいじゃないか」

トゥライが現れたのを見て、舅は意外に思った。トゥライはレシンの家とはあまりつきあいがなく、ここには、懐湘の婚礼の嫁迎えと、あの「謝罪儀式」の時に来ただけだったからだ。

「なんでもないさ、ぶらぶらきてみただけだよ」トゥライは言った。

「あら、じゃあ、家に戻って休みましょうよ。お昼はここで食べていってくださいね、トゥライさん」

懐湘はここの主人として客を家に招いた。ちょうど昼食の準備をするところだった。

「座っていてください！　食事の用意をしますから」

懐湘はテレビをつけて、彼にお茶を入れてやった。それから阿慶の店へ行って米酒を一本買ってきて客をもてなした。部落では、こうするのが主人としての基本的な心づかいだった。トゥライは居間にちょっと座ったが、また立ち上がって外をちらっと見た。落ち着かないようだった。

「わしは要らんよ、飯はもう食ったから」

昼食のとき、懐湘がトゥライに飯をよそうと、彼は手を振ってそう言った。舅は空腹だったので先に食べ始めた。

「それじゃ、せめてスープでも少し召しあがってください。わたしたちが食べてるのをずっと見ているなんてだめですよ」

懐湘は熱いスープを運んできた。主人の気づかいをむげにできないと思って、トゥライはスープを受け取り、ゆっくりと飲みはじめた。彼はスープを飲みながら、何度も家の外に目をやった。

「お義父さんといっしょにお酒をいかがですか？　トゥライさん」

懐湘はみんなに酒を注ぎ、トゥライと舅に杯を掲げて敬意を示すと、酒を飲みほした。

「ああ……、おまえたち、飲みなさい。わしは飲まんよ。真っ昼間から酒を飲むのは好きじゃないんでな」

舅は実際は、どんな時でも酒を飲んでいたのだが、今日は酒を飲まないと言うのだった。懐湘は気にかけずにトゥライといっしょに、小さな杯に入った酒を一杯飲んだ。何といっても、彼女はここの主人の立場にあるのだから、客をもてなさなければならなかった。

「ああ、お邪魔してしまったな。もう行かなければ。失礼するよ」

昼食が終わって、ほとんど話もしないうちに、トゥライは急いで帰ると言い出した。

「もう少し話そう。何か急ぎの用でもあるのかい？」

舅が引き留めたが、トゥライはやはり帰ると言った。

「そうですか。じゃあ、お気をつけて」

懐湘は立ち上がってトゥライを送って行った。歩きながらことばをかわし、しばらく歩いてから手を振って別れた。

午後、懐湘と舅はまた田んぼに行って草取りを続けた。夕方になると、舅は、ラハウでは夕食を食べない、バスに乗って先に内湾に帰ると言った。

「お義父さん、ここで晩ご飯を食べて、それからいっしょに帰りましょうよ」懐湘は言った。

「んん……、わしはやっぱり先に帰って休むよ。疲れたんだ」彼は言った。

それで、懐湘も無理に引き留めず、舅にお金を渡して、ひとりで先にバスで家へ帰らせた。彼女自身は早く帰るわけにはいかなかった。ピタイに言いつけられた用事がまだ終わっていなかったのだ。

舅が先に帰ると言い張ったのには理由があった。今日、トゥライが突然、レシンの家に現れたことを彼はおかしいと思っていた。そして、トゥライと嫁のやりとりを観察しているうちに、心に思うところがあったのだ。

「あのふたりのあいだには、何かあるにちがいない」

舅は家へ帰ると、すぐに息子にそう言った。嫁はトゥライと楽しそうに話していたし、自分には飯をよそってくれなかったのに、トゥライには飯をよそい、スープを入れてやり、酒を注いでやっていた。

「そのうえ、あのトゥライを送って行ったんだぞ」彼は言った。

実のところ、懐湘のラハウの家族にとっては、彼女の今日の行動は、客をもてなす基本的な礼儀に過ぎなかった。しかし、舅の家は親戚や友人との行き来がほとんどなく、そういうことを重んじていなかった。そのため、彼の眼には、嫁のあのような行動は問題があると映ったのだった。マライは妻と従兄が怪しいと聞いて、完全に頭に血が上ってしまった。

「あの恥知らずが！」

低いテーブルをバンと殴りつけた。部屋にいた子どもたちは父親が発作を起こしたのを知って、みな声を出そうとせず、ひどく怖がっていた。

「わしはずっと前に、トゥライには外に女がいるという話を聞いてたんだ」舅が言った。

「家の嫁だったとはな。ああ、なんてこった」

舅はやりきれないというように、首を振った。マライは椅子に座ってテレビをじっと見ていたが、すでにギリギリと歯ぎしりを始めていた。

懐湘はピタイが言いつけた用事を終えてから、バイクで山を下りて家に帰った。彼女は家の下でバイクを止めた。マライは彼女が帰って来たのを知った。

懐湘が階段を上がってきてドアを開けるやいなや、激怒したマライが飛びかかって来た。

「このあばずれが！」

マライは彼女の髪の毛をつかむと、そのまま居間に引きずり込んだ。

「アッ！」懐湘は避けられずに、床に倒れ込んだ。

「なんで殴るのよ？」彼女は両手をついて起き上がると、振り向いてマライに尋ねた。

「なんで殴るのだ、だと？　自分に訊いてみろ！」

彼は懐湘を踏みつけ、懐湘は床に這いつくばった。マライは手を休めず、彼女をつかんで引き起こすと、ドンッと力いっぱい壁にたたきつけた。懐湘はドサッと壁にぶつかり、唇を歯で噛んでしまった。すぐに左下唇から血が流れだし、腫れあがった。

「どうだ？　金が稼げたか？　そうだろ？」

彼女の髪をつかんで、今度は椅子にたたきつけた。バンッ！　華奢な懐湘は布で作った人形のように、怒り狂ったマライにつかまれ、たたきつけられたが、抵抗する力はまったくなかった。

「金を稼いで、酒を買って、男に飲ませたんだ。そうだろ？」

マライは、怒りで血走った両目を大きく開いて、懐湘をにらみつけた。

「おまえは男とこそこそいちゃついていたんだろ、え！」

彼は話すほどに怒りをつのらせ、妻を殴りつける力はますます強くなった。

「お父さん、お母さんを殴らないで！」

三人の子どもはドアの隙間から様子を見ていた。とても恐ろしかったが、母親がこんなふうに暴力をふるわれるのを見ていられず、勇気を出してとびだしてきた。一方、告げ口をした舅は部屋に隠れてしまい、何も知らないふりをした。

「男なんていないわよ！」

懐湘はわけがわからないままに殴られていた。マライが何を言っているのか、まったくわからなかった。

「あんたはまた酔っぱらっておかしくなってるのね？」

彼女はふらふらしながら立ち上がった。背中がうすら寒く、服が破れているのがわかった。彼女は手を伸ばして背中の服をさわってみた。

パシッ！　マライがまた平手打ちで殴りかかって来た。バシッ、懐湘は避けきれずに、また床に殴り倒された。顔にも腕にも、血の跡がいくつもついた。

「お母さん！」

夢寒と志豪が駆け寄ってきて、懐湘を抱きしめて泣きはじめた。

「お父さん、お母さんを殴らないで！」

志文は全身を震わせていたが、震える声で父親に、これ以上母親を殴らないように頼んだ。

「あっちへ行くんだ！」

彼は三人の子どもを力ずくで引き離した。子どもたちは恐ろしくてすすり泣き、震えながら居間の隅っこに縮こまった。母親の惨状は見るに忍びなかった。

「フーッ。なんと、男といちゃつくとはな！」

彼は息を切らしていた。子どもたちが懇願したが、怒りはまったくおさまらず、逆にあおられた火のように燃え盛っていた。

「おれの従兄といちゃついてたんだな、ええ！」

マライは狂った野獣のようだった。懐湘はまったく抵抗できず、しかたなく両手で嵐のような殴打を受け止めているしかなかった。懐湘はやっとのことで立ち上がり、部屋へ逃げようとした。

「あさましい女め！」

マライは懐湘の襟をつかむと、力まかせに引きおろした。懐湘の服はビリッと音を立てて、胸から腹まで裂け、なかのブラジャーがむき出しになった。アッ！　懐湘は両手で胸を隠し、力を振り絞ってマライの手から逃れ、身をひるがえして、外へと狂ったように駆けだした。

懐湘は転がるようにして階段を下り、アパートの門を飛び出すと、命からがら地獄のような家から逃れた。

「お母さん、早く逃げて……」

「逃げようってのか？　戻って来るんだ！」

「イナ（嫁）……、イナ……」

家のなかから子どもと大人の叫び声が聞こえて来た。舅まで出て来ていた。懐湘は破れてぼろぼろになった服をしっかりつかみ、彼らが呼ぶ声を遠く後ろに聞きながら、裸足で、ラハウのほうへ狂ったように駆けて行った。

「イナ……、イナ……」

舅と子どもたちが階段を下りて、後を追って駆けて来た。しかしまもなく、彼女の後姿は暗闇のなかに消えてしまった。舅たちは二キロメートルほど追いかけてきたが、あきらめて戻っていった。懐湘は狂ったようにしばらく走り続けたが、後ろから追ってくる音が聞こえなくなると、少し足を緩めた。さらに二キロほど歩き、誰も追ってこないのを確かめると、さらに歩みを遅くして、深夜の山道をのろのろと父親の家のほうへ歩きつづけた。崖に沿って開かれた道は、右側が山で、左側が川だった。髪を振り乱し、破れた服を着た女が、裸足で、たったひとり、真夜中の山道を歩いていく。彼女は泣くのを忘れ、恐ろしいとも思わず、ただ休むことなく歩いた。深夜の山道は真っ暗で分かりにくかったが、幸い空には上弦の月がかかっており、道をぼんやりと照らし出していた。時には道の穴につまずいて転んだが、すでに傷だらけの彼女は痛みを感じなかった。

ラハウ部落に着くころになって、懐湘はさっきのあのわけのわからない騒ぎについて、少しずつ順を追って考え始めた。彼女はマライが、「おれの従兄といちゃついた」と言ったことを思い出した。そのことばを、今日の午後、舅がとったおかしな態度と照らし合わせると、マライが自分を殴りつけたのは、トゥライがラハウに来たためだと、はっと思いあたった。舅は先に家に帰って、息子にそのことを告げ口したにちがいない。それでマライがかっとなって彼女を殴ったのだ。

こうしてわけがわかってみると、彼女は腹が立ち、悔しくなって泣きはじめた。感情を抑えつけてきたが、いちど涙を流し始めると、恨み、悔しさ、痛みのすべてが爆発した。

「ワア……ウウ……ウウ……アア……ウウ……」

彼女は深夜の山道で、声をあげて狂ったように泣いた。堰を切った川の水のように、涙が絶え間なくこみあげてきて、むき出しになった胸を濡らした。

「ヤタ（おばさん）……、ヤタ……」

父親の家に着いたのは早朝五時ごろだった。ピタイも起きようとしていて、誰かが外でドアをたたくのを聞いて、急いで出て来た。

「まあ、懐湘、こんなに早くどうしたの？ あ、その服……、マライに殴られたんだね？」

ピタイは、傷だらけで、ぶざまなかっこうの懐湘を見て、何も聞かなくても事情をのみこみ、急いでドアを開けて彼女を中に入れた。懐湘とこの継母のあいだには、これまで温かい気持ちのやりとりはなかった。そのため、今こんな状況であっても、思いやりを見せることに互いに慣れていなかった。

「上の部屋に服が置いてあるの。先にシャワーを浴びるわ」懐湘が言った。

「テレビの下の戸棚の引き出しに、薬があるわ。持って行ってつけなさい。玉鳳が休暇で帰ってるから、あの子が起きたら、上へ行って、あんたの背中に薬を塗るように言うわね」

上の妹の玉鳳は、少し前に中学を卒業すると、部落を出て、中学時代の先輩といっしょに働いていた。桃園の紡績工場の工員をしているということだった。ピタイが今、口にしたいくつかのことばは、彼女がレシンに嫁いでこの家に来て以来、懐湘にかけた最もやさしいことばだった。

懐湘はまだ覚えていた。学校へ行くのに、布靴に大きな穴が開いていても、ピタイは何日も見ないふりをし、懐湘は自分から口に出してお願いしなければならなかった。それではじめて、ピタイはいやいやながら彼女に金を渡し、自分で買いに行かせたのだ。しかし弟や妹たちに対してはまったくちがい、靴が少し古くなっただけで、新しいものを買ってやっていた。これは差別待遇のひとつに過ぎない。生活のなかで、何度も不公平な扱いを受けたが、それは懐湘にとって、自分が「よくない」ことをそのたびに証明されたに過ぎなかった。

夜が明けると、妹の玉鳳が上がってきて、薬を塗ってくれた。玉鳳は子どものころから懐湘が面倒を見て来たので、ふたりは仲がよかった。姉の身体のあちこちに青や紫のあざがあるのを見て、彼女は我慢ができなかった。

「義兄さんはひどすぎるわ、ほんとうに恐ろしい」玉鳳は言った。

「あの人はお酒を飲んでかんしゃくを起こすと、いつもこうなのよ、ああ……」

懐湘は、妹にどのように説明すればいいのか、わからなかった。中学を卒業したばかりの玉鳳は、すらっとしてきれいだったが、やはり何の悩みもない子どものように思われた。懐湘は、彼女の年ごろには自分はもう、ひとりの子どもの母親だったと思うと、胸がいっぱいになってため息をついた。

父親の家で少し休むと、懐湘はやはりバスに乗って、竹東に仕事に行った。身体の傷について同僚に尋ねられると、バイクに乗っていて転んでけがをしたと言った。しかし、誰にも、それが殴られてできた傷だとわかっていた。こんなにひどいけがでも、無理をして仕事に来なければならない。恵まれない人は苦労して稼がなければならないのだ。彼女の傷について、無慈悲に真相を暴くような人は誰もいなかった。

秀芳は親友がこんなに傷ついているのを見て、ひどく心を痛めた。

「仕事がすんだら、わたしのところに泊まるのよ！」彼女は言った。

「家に帰ったらきっとまた殴られるわ」

「でも、子どもたちはどうするの？」

懐湘がいちばん気にかけているのは、子どもたちのことだった。

「マライはこのごろいつも、酒に酔ってかんしゃくを起こすの。子どもたちは毎日怖がっているのよ。それに、わたしが帰らなければ、あの子たちには食べるものがないのよ」

「だめよ！　少なくとも、何日か経ってから帰るのよ。彼が落ち着いてから帰りなさい」秀芳は言った。

「父親なんだから、自分の子どもを食べたりはしないでしょうよ。お義父さんがいるって言わなかった？　お義父さんが子どもたちの面倒を見るわよ」

秀芳は懐湘に、自分の家に泊まるようにと言い張った。懐湘はバイクがないので、しばらく彼女の家に泊まるしかなかった。

二日後、懐湘はクラヤの近所の女性からあるニュースを聞いた。彼女は結婚式に来ていたのだが、懐湘と挨拶を交わしたときに、ついでにこう言った。

「あんたたちの親戚のトゥライを知ってるだろう？　十分寮《シーフェンリャオ》の客家人にひどい目にあわされたって話だよ」彼女は小さい声で懐湘に言った。

「あの人は、ラハウのあんたのお父さんの家に行ってってね、それから、十分寮に行ったんだって……」

彼女は、トゥライはラハウに来たあの日に、十分寮で袋叩きにあってけがをし、入院したと語った。彼は十分寮に住む客家の既婚の女性とつきあっていたのだが、そのことは早くから気づかれていて、その女の夫が人を集めて、彼を襲ったということだった。

「まあ……、そういうことだったんだわ……」

懐湘はやっとわかったのだった。自分はトゥライの身代わりになったのだ。その日、トゥライは、ラハウのレシンの家で女と落ち合って、いっしょに出かける約束をしていたのだ。しかし女は現れなかった。トゥライがそわそわして、食事もせずにすぐに行ってしまったはずだ。女を待ちきれなくなって、彼は直接、十分寮に行って、彼女がなぜ約束を破ったのか知ろうとした。そうして、彼は大通りで殴られて負傷したのだ。このことはクラヤじゅうに伝わっていて、もちろん、懐湘の舅とマライも知っているにちがいなかった。わけもわからずにひどく殴られた事件の真相が、懐湘にもやっとわかった。彼女は泣くに泣けず笑うに笑えず、悔しさとやりきれなさで身を切られるようだった。しかし、もうひとつのニュースはいっそう懐湘を驚かせた。

「あら、あんたはクラヤの人なの？」

隣のテーブルの年配の女性は、懐湘と近所の人の話に早くから聞き耳を立てていたが、我慢できなくなってこちらを向いて、ふたりの話に口をはさんだ。

「じゃあ、ブターを知ってるだろ？」彼女は言った。

「彼は運が悪かったよ。奥さんのヤワイが、お腹の子といっしょに亡くなったんだよ」

おばさんは首を振りながらため息をついた。

「え……、どういうことですか？」

懐湘は、トゥライ事件の真相を知り、自分が誤解からひどく殴られたやりきれなさを、少しずつ落ち着かせようとしているところだった。そこへ突然この話を聞いて、彼女は異常なまでに驚き、片づけて高く積み上げたばかりの小皿を持っていたのだが、それをあやうく落としそうになった。

「ほんとうだよ！　わたしはヤワイが亡くなる間際に会ったんだから。脚がこんなに太くなってね、ひどくむくんでいた。ほんとうに可哀想だったよ」

おばさんは両腕で輪を作って、両脚が腫れあがったようすをして見せた。妊娠したヤワイは重篤な妊娠中毒症を患っていたのだ。血圧が異常なほど高く、身体全体のむくみがひどかった。叔母さんの話では、ヤワイは少し前に、眠っているうちに、お腹の四か月の胎児といっしょにこの世を去ったということだった。

「まあ……、ほんとうに可哀想に……」

驚きのあまり、懐湘の目と口は大きく開いたままだった。そばにいた客たちもあちこちでため息をついていた。かつていっしょに山で仕事をしたときのことを思い出すと、あんなに若くて生き生きとしていたヤワイが、妊娠のせいで早々と肉親や友人に別れを告げてこの世を去ろうとは、懐湘にはどうしても信じられなかった。

「ああ……」

懐湘は大きなため息をつくと、仕事に戻った。しかし、心にはさまざまな思いが交錯していた。自分は、いくらかは苦しいめにあってきたが、どんなに苦しくても三人の子どもは無事に産むことができた。ヤワイは、勤勉で責任感があるやさしいブターと結婚したのに、どうしてこんな運命をたどったのだろう。ブターのことを思うと、懐湘の心に温かいものが流れ、頬が急に熱くなり、思わず手のひらで両頬を覆った。こんな時にくだらないことを考えるべきではないと、少し後ろめたい思いだった。一日じゅう、仕事をしながら、トゥライとブターについてのニュースが懐湘の心に繰り返し浮かんだ。さまざまな感情が交錯していたために、心ここにあらずといった状況で、彼女は小さなミスをいくつも犯したが、幸いなことに大きな問題にはならなかった。ただこの日は、ことのほか長く感じられ、身も心も疲れ果てた。

トゥライの事件について、今では真相が明らかになったので、懐湘はほっと一息ついた。

「今日は家へ帰れるわ」彼女は言った。

「秀芳、お昼にわたしを載せて帰ってくれる？　家の下まででいいわ、上がらなくてもいいから。持って帰った料理を食べさせたら、午後は自分のバイクで戻って来るわ」

身体の傷はまだよくなっておらず、殴られたときの惨状がまざまざと目に浮かんで、思い出しても恐ろしかった。しかし子どもたちがおびえていた様子を思い出すと、母親として、すべてを忘れ、急いで帰って子どもたちを護ってやりたいと思うばかりだった。

「このおかずは夜、温めて子どもたちに食べさせてやって」

懐湘はふだんと同じようにレストランの料理を持って家に帰った。マライは居間でテレビを見ており、リモコンを手にして、ひっきりなしにパタパタとチャンネルを換えていた。ふたりは二日前のことには触れなかった。

「帰って来たのかい、イナ」

舅は昼寝をしていたが、嫁の声を聴きつけて部屋から出て来た。

「年を取ると、あんなふうにまちがえてしまうんだ。ほんとうに悪かった。忘れておくれ、イナ」これは彼の最も誠意をこめた謝罪だった。

「気にしないでください、ユタス(お義父さん)」懐湘は言った。

「わたしはもう大丈夫です。過ぎたことはもう言わないようにしましょう、ユタス」彼女は言った。

マライはふたりの会話を聞いていたが、懐湘への謝罪のことばは一言も口にしなかった。懐湘が仕事に戻ろうとすると、マライは家のコードレス電話を彼女に渡して言った。

「これ、壊れたんだ。竹東へ持って行って修理してくれ」

電話機はあの夜、マライが投げつけて壊したのだった。懐湘は電話機を受け取ると、家を出て仕事に戻った。

後山から内湾に引っ越してもう三年余りになる。マライはいつも酒に溺れるようになり、食事もきちんととらなくなった。この数年のうちに顔がどす黒くなり、痩せこけてしまい、かつて、陸上競技チームのキャプテンをしていたころのたくましさや健やかさは失われていた。夫婦生活もいつも思うようにできず、「性」は、あわただしく矛を執って馬にまたがり戦いに挑んでも、往々にしてすぐに降参するようになった。彼自身はひどい挫折感を味わったが、懐湘は逆に嬉しく、ほっとしていた。毎日、家計のためにあくせくと働いている懐湘にとっては、愛がないセックスよりは、ぐっすり眠ることのほうがずっと大切だった。懐湘はもともと、「清流園の花」と呼ばれた母親のハナに似て美しい顔立ちだった。ただ、長いあいだ山で忙しく働き、子どもを生み育てていたので、外見をかまう時間も気力もお金もまったくなかった。今はサービス業で働いているので、身なりを整える必要があった。自分のためにきれいな服や化粧品を買えるお金があったので、だんだんおしゃれをするようになった。それで、二十八歳の彼女はやはり若々しく美しかった。やつれて老け込んだマライと比べると、見た目はまったく天と地の差であった。

この数年、懐湘はマライからさまざまに心身を痛めつけられ虐待されたが、それに耐えて来た。かつては少しは心を寄せていたが、このような苦しい生活を送るうちに、それはとっくになくなっていた。懐湘は今ではマライに感情と言えるようなものは何も持っていなかった。セックスについては、内心ではひどく嫌悪しており、毎回、強姦されるような苦痛を覚えた。幸いなことに、そのうち自分の苦痛をやわらげる方法が少しずつわかってきた。ふたりがクラヤの野外の「秘密基地」でセックスをしたとき、懐湘ははじめてこのうえなく素晴らしい感覚を味わい、その時、どうすればそのような状況の中で苦痛を和らげることができるかを学んだのだ。それで、毎晩、嵐が来ると、彼女は両目を固く閉じ、感情を嵐から逃れさせ、身体から離れて自由にあちこちへ飛翔させた。嵐がおさまり、かたわらのマライが寝返りを打っていびきをかきだすと、フーッと、彼女のやりきれないため息とともに感情も静かに降りてきて、深く考えたくもないこの現実に戻って来るのだった。

懐湘は子どものころから、分裂した家庭を体験し、あちこちの家に身を寄せて暮らしてきた。その後、少女時代には継母に冷酷に鍛えられた。そのため、弱い立場の人にはいつも同情を寄せてきた。マライは無職で酒におぼれ、暴力的な性格で、彼女や子どもたちを辛い目にあわせたが、しかし彼女は心の最も深いところでは、マライに同情していた。彼女は、恨み言も言わずに家族や子どもたちのために尽くし、マライの面倒を見、彼の生理的な要求にも応えてきたが、懐湘にとってそれはどれも同じだった。彼女がとらねばならない責任なのだ。しかし、なぜすべてが彼女ひとりの責任なのだろうか。そのことは、彼女は考えたことがなかった。あるいは真剣に考えたくない問題だったのだ。

ミネは、懐湘が誤解されてひどく殴られたと知ると、そのことを夫のワタンに話した。ワタンはそれをきいて激怒した。叔父として、姪のために正義を行わなければならない。それで親族の長老を集め、婚家とマライを呼びだして問いただした。懐湘の舅は自分に非があるとわかっており、過ちを認めて何度も謝罪した。マライはうつむいたままで何も言わなかった。娘が嫁ぎ先で、マライにされたように、わけもなく暴力をふるわれた場合、娘の親族の男たちは彼を徹底的に懲らしめるべきだった。しかしワタンは、婚家が誠意をもって謝罪したので、赦してやろうと思った。何と言っても、姪はこれからも彼らの家で暮らしていかなければならないのだ。最終的には、前回マライが「犬のクソを踏んだ」ときのように、形ばかりの「処罰」とし、塩魚と豚肉をそれぞれ懐湘の従兄弟たちに贈らせることで和解することにした。今後は、マライは道で懐湘の従兄弟たちに出会っても、もう「教訓」を受けることはない。

今回の「殴打」と「和解」事件で、マライの怒りっぽい性格はいっそうおかしく、とらえがたいものになった。子どもたちは彼が顔をしかめはじめるのを見ただけで震え出した。「金を稼ぐようになった、そうだな？」あの日、マライは懐湘をこう罵ったが、このことばはまさに彼の心の最も深いところからの叫びであり、恐れを表していた。彼はそれを受け止められず、暴力をふるうことによって、その圧力と恐怖から逃れるしかなかったのだ。

「お母さん、お父さんが修理に出した電話を受け取って来いって」

その日の昼ごろ、夢寒とふたりの弟がレストランにやってきた。

「お父さんが、お母さんのところに行って電話の修理代をもらえって」

懐湘は子どもたちにお金を渡すと言った。

「さあ、これで電話を受け取って来なさい。百元、余分にあげるわ。夢寒、弟たちを連れて行って、何か買って食べなさい。竹東でぶらぶらしていちゃだめよ、さっさと家へ帰るのよ」

子どもたちはお金を受け取ると、嬉しそうに帰っていった。

午後の休憩時間に、懐湘はいつものようにレストランの料理を持ってバイクで家に帰ったが、彼女が家に着いても、子どもたちはまだ戻っていなかった。

「うん？　あいつらはなんでおまえより帰ってくるのがおそいんだ？」

マライはやはり居間にいて、酒を飲みながらテレビを見ていた。

「わたしはバイクでまっすぐに帰ってきたけど、あの子たちはバスを待たなきゃならないから、おそいのよ」懐湘が言った。

まもなく子どもたちが帰ってきた。

「電話の修理ができたわよ」夢寒は電話機を懐湘に渡した。

「それからこれが残ったお金よ」とポケットからお金を出して懐湘に返した。

「出て行け、出て行け、出て行け！　もういっぺん、入って来るんだ！」

マライは立ち上がると、怒って子どもたちを追い出した。三人はすぐに出て行くと、ひとりずつもう一度入って来て、それぞれマライにうやうやしくお辞儀をした。

「お父さん、ただいま」

マライは「うん」と答えると、懐湘を横目でちらっと見た。

「電話をよこせ！」マライは手を出して、懐湘に電話機を持ってこさせた。

「どうぞ」懐湘は近寄って電話機を渡した。

マライは電話機を手にすると、しばらくあちこち見ていたが、いきなり手にした電話機を持ちあげてバシッと壁にたたきつけた。電話機の外側と中の部品がバラバラと床に散らばった。子どもたちは驚きのあまり、声も出せなかった。

「フンッ！」マライは冷ややかに笑うと、酒を飲みながらテレビを見続けた。

夜、レストランにいた懐湘に、夢寒が公衆電話から電話をかけて来た。

「お母さん、あのね、お母さんが出かけてから、お父さんは、お母さんが帰ってきたら殺してやるって言ってるの」夢寒はひどく緊張した、おびえたような口調で言った。

「お母さん、帰って来ちゃだめよ！　お父さんに殺されちゃうわ」娘は言った。

「長く話せないの、もう家へ帰らなきゃ。じゃあね」

電話は慌ただしく切れた。懐湘はぼんやりと受話器を持っていた。頭のなかに、ぽっかりと穴が開いたようだった。受話器からツーッ、ツーッという音が聞こえてきて、彼女ははっとした。マライが自分を「殺す」と言うのを聞いたのはこれがはじめてだった。このことばがどれぐらいほんとうなのか、彼女にはわからなかったし、マライがいつも言う「ぶち殺してやる」とどう違うのかもわからなかった。懐湘はその夜、魂が抜けたような状態で仕事をしていた。秀芳は彼女が落ち込んでいるのを知っていたので、いつも以上に手伝ってくれた。

その日は給料日だった。仕事が終わると、懐湘は給料袋をカバンに入れ、バイクの座席の下に押しこんだ。

「この十元はポケットに入れておくわ」

彼女は給料袋から十元硬貨を取り出すと、笑いながら秀芳に言った。

「もし、何かあって、電話をかけなくちゃならなくなったら、この十元が役に立つわ！」

冗談でそう言ったが、十元をほんとうにズボンの後ろポケットに入れた。そして秀芳と別れてバイクで帰宅した。

家の下まで来ると、懐湘はバイクを止めた。娘のことばを思い出して、マライはほんとうにそう思っているのだろうかと、少し心配だった。それで、まず家に行って様子を見てみようと考えて、そっと階段を上り、ゆっくりと鍵をあけた。ギーッ、そっとドアを開けると、酒のにおいがつんと鼻を突いた。これはいつものことで、めずらしいことではなかった。しかし、中に一歩入ると、テレビの画面の明るい光で、暗い居間のテーブルの上に、ピカピカ光る猟刀が置いてあるのが目に入った。マライは酒のコップを手にしていたが、妻が帰って来たのを見ると、すぐにそれを彼女のほうに投げつけた。パン！ ガシャッ！ 的が外れて、コップは壁にあたり、砕けて床に散らばった。

「何がえらいんだ！」

マライは猟刀を取りあげると、フーッと息を吐いて立ち上がった。

「おまえを殺してやる……」

そのことばが終わらないうちに、懐湘は大急ぎで階下へ逃げ出した。

「戻ってこい！」マライは追いかけて来た。

「どこへ逃げるつもりだ！」

酒を飲んでいたので、マライの足どりは少し遅かったが、後ろからずっと追ってきた。懐湘は振り向こうともせずに、命がけで狂ったように走った。夜の暗闇にまぎれて、懐湘は汽車の駅の近くまで走って姿を消した。マライは内湾の街を行ったり来たりしながら、怒鳴ったり叫んだりしていたが、酔っ払いが街で騒いでいても、誰も出てきてかまったりはしなかった。やがて彼は自分から、ふらふらと家へ帰っていった。

懐湘は家を出てから必死に、狂ったように走った。マライが彼女を追ってくるのが聞こえると、いっそう必死になって逃げた。陸上競技部のキャプテンだったマライに追いつかれるにちがいないと彼女は思っていた。それで、どこかに身を隠すほうがいいと思った。彼女は全力で逃げた。前方がどんな場所であれ、暗い方へと走った。左手に汽車の駅が見えると、そちらへ曲がって、駅のほうへ走り、駅前の広場の階段をあがって、駅の裏の暗がりに身を隠した。駅の裏には、廃棄物を積み上げた一角があり、彼女はその廃棄物のなかに入り、身体を縮めて腐った木の板の下に潜り込んだ。ちゃんと隠れることができてはじめて、恐ろしさで全身が震えはじめた。

懐湘はしばらく隠れていた。マライが追ってこないのを確かめてから、ゆっくりと木の板を押し開けて出て来た。ズボンの後ろポケットを探って、あの生命を救う十元硬貨を取り出すと、駅の外の公衆電話のところに行って、竹東の秀芳に電話を掛けた。

「すぐにタクシーでわたしの家に来るのよ」

秀芳は、マライがほんとうに懐湘を殺そうとしたと聞いて驚き、震える声でそう言った。

「わたしが下りて行ってタクシー代を払うから、はやくタクシーを見つけるのよ」

懐湘は電話を切ると、タクシー運転手の邱さんの家へ行ってドアをたたき、竹東まで乗せて行ってほしいと頼んだ。ずいぶんおそい時間だったが、彼女の事情を知ると、邱さんは何も言わずに車を出して、彼女を竹東の秀芳の家へ送ってくれた。

俗世を生きる

「あんた、ほんとうに、もう戻っちゃだめよ」秀芳は懐湘《ホワイシアン》に言った。

「あんな人といっしょに暮らすなんて、ほんとに、危険すぎるわ」彼女は言った。

「でも、子どもたちには世話をしてくれる人が必要なのよ」

懐湘は、いつになっても子どもがいちばんだった。秀芳は懐湘がまだためらっているのを見て、さらに言って聞かせた。

「もしあんたがゆうべ、ほんとうにマライに殺されていたら、子どもたちにはやっぱり、世話する人がいなくなったのよ」

秀芳は、懐湘はあの恐ろしい男から離れなければならないと説得した。

「たとえあんたが殺されなくても、もしひどいけがをしたら、誰があんたと子どもたちの面倒を見るのよ？　あんたはしばらくあいつから離れて、よそに行ってお金を稼いだ方がいいわ。あいつに見つかっちゃだめよ。そうすれば、あんたは子どもたちの生活費を稼げるじゃない！」

「ええ……、とりあえず、そうするしかないようね」

懐湘はうなずいて、秀芳の提案を受け入れた。

懐湘は、家を逃げ出してからは、マライに見つかるかもしれないので、レストランではもう働けなかった。彼女はレストランを辞めると、桃園で働いている妹の玉鳳に電話して、いっしょに紡績工場で働きたいと言った。妹は、次の日に彼女を迎えに来て、桃園に連れて行くと約束してくれた。秀芳は、彼女に落ち着き先ができたと知って安心した。

「このお金を持って行って使って。あんたのなけなしの十元は、もう電話に使ってしまったんでしょう？」

翌朝、秀芳は札束を懐湘の手に押しこんだ。

「着替えの服を何枚か用意したから、持って行って着てね。ちょっと大きいだろうけど、しばらくのことだから、我慢してね」

秀芳はカバンを懐湘に渡した。細かい点まで気を配ってくれてありがたいと懐湘は思った。魔の手から逃れたとき、彼女は着のみ着のままで、十元硬貨一枚しか持っていなかった。もらったばかりの給料は、バイクの座席の下に入れたので、取り出す暇さえなかった。懐湘は華奢で秀芳より一回り小さかったので、彼女の服で間に合った。

「秀芳、ありがとう。お金をもらったら、返すわね」

懐湘は友人の気づかいに心から感謝した。

「でも、あの子の工場がわたしを雇ってくれるかどうか、まだわからないけど……」

中学を卒業していない懐湘は、自分が雇ってもらえるかどうか、少し心配だったが、やってみるしかなかった。

「服はあんたにあげるわよ。そうすれば、わたしを思い出してくれるでしょう、フフフ……」秀芳は笑いながら言った。

「お金は急いで返さなくてもいいわよ。わたしはひとりで、養わなきゃならない夫も子どももいないんだから。お金があっても、むだづかいするだけよ。あんたのところにあれば、利子がつくでしょう?」彼女は言った。

昼前に、玉鳳が竹東まで姉を迎えにやって来た。彼女は赤い車に乗っており、三十歳くらいの男が運転していた。

「姉さん、友だちの小潘《シャオパン》よ」玉鳳は友だちを紹介した。

「これが姉さんよ」とその男に言った。

「身体に気をつけてね」秀芳は見送りに出てくると、懐湘にこう言った。

「連絡をしてね。何かあったら電話するのよ!」

懐湘はうなずいた。胸いっぱいの感謝をどう伝えたらいいのかわからなかった。

「秀芳、ほんとうにありがとう。じゃあまたね」

簡単に別れを告げて車に乗り込むと、愛する友人に手を振って、人生の次の駅に向かった。

車の中で懐湘は妹に、きのうマライに殺されかけたことを手短に話し、秀芳の言うことを聞いて、思い切って家を出ることにしたと話した。運転をしていた男はその話を聞くと憤慨して言った。

「そいつはひどすぎるよ。あんたがこうしたのは、正しいよ。はやく逃げてよかったよ」

姉妹は少し話しただけで、そのあとはそれぞれの思いにふけり、何も話さなかった。幸い、車にはオーディオから流行歌が流れていたので、話をしなくても気まずい雰囲気にはならなかった。

車は高速道路に入ると、一路、北に向かって疾走した。懐湘は窓の外の次々に変わる風景を眺めながら、心は辛く、ことばにならない苦しみを感じていた。真っ先に三人の可哀想な子どもたちのことが頭に浮かんだ。母親がそばにいなければ、彼らはさらにどんな辛いめにあうだろうか。それから、これから自分が立ち向かう、まったく未知の将来について考えた。

「ああ……」彼女は目を閉じてそっとため息をついたが、低い音だったので誰にも聞こえなかった。

車は新竹から高速道路に入り、ずいぶん長く走った。一時間余りたっても、まだ桃園に着かなかった。懐湘は結婚してからは遠出をしたことがなかったので、外の世界についてはあまりよくわからなかった。しかし桃園と新竹が隣り合った県だということは知っていた。どうしてこんなに時間がかかるんだろう。彼女はおかしいと思った。

「桃園はどうしてこんなに遠いの？」彼女は助手席の玉鳳に尋ねた。

「えっ！　ええっと、わたしたちは桃園には行かないのよ」妹が答えた。

「姉さんを基隆《キールン》に連れて行くわ。……わたし、そこで働いているのよ」妹はしどろもどろに答えた。

「桃園の紡績工場で働いているって言わなかった？　じゃあ、基隆の工場に移ったの？」懐湘は尋ねた。

「ううん……。着いてから話すわ」玉鳳は答えた。

基隆に転勤したのなら、なぜ数日前に帰省した時にそう言わなかったのだろう？　懐湘がさらに尋ねようとしたとき、前方の料金所が目に入った。不思議に思って外を見ると、料金徴収ボックスの長い列の上に大きな文字が見えた。

「汐止料金所」

なんと、車は桃園をとっくに通り越して、台北郊外の汐止まで来ていたのだ。さらに北に進むと基隆だった。

車が高速道路を下りると、目の前に船がたくさん停泊している基隆港が見えた。車はまもなく基隆市の街なかに入った。小潘は通りに駐車スペースを見つけて車を停めた。

「おれたち、車を降りて、まず何か食べようや」

玉鳳は姉を連れて基隆廟口に行き、その近くの小さな店で食事をしてから車に戻った。懐湘は、妹がまず自分を家に連れて行って休ませるつもりなのだろうと思った。ところが思いがけないことに玉鳳はこう言った。

「わたし、仕事に行かなきゃならないの。先にわたしの会社に行きましょう！」

車は路地に入って行き、ある店のドアの前で停まった。

「姉さん、降りてちょうだい。荷物は車に残しておいて」

懐湘はカバンを車に戻した。車を降りると、そこが何の店なのかわからないうちに、妹になかへ連れ込まれた。

「姉さん、ちょっと『飛び入り』してね」妹は彼女をホールに引っぱって行った。

「趙《チャオ》ママ、姉です！」玉鳳は、ホールのソファに座ってタバコを吸っている女性に言った。

「あら、あんたのお姉さんなの。いいわよ」

趙ママは、若くは見えないが、ふつうの中年女性のようにも見えなかった。つまるところ、ある種の年齢不詳の女性だった。彼女は、服は黒のぴったりしたスリーピースを着ていたが、髪はゆるくウェーブをかけた長髪だった。彼女は懐湘を頭のてっぺんから足の先まですばやく眺めるとちょっとうなずき、タバコの煙を吐き続けた。

「これを着てね。脱いだ服はここに掛けておいて」

玉鳳は懐湘を狭い更衣室に連れて行った。両側に取り付けられたハンガーバーにはさまざまな長さのドレスがぎっしりと掛かっていた。玉鳳は懐湘に黒いチャイナドレスを渡すと、自分はロイヤルブルーのチャイナドレスをさっさと着始めた。

「わたし、先にお化粧に行くわね。姉さんは着替えたらホールに出て、わたしを見つけてちょうだい」

玉鳳はすばやく着替えを終えると出て行った。更衣室にひとり残された懐湘は、チャイナドレスを手に、ぼんやりとしていた。いったいどういうことなのか、わからなかった。

「あら……」

更衣室のドアがいきなり開いて、女がひとり入ってきた。

「あなた、新人？」

彼女は懐湘をちらっと見ると、すぐにドレスを選んで、来ていた服を脱ぎ、着替え始めた。

「気にしないで！　自分の着替えをして」

そう言うと、着替えを続け、着替え終わると出て行った。彼女が出て行ってまもなく、ふたりの女が笑いながら入ってきた。ふたりは懐湘をちらっと見ると話を続けた。

「李《リ》課長が、今日、友だちを何人か連れて来るって言ってたわ」ひとりがもうひとりに言った。

「あの禿げ頭の李課長のこと？　あの人はすごく気前がいいし、いい人よ」もうひとりが答えた。

それを聞いて、懐湘は、妹がここでどんな仕事をしているのか、やっとわかった。驚く間もなく、玉鳳がドアを開けて入ってきた。

「姉さん、はやくしてよ！　お化粧もしなくちゃならないのよ」

こうなったからには、彼女も「飛び入り」をするしかなかった。懐湘は着ていた服を脱ぐと、妹に渡された黒いビロードのチャイナドレスに着替えた。ドレスの胸には梅の枝が刺繍されていた。銀色の梅の花は、満開、五分咲き、そして、ほころびかけた蕾だった。懐湘は子どもを三人生んでいたが、忙しい生活のせいで、ほっそりした体型を保っており、このぴったりしたチャイナドレスを着ると、華奢で美しかった。

「アッ！」懐湘は小さな叫び声をあげて手で胸を隠した。

この優雅な黒いビロードのチャイナドレスは、ビロードは乳房を半分覆っているだけで、上のほうは黒いレースになっており、乳房の半分と胸の谷間が薄いレースを通して見え隠れしているのに気づいたのだ。

「アッ！」また驚きの声をあげると、すぐに右手でドレスのスリットをつかんだ。ドレスの右側のスリットはとても長く、おしりの半ばあたりまで開いているのに気がついたのだ。

「行くわよ」

妹は姉の反応をまったく気にかけず、化粧をするために彼女をホールへ引っ張っていった。

ホールの円形の大きなソファに、女たちが二、三人ずつ散らばって座っていた。おしゃべりをしたり化粧をしたりしていたが、タバコを吸っている女や弁当を食べている女もいた。懐湘は化粧を終えると、片手で胸をおおい、もう一方の手でチャイナドレスの右下のスリットをつかんで、ぎこちなくソファに座った。

「あら、こうして見ると、あんたはずいぶんきれいだわね」趙ママがやってきて懐湘に言った。

「そうそう、自分のほんとうの身分をお客さんに言っちゃだめよ。お客に自分のほんとうの名前を教えるのもだめよ」彼女は言った。

「ああ、はい」懐湘は答えた。

「じゃあ……、わたしは誰なんですか？」彼女は頭をかしげながらぼんやりと尋ねた。

「フフフ、自分が好きな名前をつければいいのよ」趙ママは笑いだした。

「水水《シュイシュイ》でもいいし……、小柔《シャオロウ》、萱萱《シュエンシュエン》、可欣《カシン》……たくさんあるわ。覚えやすくて、呼びやすければいいのよ。どの名前にする？」

「ああ……、じゃあ、可欣がいいです」

懐湘には特別な考えはなく、趙ママが挙げた名前から適当にひとつ選んだ。

懐湘たちを車に乗せて来た小潘は、夜になってから、友だちを三人連れてやって来た。彼は常連らしく、ホールで趙ママと挨拶を交わし、それから「婉君《ワンチュイン》」（玉鳳）を呼び、さらにホステスをふたり指名した。

「おまえの姉さんも呼んでやろう」小潘は「婉君」に言った。

妹は懐湘を手招きした。数人の男女が腕を組んだり肩を抱き合ったりして、笑いさざめきながら個室に入った。「可欣」はうつむいて片手で胸を隠し、片手でチャイナドレスのスリットをつかんで、彼らの後からゆっくり入って行った。

なかに入ると、「可欣」は物珍しそうにあちこちに目をやった。部屋の真ん中に低いテーブルがあり、そのまわりを赤いフランネルのソファが囲んでいた。照明はホールよりずっと柔らかく、ホステスたちの顔立ちや肌はいっそう立体的に、白く柔らかそうに見えた。四組の男女は場慣れしているらしく、男女がそれぞれ隣り合って座った。「可欣」の右側は妹の友だちの小潘で、左側は小潘が連れて来た友人だった。ホステスたちは個室に入ると、隣に座った男たちと話を始めた。彼女たちはみな腕によりをかけて客を楽しませようとしていた。「可欣」がどんなふうにしたらよいのかまったくわからず、気まずい思いでいると、小潘が「可欣」の向こうに座った友人に言った。

「彼女は今夜がはじめてなんだ。よくしてやってくれよ、驚かしたりするなよ」

「へええ、はじめてなのか。それはいいや」

その男は「可欣」をちょっと見ると、振り返って小潘に眉をあげて見せた。

男たちが酒とつまみを注文すると、ホステスたちがすぐに客に酒を注ぎ、つまみを食べさせてやって、なごやかな雰囲気になった。懐湘は、このように見知らぬ男のすぐそばに座るのははじめてだったし、着ているチャイナドレスのせいでとても居心地が悪かった。しかしほかのホステスたちがそばの客と話しているのを見て、自分も何かしなければならないと思った。

「あの……、こんにちは」懐湘はやっと一言、言った。

「こんにちは。緊張しなくていいよ、取って食ったりはしないからさ」客が言った。

「あら、そんなこと、……お酒をお注ぎします」

彼女は急いでテーブルのビールを取って客に注ごうとした。ところが両手で酒を注ぎかけると、客が自分の胸をじっと見ているのが目に入った。

「アッ!」すぐにコップを置いて、左手で急いで黒いレースの下の胸を隠した。

「ハハハ……」客は彼女が慌てるのを見ても腹を立てず、かえって面白そうに笑いだした。

「名前は何ていうんだい?」客が尋ねた。

「わたしは……」

懐湘は口を開きかけたが、途中で止まってしまった。危うく「懐湘」と言うところだったのだが、趙ママの言いつけを思い出して口ごもってしまい、無垢な大きな目をキラキラさせた。

「いいかい？　お客に自分のほんとうの名前を言っちゃだめだよ」

客は自分も「お客」なのを忘れたように、自分をどう護るかを親切に教えてくれた。

「そうそうそう。自分のほんとうの身の上を他人に言っちゃいけないよ」小潘も同調した。

「可欣と言います」懐湘は自分の今の名前を思い出して、小さな声で客に言った。

「うん……、可欣、さあ、一杯飲もう！」客のほうから彼女に酒を注いでくれた。

「あら……、自分で注ぎますわ……」

懐湘は急いでコップを取ると、自分で酒を少し注いだ。懐湘は山にいたころは、必要がなければ酒を飲まなかった。客は彼女があまり飲めないと見て、無理強いはしなかった。夜が更けるにつれて店はにぎやかになった。個室の男女は、酒を飲んだり拳酒をしたり歌ったり抱き合ったりしていた。アルコールが入って気分が高揚してくると、男たちの話声はますます大きくなり、酒が入れば入るほど意気が上がった。ホステスも増えて、それぞれが手を換え品を換え男たちを喜ばせ、財布のひもを緩めさせようとしていた。

「巧巧《チャオチャオ》さん、巧巧さん、三番にどうぞ」

「小倩《シャオチエン》さん、小倩さん、八番にお願いします」

個室には、ホステスたちに「別の個室に行く」ように促す放送が絶え間なく流れて来た。「婉君」やほかのホステスたちは一晩じゅうあちこちの個室に出入りして、指名料を稼いだ。わけがわからないうちに妹にキャバレーに連れてこられて「飛び入り」することになった懐湘は、自分が身を落として酒場勤めをすることになったとは、信じたくなかった。しかし「そうなってしまった」からには、思い切ってやるしかなかった。懐湘は驚きのあまりぼんやりしたまま、ホステス「可欣」としての最初の夜を過ごした。

店がひけると、小潘は車でふたりを玉鳳の借りている小さな部屋に送って行った。小潘が帰ってから、姉妹はやっとふたりきりで向き合って話をした。

「何でもないわよ。お客さんの相手をして、お酒を飲んだり遊んだりするだけよ。乱れるようなことは何もないわよ」

ふたりは化粧台の前にくっついて座って鏡に向かい、化粧を落としていた。玉鳳はつけまつげを注意深くはずしながら、わざと軽い口調で姉に言った。

「『わたしの母さん』に余計なことを知られたくないのよ。あれこれうるさく言うでしょうよ、うんざりなのよ」

玉鳳は子どものころから、懐湘がピタイを「お母さん」と呼ぶのを聞いたことがなかったので、懐湘に母親のことを話すときはいつも「わたしの母さん」と言っていた。懐湘のほうも「あんたのお母さん」がどうした、こうした、と話す習慣がついていた。

「何日かここにいて、あの人が落ち着いたら帰ろうと思うんだけど」懐湘は言った。

「でも安心して。『あんたのお母さん』には話さないから」

懐湘は、この妹が中学生のころから遊び好きで、ボーイフレンドとつきあっており、中学二年の夏休みには家出したために一年間休学したことを知っていた。戻ってきてから、ようやくのことで中学を卒業したのだ。卒業後はすぐに友だちと「紡績工場」に勤めたのだが、まさか、妹が酒場勤めをしていたとは、思いもよらなかった。しかも、見たところ、ずいぶん年季が入っているようすなのだ。

懐湘はベッドで輾転として眠れなかった。マライの魔の手を逃れてからのことがくりかえし頭に浮かんだ。心では可哀想な子どもたちのことが気がかりだった。あの子たちはこの二日間、どう過ごしただろう。どうしようもなく辛かったが、涙はすでに枯れ果てたようで、「ああ……」とひそかにため息をもらすだけだった。かたわらの妹は規則正しく寝息をたてており、それを聞きながら暗闇の中でぼんやり目を開けて、頭のなかを走馬灯のように過ぎていく画面を「見て」いた。どれぐらい経ったのか、いつのまにかぐっすりと眠り込んだ。

翌日の午後、玉鳳は姉を美容院に連れて行った。シャンプーをしてもらい、食事をすると、「会社」に行って仕事の準備をした。懐湘は、今日は店の外のネオンサインの看板に大きな二文字が輝いているのをはっきりと見た。「金船」。ここは基隆港に近く、店に来る客は港で働く船員や海軍の将兵が多いゆえの店名だった。

懐湘は子どものころから不幸な運命で、わずか二十数歳までに、普通の人なら一生かかっても経験しないような苦難を体験した。彼女はこれらの苦難によって、環境に適応する能力と、聡明で、人の言動からその気持ちを読み取ることにたけた敏感な心の持ち主になっていた。キャバレーでも、彼女ははじめて山でシイタケ栽培を習った時の精神を発揮して、ホステスたちがさまざまな客にどのように接しているかを真剣に観察し、ホステスとしてどうあるべきかを学んだ。

数日すると、彼女も手慣れたようすで客と挨拶を交わせるようになり、最初の日のように途方にくれることはなくなった。だが、ほかのベテランのホステスたちにくらべると、新米の「可欣」には、男たちが特に護ってやりたいと思うような、何とも言えない風情があった。彼女は拳酒ができず、酒を飲むのも好まなかったが、客は怒らなかった。彼女の愛らしく罪のないまなざしを目にし、それとなく胸を隠したり脚をかばったりするしぐさを見ると、男たちは美女を護る英雄になりたいという気分になって、彼女にいっそう興味を持ち、いつも彼女を指名した。好きな女性と近づきたいと願う男たちが、懐湘に会いに次々に来店するようになった。

「あの『お茶をいただきます』を呼んでくれ！」

なぜだか、客は「可欣」が酒を飲みたがらないことをまったく気に留めず、面白がって彼女を「お茶をいただきます」と呼び、来店すると趙ママに「可欣」を指名した。キャバレーでホステスが客の相手をして酒を飲まなければ、それはマッサージ店を開いておきながら客にマッサージをしないのと同じで、怠慢だった。

一週間後、趙ママが一週間分の指名料を計算した。懐湘は入ったばかりの新米だったが、趙ママは、彼女が彼女なりのやり方で客を満足させていることを見ており、喜んで客に彼女を紹介した。懐湘がはじめて受け取ったキャバレーの給料は一万五千元あまりで、レストランで一か月働いてもらう給料とほぼ同じだった。後山での日雇い仕事なら、朝早くから夜遅くまで五十数日も苦しい仕事を続けて、やっと手に入る金額だった。

しかし、そうではあっても、懐湘は心では、自分がキャバレーで働いているのは苦境を切り抜けて、マライが落ち着いてきたかどうか、確かめることにした。

ルルルルル……、ルルルルル……。

給料をもらった翌日、懐湘は、家を出てからはじめて家に電話をかけた。

「もしもし……、どちらさん？」酒を飲みすぎてしゃがれた声がした。マライだった。

「もしもし……、あの……、マライ、わたしよ」彼女はおずおずと答えた。

「うん……、懐湘か？　どこにいるんだ？」声が大きくなった。ちょっと驚いたようだった。

「はやく戻ってこい！　子どもたちがすごく会いたがってるぞ。こんなに長いあいだ、どこへ行ってたんだ？」マライは言った。

懐湘は「子ども」ということばを聞いて、何日も抑えつけてきた思いが爆発しそうになり、受話器を握りしめていた手がかすかに震えた。しかし冷静になって、マライがほんとうはどう思っているのかを確かめなければならなかった。

「あのう……、みんな元気なの？　わたしも子どもたちにとても会いたいわ」

急いで家族のようすを尋ね、夫の質問には答えなかった。

「子どもたちはいないよ、学校に行ってる。はやく帰って来いよ」

マライは懐湘に、帰ってくるように促した。最初は彼の気持ちがわからなかったが、マライはだんだん、めったにない穏やかな口調になって、妻への説得を続けた。

「懐湘、はやく帰って来いよ。おまえを責めたりしないし、もう殴らないから。ほんとうだ」

懐湘は三人の子どものことを思いつめていたので、夫がこう言うのを聞くと、すぐに家に飛んで帰りたくなった。しかし、これまでマライにひどいめにあわされ、暴力をふるわれた情景がたちまち脳裏によみがえった。

「でも、わたしをだましてるんじゃないの？　帰ったらまた殴るんじゃないの？」彼女は言った。

「ああ、すまなかったな！　おれが悪かった。ほんとに殴らないよ。帰って来いよ、懐湘」

謝罪し、過ちを認めたマライの口ぶりは、ほんとうに誠意があるように聞こえた。

「うん……、じゃあ……、わかったわ。近いうちに家に帰るわ。ほんとうにもうわたしを殴ったりしないでね」もう一度、念を押した。

「ほんとうさ。はやく帰って来いよ、今すぐ帰って来いよ」マライは嬉しそうに言った。やっと子どもたちに会えると思うと、懐湘の目に喜びの涙があふれた。

懐湘はキャバレーを辞め、趙ママと玉鳳に別れを告げた。

「可欣、これからも必要になったら、かまわないから、遠慮せずに戻って来るのよ」

店での仕事での可欣の「潜在能力」が気に入ったのか、あるいはこの辛い運命にある女性を心から哀れに思ったのか、趙ママは彼女を抱きしめると、耳元でそう言った。

「趙ママ、ありがとうございます。また会いに来ます」

懐湘は手を振って趙ママに別れを告げ、このキャバレーでの「飛び入り」の日々に別れを告げた。

懐湘は朝、基隆から汽車に乗り、台北で南下する列車に乗り換えて新竹で降りた。新竹からは内湾支線の小さな汽車に乗り、正午過ぎにやっと内湾の村に着いた。汽車を降りると、まず、駅のそばにある小学校へふたりの息子に会いに行った。

「お母さん！」

「阿文！　阿豪！」

何日も会っていなかった母子は抱き合って笑い、泣いた。

「大急ぎで帰ってきたから、何も買ってこなかったの。百元ずつあげるから、自分で好きなものを買いなさい」

懐湘は百元札を二枚出して、一枚ずつわたした。

「わあ、たくさんだなあ！」

「わあ、お母さん、ありがとう！」

これまでこんなに多額のこづかいをもらったことがなかったので、ふたりは喜んで跳びあがって叫んだ。

「さあ、教室へ行きなさい。お母さんは姉さんの学校に行くわ」

懐湘はふたりの息子に、教室に戻って授業を受けるように促した。

「お母さん、ぼくたちを待っていてよ。いっしょに家に帰ろうよ」志文がせがんだ。

「そうだよ、お母さん、ぼくたちを待っていてよ」

志豪は両手でしっかりと懐湘の手を握った。母親と離れてしまったら、もう会えないのではないかと心配だった。

「お母さんは寒寒《ハンハン》〔夢寒の愛称〕に会いに行くわ。お姉ちゃんに会ったら、家に帰っておまえたちを待っているからね」

息子たちに会うと、懐湘はすぐに娘に会いに行こうと思った。息子たちの学校を出ると、彼女はすぐに中学校へ娘に会いに行った。

「寒寒！」

「お母さん、すごく会いたかったわ！」

顔を見合わせると、ふたりはしっかりと抱き合った。喜びとなつかしさで目から涙があふれた。

「お母さん、どこへ行ってたの？　誰もお母さんがどこにいるかわからなくて……」

「寒寒、おまえたちにとても会いたかったんだよ。お母さんが家にいないあいだ、おまえたち、どうしていたの？」

ふたりは同時に口を開いて、急いで互いの近況を知ろうとした。

「寒寒、おまえはやっぱり授業に行ったほうがいいわ。学校が終わって家に帰ってから、この数日のことをゆっくり話しましょう」

「あ！　お母さん！」

再会の喜びがまだおさまらないなか、夢寒がいきなり驚きの声をあげた。

「お母さん、絶対に家へ帰っちゃだめよ！　お父さんに殺されるわ！」顔に恐怖の色を浮かべて言った。

「フフ、安心して、そんなことはないわよ。お父さんは、もう殴らないって約束したのよ」懐湘は言った。

「うそをついてるのよ！　うそをついてるのよ！」

娘は両手を激しく振った。

「日曜日の朝、お母さんが家に帰るって電話をかけてきたとき、わたしたちみんな家にいたの。お父さんが言ったこと、わたし、全部聞いたわ」夢寒は言った。

「お母さんが帰って来るって知って、すごく嬉しかった。でもお父さんは電話を切ると、怒り出したの。『うまく隠れたもんだな。見てろ、戻ってきたら、殺してやるから』って言ったの。お母さん、はやく逃げて。家へ帰らないで……ウウ……」

母親が危険な状況にあると知って、しかしまた母親と別れがたくて、心のうちの葛藤に引き裂かれ、夢寒は悲しさのあまり泣きはじめた。

「ほんとうなの？　ああ……」

娘のことばを聞いて、懐湘はたちまち、頭のてっぺんから足の爪先まで寒気が走り、心だけでなく身体全体も冷たくなった。性格が変わり、感情の起伏が激しくなったマライなら、ほんとうにそうするだろうと懐湘は心から信じた。あの日の電話では、子どもたちを思うあまり、夫の謝罪と約束を信じたのだった。

「寒寒、じゃあ……お母さんはこれからも隠れているしかないわね。お父さんがほんとうに落ち着いたら、家に帰るわね」

彼女はやりきれない気持ちで両手を伸ばして、再び娘を胸に抱いた。

「ウウウ……、でも、行かないでほしい！　お母さん、ウウ……」

夢寒は母親に抱きつき、その胸に顔を埋めて声をあげて泣いた。

「寒寒、大丈夫よ、お父さんもいつか、目が覚めるわ。あんたたちは家でお父さんの言うことを聞くのよ」

懐湘は娘を落ち着かせながら、頭ではこれからどうするべきか、急いで考えていた。

「寒、ここに一万元あるわ。あんたが持っていて、家で何か必要なことがあったら、お父さんに渡しなさい」

彼女は財布から札束を取り出すと、まだ涙を拭いている娘に手渡した。夢寒はお金を受け取ったが、悲しみでうつろな目をしていた。責任は重大だった。

「お母さんの電話を覚えておいてね。何かあったり会いたかったりしたら、電話してもいいわよ。でも絶対にお父さんに知られないようにね。あ、お母さんは工場で玉鳳叔母さんといっしょに働いてるのよ」彼女は娘に連絡のための電話番号を教えた。

「電話はお昼までにかけてね。お母さんは夜勤だから」彼女は言った。

「うん、わかったわ」

夢寒は母親にいつでも連絡できると聞いてずいぶん安心し、鼻水をすすり、顔の涙のあとを拭いてうなずいた。

「あんたはお姉ちゃんなんだから、弟たちの面倒を見てちょうだい。阿文と阿豪には、お母さんはすぐにまた帰ってくるからって言ってね。あの子たちがお父さんの言うことを聞くようにさせて、お父さんを怒らせないようにするのよ」

カーン、カーン。母と娘は、運動場のガジュマルの木の下で長いあいだ、話しこんでいた。授業の始まりを告げる鐘が鳴り始めた。

「行くわね。また会いに来るから、しっかり勉強するのよ、わかったわね」

懐湘が娘の肩をたたくと、夢寒は丸く巻いた札束をしっかり握って、鼻水をすすりあげ、うなずいて母親に応えた。

「寒寒、お母さんが会いに来られたの？」

遠くから女学生のグループがやって来た。夢寒の同級生だった。

「お母さん、またね！」

同級生に泣いているのを見られたくなかったのだろう、夢寒は急いで母親に別れを告げると、身を翻して同級生たちのほうへ歩いて行った。

「お母さん、きっとまた会いに来てね……」夢寒は安心できないのか、振り返ってもう一度そう言った。

「わかったわ、きっと来るわ」懐湘は力強くうなずいた。

娘の学校を出ると、懐湘はこの村にいる気にはとてもなれなかった。娘の恐れおののくまなざしと、「殺されるわ」ということばが、何度も頭に浮かんだ。そうだ、気が狂ったマライはほんとうに自分を殺すだろう。どうして彼のことばを信じてしまったのだろう。危ういところだったが、それも、子どもたちのことを思いすぎたからだ。

駅前の通りを過ぎるときに、振り返って、駅のそばの廃棄物が積み上げられたあの一角に目をやった。あの夜、追いかけられてあの中に隠れたことを思い出すと、ますます恐ろしくなってきた。急ぎ足でバス停に行くと、街に行くバスに乗ってこの村を離れた。

「あら、懐湘なの？　ひさしぶりね！」

バスに乗るとすぐ、後山の部落から来た人に声をかけられた。前にいっしょに松ぼっくり採りをした女性だった。

「ブターのことは知ってるかい？　ほんとうに気の毒にねえ……」

彼女は、懐湘が昔、ブターと仲がよかったことを知っていて、話し始めた。

「聞きました。あの人は運が悪かったのね。今、どうしているのかしら？」懐湘は気づかって言った。

「ヤワイが亡くなってから、遠洋漁業の船に乗ったと聞いたわ。それからどうしたか、帰って来たのかどうかも知らないわ。何年になるかしら？」女性もよく知らなかった。

「ああ……」

数えてみると、ヤワイが亡くなってからまもなく三年になる、ブターは再婚したのだろうか、と懐湘は思った。いずれにせよ、彼と結婚した女性は幸せにちがいない。

懐湘が家を出てからは、マライの父親がしばらく息子の家に滞在して孫たちの面倒を見ていた。マライは気まぐれに日雇いの仕事をし、わずかな賃金をもらって家族を養ったが、金をもらうとすぐに酒を買って飲み、家にはいつも金がなかった。父親と弟から金をもらって何とかしのいでいたが、いつも金がないせっぱつまった状況だった。

「お父さん、このお金、お母さんがお父さんに渡しなさいって。お母さん、今日、学校に会いに来たのよ」

夢寒は学校が終わるとすぐに、母親にもらったお金を父親に渡した。マライはソファに丸くなっていたが、身体じゅうから酒のにおいがし、目はぼんやりとテレビを見ていた。

「うん？　あいつが会いに帰ってきたって？　どこにいるか、言ってなかったか？」

お札を目にして、マライの目は輝き始め、金をわしづかみにした。

「言わなかったわ。工場で仕事をしてるってだけ言って、お金をわたしにくれて、行ってしまったの」娘は頭を振った。

「えっと、お母さんはこれからも会いに来るって言ってたわ」

懐湘が娘に渡したこのお金のおかげで、何日も遅れていた家賃を支払うことができ、生活費の補充もできたので、マライは夢寒に妻の行方を問い詰めることはしなかった。

懐湘が家出したというニュースが巡り巡って実家に伝わった。親戚や友人は、懐湘が嫁いでから苦しい境遇にあることを知っていた。しかし、タイヤル族のガガからすれば、結婚して解決できない問題に遭遇したときは、家族の年長者に助けを求め、正式に解決の方法を話し合うことになっている。真相がどうであれ、女が直接家を出て行くことは、タイヤル族のガガでは道理が通らないことだった。そのため、親戚や友人もいったい何が起こったのか、問いただすことはしにくかった。

「やっぱり遠くに身を隠した方がいいわ、あいつに見つけられないように」

懐湘は村を離れると、街に行って親友の秀芳を訪ね、急場しのぎに借りたお金を返して、マライが彼女を「殺す」と言っている話をした。

「そうね、しばらく基隆に戻っているしかなさそうね」彼女はため息をついた。

姉妹のように仲のよいふたりは、ベッドに横になって、これまでのことをあれこれ話し合った。

「ああ、やっとのことで自分の家庭を持ったのに、こんなことになってしまって。子どもたちには母親がいないのよ」

懐湘は弱々しく言った。ひどく悲しい思いだった。自分は母親とは縁が薄く、母親は再婚してしまい、ちゃんとした家庭を失って、孤独な子ども時代を送った。彼女は子どもたちに自分と同じ道を歩かせたくはなかった。結婚してからは、どんなに辛くても我慢し、別れるなどとは決して軽々しく口にしなかった。

「ねえ、言ったでしょう？　あんたにとって今、いちばん大事なのはお金を稼ぐことよ。それ以外のことは考えないで。お金がなかったら、子どもたちは生きられないのよ、それ以上、何があるの？」

秀芳は彼女に、頑張ってお金を稼げば自立できるし、子どもたちの生活を助けることもできると励ました。ふたりは時が経つのを忘れて語り合い、明るくなりかけてからやっと、名残惜しげに眠りについた。

懐湘は荷物を持ってキャバレーに戻った。趙ママは彼女が戻ってきたのを見て喜び、ほかのホステスたちも、このように人が出たり入ったりするのには慣れっこだったので、誰も何も尋ねなかった。

「可欣さん、三番へどうぞ、可欣さん……」

彼女は化粧をし、ぴったりしたチャイナドレスに着替えて、再び酒場勤めを始めた。

「雨港」とも呼ばれる基隆は、その名のとおりいつも雨が降った。小雨が降る夜は、店の放送が女性歌手の美しい歌声を流した。

「窓の外は雨がしとしと降っている　心には秘めた思い　忘れられないあの日　忘れられないあのこと」〔訳注2〕

男性と踊ったことがない「可欣」は、客とぎこちなくチークダンスをしていた。

「大丈夫だよ、リラックスして。わしがリードしてあげるから、簡単だよ」

中年太りで頭がやや薄くなった客が、彼女をしっかりと抱いて、個室の中で曲に合わせてゆっくりと踊っていた。「清流園の花」だった母親ハナの血を引いているのだろう、懐湘は小さいころから歌や踊りの天分があり、すぐにリズムに合わせて動くことができた。彼女は、口を開けば酒のにおいがする「年配」の男にきつく抱きしめられてダンスをするのは、ほんとうに嫌だった。だが、「あんたにとって今、いちばん大事なのはお金を稼ぐことよ。それ以外のことは考えないで」という秀芳のことばを思い出して、心のなかの拒否反応を押し殺し、山で夫にセックスを強要されたときのように、意識して身体の感覚を空っぽにして、心を自由に飛翔させた。このやり方は、キャバレーでも同じように効果があった。そうしていると、彼女の心は歌にのって店を飛び出し、はるかかなたの故郷へ帰っていった。ああ！　あのけわしい山々、衣食にこと欠く後山の部落、松ぼっくり採りをした深山、焼きシイタケの香りが漂う作業小屋、父の田畑、山の下で借りた小さな家……、頭のなかに、これまでの日々の情景が次々に浮かんだ。

子どもたちは元気だろうか。晩ご飯に何を食べているだろう。歌声がいきなり耳に入ってきて、彼女を現実に引き戻した。

「まるで夢のようだ　夢から覚めて　わたしはどこにいるのだろう……」

そうだわ！　これは夢なのだろうか？　どうしてわたしはここにいるのかしら？

「細かい雨は　一滴一滴がわたしの涙　窓の外は今も雨がしとしとと降っている」

抑えきれない涙が、頬をそっと滑り落ちた。

妹の玉鳳が店を辞めた。恋人とのあいだに愛の結晶ができたので結婚するのだ。懐湘はひとり基隆に残って懸命に働き続けた。午前中は空いていたので、ダンスの先生を見つけ、各種の社交ダンスを真剣に学んだ。さまざまな「専門技能」――拳酒、酒の飲み方、酒の勧め方、客といちゃついたりムードを盛り上げたりすることなども、積極的に練習した。そして半年もしないうちにすっかり生まれ変わり、いっそうあでやかで魅力的になった。最も大切なことは、彼女は成熟していて、人の心がよくわかるということだった。静かなときは処女のごとく、動けば脱兎のごとくという、優雅で深みがありながら火のように情熱的でもある気質が称賛されて、懐湘は店の売れっ子になった。毎晩、彼女を指名する客が引きも切らず、一晩中、蝶のように、この個室からあの個室へと飛び回り、客はさらに指名を繰り返した。給料をもらうときになって、彼女は自分が金を稼げる能力に驚いた。ここでの一か月の収入は、一年近くレストランで働いてやっと稼げる額だったのだ。

懐湘は母親ハナから美しさを受け継いでいたが、ここに来て、自分の人づきあいの技量も相当なものだと知った。「可欣」の客にはさまざまなタイプがあった。よく店に来るのは、若くてエネルギーに溢れた海軍の将兵たちだった。「可欣」はもてなし上手で、十七、八歳のホステスに比べると世間のことがよくわかっており、彼女たちのようにむやみにヒステリーを起こすことはなかったので、特に歓迎された。懐湘は父親のレシンから、率直で勇敢な、正義感の強い性格も受けついでおり、立場の弱い客には特に心づかいをしていた。店の多くの若いホステスたちは、老人の客に対してはあまり辛抱強くなかったが、懐湘はちがった。自分の祖父にあたるぐらいの年齢の老人に対しても、甘えるように「おにいさん」と呼んでいた。声がうまく出せない人たちは、特に「可欣」を指名するのを好み、彼女とデュエットをしたがった。彼らの「歌」がどんなにはずれていようとも、「可欣」は自分が歌う部分をまじめに歌った。なかには耳もよく聞こえない客もいて、音楽とリズムが聞き取れなかったが、やはりマイクを持って「ア……ア……ウ……ウ……」と大声で歌った。マイクがない客もそれに合わせててんでに大声で歌い、店で最もうるさい個室となることもあった。

声がうまく出せないある客は「可欣」をとても慕っており、彼女とデュエットするのが大好きだった。ある時、彼は歌うのに熱中し、目を閉じて頭を振りながら「ア……ア……ウ……ウ……」と売れっ子の美女「可欣」との濃密なデュエットを楽しんでいた。音楽が終わってしまってもそれを知らずに「ア……ウ……」と大声で歌い続けていた。「可欣」はマイクを持って彼が歌い終わるのを静かに待っていた。客が目を開けた時には、カラオケの画面は終わっており、彼は気まずそうにマイクを置いた。「可欣」は見ないふりをしたが、こらえきれずに笑った。声に障害がある客たちのこのグループはとても気前がよく、いつも競い合って「可欣」にプレゼントを贈った。ブランドのバッグや、高級な服、金のネックレスなど、誰もが大盤振る舞いをした。

基隆のある有名な盲目のマッサージ師も「可欣」を指名するのをとても好んだ。彼女は、この目が見えない客をどのようにもてなしたらよいかを知っていた。どんな酒が好きか、おつまみは何が好きか、酒のコップをどう置いたら手に取りやすいかなど、彼のくせをすべて理解していた。この名人は彼女のもてなしにいつも満足し、何度も札束をくれた。

ある時、物事がうまくいかなくて落ち込んでいるらしい中年男性が来店した。

「おなじみのホステスはいらっしゃいますか」と趙ママに訊かれて、彼は「いない」と答えた。

「どんなホステスがお好みですか？　ご紹介しますわ」と再び訊かれても、手を振って「適当に」というだけだった。そこで趙ママは身体が空いていたホステスを彼に割り振った。この客は何度も来たが、いつも「適当に」と答えていた。あるとき、珍しく「可欣」が空いており、趙ママは彼女をこの客のところへ行かせた。それからは彼はいつも「可欣」を指名し、「適当に」と言うことはなくなった。

「ふん、売女め！」

「口ばっかりじゃない。お酒はまだまだ飲めないくせに！」

「趙ママにどれだけ媚びを売ったのか知らないけど、ママはえこひいきしてるのよ！」

「可欣」は店では歓迎されたが、その分、ほかのホステスたちは成績が下がったので、嫉妬され、仲間外れにされた。しかしこの世界ではこれが現実で、誰もがそれぞれ実力で稼いでおり、どうこう言うことではなかった。

一年後、「可欣」は結構な額の金を貯めた。彼女は運転を習って車を買い、自分で運転して子どもに会いに行った。

「ワア、きれいな車ね。お母さん、運転ができるの？　これ、お母さんの車？」

ある週末、彼女は秀芳のレストランの外で娘と落ち合った。ふたりの息子もいっしょだった。親子四人はドライブに出かけ、食事をし、服や文房具をどっさり買い、とても楽しかった。車で戻って来るとき、子どもたちは父親について話した。

「お父さんは、今年、わたしが卒業したら、山に帰るって言ってるの」夢寒が言った。

「どうして？　阿文と阿豪はまだ内湾で小学校に行かなきゃならないじゃない」懐湘が言った。

「でも、お父さんは、お金がない、家賃が高すぎるって言うの」娘が答えた。

「お金を、あんたたちに渡したでしょう？　家賃や生活費に足りないの？　お父さんはやっぱり仕事に行かないの？」

「行かないわ。仕事に行かずに、お酒、お酒で、飲んでばかりいるのよ……」

「行かないよ、毎日お酒を買って飲んでるんだ。前に、お酒を飲んでバイクで帰ってくる途中で、ひっくり返ったんだよ！」

子どもたちは口々に母親に「告げ口」した。

「じゃあ、お父さんは、今でもおまえたちをよく殴るの？」彼女はこのことが一番気がかりだった。

「今は少なくなったわ」夢寒が言った。

実際、懐湘が家を出てからは、マライが家庭におけるすべての責任を担わなければならなかった。仕事はやはり思わしくなかったが、しかし、少なくとも懐湘から安定した経済援助があった。マライは今では家の大黒柱であり、前よりは疲れるが、自分が評価されているので心には達成感があり、かんしゃくも以前ほどひどくはなかった。しかし、それもちっぽけな満足にすぎなかった。生活のさまざまな煩わしい用事や経済的な圧力、子どもたちのしつけ、仕事でうまくいかないこと、自分の将来などに直面すると、彼はすぐにいらいらして、「やっぱりすぐに怒鳴ったり、コップや茶碗を壊したりする」のだった。

「そうだよ、ぼくたち、お父さんに殴られるんじゃないかと怖いんだよ」

「お母さん、家に帰ってきてよ」

末っ子の志豪が、後ろの座席から立ち上がって母親の肩を抱いて言った。

「だめなのよ。お母さんは仕事をしてお金を稼がないとならないの。あんたたちに勉強してもらわなきゃならないから」懐湘はやりきれない思いでそう言った。

懐湘はピタイや弟妹たちにも会いに行った。いつも車で帰ったが、大小のお土産を買って帰り、叔父たちの家から近所の人たちに配ってもらった。彼女が部落に帰るだけで、どの家も彼女のお土産がもらえたのだ。

「あの子がよそでどんな仕事をしてるか、知ってる?」

懐湘の大盤振る舞いの土産物を受け取って、近所の人たちはこそこそと陰口をきいたが、その後は彼女をよく言う人が大半だった。

「まあ！　そうするしかないじゃない。あの子は小さいときに母親に捨てられて、旦那さんも大事にしてくれない。よそに行って、自分ひとりで何とか暮らしていくしかないのよ」

「まあ、確かに、あんたの言うとおりだわ」

懐湘が幼いころから成長していくのを、部落に住む身内の人たちはその目で見ていたので、そう言った。

「あの子はほんとうに可哀想よ」

懐湘がよそでどんな仕事をしているか、みんな心ではよくわかっていたが、しかし最終的には彼女の苦しい心を思いやって受け入れ、公平な判断を示した。

懐湘は子どものころからピタイにはひどい扱いをされてきたが、それでも、父親の家のためには喜んで尽した。父が亡くなって玉鳳が嫁ぎ、ピタイはひとりで、ふたりの息子とひとりの娘を育てなければならなかった。安定した仕事がない中年女性にとっては、山の暮らしは出費が多くないとしても、一家四人で食べていくだけでも重い負担だった。それでピタイはしょっちゅう電話をかけてきて、懐湘にお金を送って家を助けるように求めた。懐湘はそれを聞くとすぐに送金してやった。懐湘は休みで帰るたびに、家族へのお土産のほかに、食べ物や衣服、小型家電製品、弟や妹の文房具など、何でも買ってやった。家へ帰ると必ずピタイに四、五万元渡して、家族の暮らしを助けた。父はもういないが、しかし、何と言ってもそこは自分の家であり、弟や妹は自分の肉親だった。金銭については、懐湘は家族には出し惜しみせず、気前がよかった。

家庭の夢

「可欣」は店の売れっ子ホステスになり、彼女目当ての客が毎晩、引きも切らなかった。そのなかには、ほんとうに彼女に心を動かされた男も多かった。キャバレーの雰囲気は男たちの心を惑わせるものだが、酒が入るとアルコールが作用して、いっそうやすやすと夢中にさせられてしまい、美女の歓心を買うために男たちはあらゆる手を尽くした。ほんとうに実力があるのか、ほらを吹いているのか、いずれにしてもホステスたちはちょっと駆け引きするだけでよかった。この旦那たちはおとなしく財布のひもを緩めるだろうかなどと心配しなくても、彼らはいいカモになり争ってホステスたちに貢ぐのだった。彼女たちからすれば、適当に調子を合わせてやれば、お金もブランドの腕時計も金のアクセサリーも、いともたやすく手に入った。まさに、元手をかけなくてもしっかり儲けられる、いい商売だった。大きな「カモ」になるクラスの大社長に見染められると、ダイアモンドや家や車などを贈られることもあった。売れっ子の「可欣」は、もちろん、一途な思いを捧げる男たちの夢のなかの理想の恋人だった。誰もがこの美しくて優しい、ことばを解する花を自分のものにしたいと思ったが、この点については懐湘《ホワイシアン》には彼女なりの原則があった。

「わたしはもう結婚していて、子どももいるんですよ」

相手が告白してくると、彼女は必ず誠実な態度で自分のほんとうの境遇を告げた。これは水商売ではある種の冒険だった。なんといっても、男たちがここに来て散財するのは、ぴちぴちした若い女の子が相手をしてくれることを望んでいるからで、誰が金を払ってまで、既婚で子どもを産んだことがある「おばさん」を相手に酒を飲むだろうか。ところがおかしなことに、告白した男たちはほとんど誰も、彼女のことばを聞いて引き下がったりはしなかった。逆に、彼女の話を知って「英雄、美女を救う」という壮志がかきたてられた。

「離婚しろよ！　おれが面倒を見るよ」

「別れろよ、一生、大事にするから」

「そんな状況で、まだ何を期待してるんだい？」

「君をここから連れ出すよ、おれといっしょに暮らそう」

懐湘はいつも頭を振って言った。

「これがわたしのありのままなんです。この関係のままがいいんです。それではおいやだとおっしゃるなら、なりゆきに任せるしかありませんわ」

意外なことに、このことばに驚いて逃げ出す客はいなかった。逆に、彼女の誠意のある率直な態度に感動し、彼女は自分をほんとうに友人だと思ってくれている、ただ金を使うだけの客と見ているのではないと感じた。そして彼女の苦しみに同情し、その気持ちを尊重して、彼女を自分のものにできなくても、これからもひいきにしてやろうと考え、さらに多くの客を彼女に紹介してくれるのだった。

マライは、娘の夢寒が中学を卒業すると、ほんとうに後山の部落に戻った。平地ではずっと仕事が「見つからなかった」からだ。部落に帰ると、少なくとも山で日雇い仕事をする機会があった。もちろん、山には父親と弟がいて、頼ることができるということが最も重要だった。家庭の大黒柱として達成感を感じてはいたものの、その分、心身ともにすり減らし、さらに責任も負わねばならず、重圧を感じていた。生活の面では、マライは懐湘と暮らしていたときのやり方に慣れてしまい、天が落ちてきても誰かがかかわりに支えてくれるはずだと思っていた。

懐湘はキャバレーに二年余り勤めると、ローンを組んで基隆の近郊にマンションを買った。部屋は八階で、基隆港の東側の、山を背にして海を望む場所にあった。

彼女ははじめて、ほんとうに自分のものである家を持ったのだ。部屋が三つと居間とダイニングルームという標準的な間取りで、床はフローリングになっており、客が贈ってくれた高級な皮革ソファのセットを置いた。ふたつの寝室は、ひとつは女の子向けの内装で、夢寒の部屋だった。もうひとつは男の子用で、阿文と阿豪の部屋だった。懐湘の部屋は中二階のスイートルームで、海を望む窓にピンクのレースのカーテンをつけた。寝具は薄紫色でどれもレースで縁取りされており、ごみ箱までレース風の布で覆われていた。柔らかいダブルベッドには人の背丈の半分ほどもあるテディベアが座っており、大きな化粧台にはさまざまな化粧品や香水、アクセサリーがきれいに並べられていた。彼女の部屋は、転変する人生を経験してきた女性の部屋とは思えなかった。逆に、人生の辛酸を舐めたことなどない、大切に可愛がられてきたお嬢さまの部屋のようだった。

自分の家を持つと、彼女はいっそうまじめに金儲けに励んだ。子どもたちの生活費を援助するだけでなく、マンションのローンという圧力まであって、彼女はこれまで以上に真剣に仕事をしなければならなかった。懐湘と気があうふたりのホステス仲間が、近くに「スミレ」という新しい店を開き、「可欣」も投資した。「金船」の懐湘の客たちは、彼女が「スミレ」に関わっていると知って、次々に人を連れて来店し、「可欣」はふたつの店のあいだを往復して客をもてなした。「金船」の懐湘の客たちは、「金船」はいつも超満席で待たされるので興を削がれていた。それで、今では多くの客が「スミレ」に移った。しかし、「金船」の客層には影響がなかったので、趙ママはあまり文句を言わなかった。このように二軒の店のあいだを往復するのは疲れたが、懐湘の稼ぎはかなりのものになった。

もうすぐ母の日だ。街のあちこちに母の日のための商品の広告が見られた。父親が亡くなってからは、懐湘はよく母親のハナを思い出した。ハナは北投に住んでいたが、懐湘はその家に行ったことがなかった。今年の母の日に、彼女は急に母親に会いたくなった。高価な金のネックレスを母への贈り物に選び、父親がちがうふたりの妹、湘怡と湘晴には、それぞれきれいな金のブレスレットを選んだ。輸入品の店に行って、直輸入の高麗人参のギフトセットを買ったが、それは母親の外省人の夫に贈るつもりだった。もちろん、高級な果物のギフトセットも念入りに選んで持って行った。懐湘は趙ママに半日の休みをもらうと、朝、車を運転して北投へ向かった。彼女は子どものころ、祖母について北投の母親の家に何度か行ったことがあり、叔父がくわしい住所を教えてくれたので、母親が住んでいるあたりはだいたい見当がついた。母親の家の近くの通りまで行くと、懐湘は車を道ばたに停めて、まず母親に電話をしようと思った。公衆電話の受話器を取り上げてダイヤルを回した。

ルルルルル……ルルルルル……。

待っているうちに、急にためらいを感じ、電話を切ってしまいたい衝動にかられた。これまでに何度か会ったことがあるが、母親は自分に対して、うまく説明できないのだが、何か「拒絶」感を持っているらしいと心の奥深くで感じていた。

「もしもし？　どなた？」

若い女の声だった。きっと妹だろう。

「もしもし、わたし……、わたしは……。ハナさんはいらっしゃいますか？」

彼女はしどろもどろで答えた。自分のことをどう言ったらいいか、わからなかった。

「ハナ？」女は驚いたようだ。

「誰なの？　わたしと話したいのは」

女はまさしくハナだったのだ。

「もしもし、イマ　サ（誰なの）？」

相手が自分を民族の名で呼んだので、ハナは実家からの電話だとわかった。

「あ、もしもし、わたし……、懐湘です」

懐湘は母親の声を耳にして、気持ちが高ぶり緊張した。

「あの、もうすぐ母の日だから、あの、母の日のプレゼントを贈ろうと思って……」

「あら……懐湘！　ひさしぶりね。元気なの？　プレゼントは……、要らないわ……。ほんとうに要らないのよ」ハナは言った。

「でも、今、すぐ近くまで来てるんです。持って行って、すぐに帰るわ。午後は仕事があるから……」

「うーん……、懐湘、ごめんなさいね！　わたし、気分が悪いのよ、今は会えないわ。またにしましょう。申し訳ないわね！」

懐湘は受話器を握っていたが、なじみ深い感覚がこみあげて来た。あの拒絶された孤独感が、彼女のすべての細胞を満たした。

「ええ……、じゃあまた……」

これは予想できたことだった。だから、孤独と失望の感覚に打ちのめされたとしても、それほど意外なことではなかった。

「申し訳ないわね、懐湘。どうしようもないのよ……。ごめんね……」ハナは謝り続けた。

「ううん、気にしないで。身体を大切にね、母の日おめでとう！」彼女はあっさりと言った。

「あら、母の日なら、ヤキ（おばあちゃん）に電話してあげて」ハナは言った。

受話器を戻すと、懐湘の胸にはさまざまな思いがこみあげてきた。車を運転して基隆へ戻った。彼女の心のなかでは、自分が「とても悪く」、お母さんはやはりこれまでと同じように自分が要らないのだということが、あらためて証明されただけだった。


「お父さんがバイクで転んで入院したの」

朝早く、娘から懐湘に電話がかかってきた。夢寒は中学を卒業すると進学せずに、数人の同窓生といっしょに中壢の工業区にある電子部品工場で働いていた。休暇には母親に会いに基隆に来て、自分のためのきれいな部屋に泊まった。ふたりの男の子は、長期休暇になると、懐湘が連絡して竹東まで車で迎えに行き、基隆に連れてきて休みを過ごした。

マライが後山の部落に戻ってから、弟は山の土地を拓いて水蜜桃や柿、リンゴなどの果物を栽培した。農繁期にはマライは日雇いに出て金を稼いだが、その時に若い未亡人と知り合った。彼女は結婚してまもなく夫を交通事故で失い、夫の忘れ形見の三歳の娘を連れて実家に戻っていた。山で水蜜桃の袋かけの日雇い仕事をしているときにマライと知り合ったのだが、子どもを抱えた未亡人の事情を知ったマライは、彼女の世話をしてやることを特に好み、やがて愛し合うようになり、人目もはばからずにいっしょにいるようになった。

「えっ！　けがはひどいの？　どこの病院？」懐湘は驚いた。

「竹東の栄民病院よ」娘は言った。

「あのね、お母さん、お父さんには……彼女がいるのよ」

夢寒は早くに弟たちから聞いていて、家に帰ったときにその女性に会ったこともあった。母親に話すかどうか、ずっと悩んでいたのだが、もし母親が病院へ見舞に行ったら、その女性に会うにちがいないと思い、話しておいたほうがいいと思ったのだ。

「彼女？　そうなの」いきなりそんな話を聞かされて、懐湘は驚いた。

「ええ、わかったわ、大丈夫よ」

電話を切ってはじめて、懐湘は自分がこの話にどう反応しているかを、しっかり確かめることができた。たいへん驚いたのだが、悪魔のように暴力をふるうマライのような男を好きになる女性がいるとは、まったく思いもかけないことだった。驚きのあまり少し笑ってしまった。あの、死んだほうがましかと思うような日々を過ごすうちに、マライは人を愛する能力をとっくに失ってしまったのだと思っていたが、なんと、愛人ができたというのだ。いささか憤りも覚えた。自分は恨むこともなく家族に尽くしているのに、マライは彼女を裏切って他の女への愛に走ったのだ。喪失感も少しあった。父親は亡くなり、母親は冷たく、夫には裏切られた。自分の人生はどうしてこんなにも空しいのだろう。

「ああ……」基隆港の塩気を含んだ海風が頬を撫でた。

ザアッ……、ザアッ……、波がくりかえし岸に打ちつけている。彼女は魂が抜けたようになって、あてもなく防波堤のある海岸を歩いた。心は波が打ちつけるように、ひとつがおさまらないうちに次の波が起こった。もの思いにふけっていたが、海を見ていた目がだんだんかすんでいき、こらえきれずに涙が流れ落ちた。自分が、哀れで孤独な運命を嘆いて泣いているのだとよくわかっていた。マライの裏切りで泣いているわけでは決してない。彼に愛人ができたと知って、心の奥底では逆にほっとしていたのだ。

病室に入ると、マライのベッドのそばの椅子に若い女が座っていた。ぐっすりと眠っている小さな女の子を抱いていたが、懐湘が入ってきたのを見ると、慌てた表情でさっと立ち上がって子どもを抱いたまま出て行き、懐湘が帰るまで戻ってこなかった。何年ぶりだろう。マライはベッドに横たわっていて動けなかったが、しかし彼を見ると、懐湘はやはり恐ろしさをおさえられなかった。手短に互いの近況と傷の具合について話したが、一方は自分の今の仕事について話しにくく、もう一方は過去にふるった暴力が後ろめたく、それにさっきまで病室にいた女性との関係も打ち明けにくくて、ふたりはそれぞれ思いにふけっていた。しばらく沈黙が続いたあと、懐湘は封筒を取り出して、ベッドのそばの小さな台の上に置いた。

「ここに二万元あるわ。お大事にね」

「いや……、要らないよ！　ああ、ありがとう！」

「じゃあ行くわ。身体に気をつけてね、じゃあ」

長居することなく、彼女は病院を去った。

一週間ほどしてマライは退院し、山に帰って静養した。三か月後、マライは夢寒を通して懐湘に連絡をよこした。帰ってきて「事を解決」するようにとのことだった。懐湘は心ではどういうことか、何となくわかっていた。病院で目にしたマライの表情はこれまでとはまったくちがっていた。彼の心のなかではあの女性が最も重要な位置を占めているのは明らかで、いつかは決着をつけなければならなかった。

彼らは竹東のあるカフェで落ち合った。懐湘は、マライがカフェを知っていることに驚いた。あの女性を連れてしょっちゅう山を下りてロマンチックなデートをしているにちがいない。マライは父親といっしょに来た。懐湘のほうはひとりだった。二年余りのあいだに、水商売で苦労し、さまざまなことを見聞した。どんな場所もどんな人もどんなことも、目にしてきた。自分のことに決着をつけるのに、年長者の手を煩わせたくなかった。もちろん、最も大事なことは、今日こんな状況にまでなってしまったのは、自分にもある程度の責任があると彼女が認めていることだった。

思ったとおり、マライは離婚を切り出した。懐湘にとってはそれほど意外ではなかった。しかし、舅のことばは思いもかけなかった。

「わしらがおまえを嫁にもらった時、金がかなりかかったんだ」

驚いたことに、舅は五十万元の「賠償」を要求してきたのだ。

「子どもたちを育てるのに金がかかるからな」舅は嫁の驚いた目を見て、急いで付け加えた。

「アウ　ヌアイ　ケリ（わかったわ、大丈夫です）」

懐湘は彼らの要求に応じた。離婚は相手が言い出したものだったから、この要求は実際のところ、道理に合わないし、人としての情に欠けていた。しかし、この結果は彼女が考えていたことと合致していた。彼女は、いつか自分がマライとともに山に帰って、昔のようにあのあばら家であんな暮らしを送れるとは想像もできなかった。心では、子どもたちが、自分がそうだったように、完全な家庭を失ってしまうことを望んではいなかったが、しかしこの選択はやむを得なかった。それで、彼女は五十万元で自分を身請けして、やっと恐怖の束縛から抜け出し、ほんとうの自由を手に入れたのだ。

山地は土地が広く人も少なく、家と家のあいだは、ややもすれば山ひとつ分ほど離れている。しかし部落には伝統的な「インターネット」を通じて部落じゅうに伝わった。マライと懐湘が離婚したというニュースは、たちまち部落の「世間話」のトップニュースになった。話題の中心は、驚いたことにマライ親子が少なからぬ「養育費」を手に入れたということだった。伝統的な父系社会であるタイヤル族の部落では、離婚の協議で女性側が男性側に「金で賠償する」などということは、まったくあきれてものも言えない、驚くべきことなのだ。

妻が亡くなってから遠洋漁船に乗っていたが、山に帰って来ていたブターも、もちろんこの話を聞いた。この数年のあいだ、再婚しなかった彼は、このニュースを聞くと、すぐに心にある願いが浮かんだ。ただそれがかなうかどうかは、わからなかった。

懐湘が基隆で働くようになって、三年余り経った。水商売は、すぐに金が稼げるように見え、客の酒の相手をする仕事も気楽そうに見えるが、実際は、花柳界で、顔見知りであろうと初めての客であろうと、多くの人と交わるのは、長時間となるととても疲れることだった。とりわけ、歳月は人を待たずで、店がひけて家に帰ってきて、全身に酒とたばこのにおいを漂わせながら化粧台の前に座り、キラキラと光るイヤリングを外し、顔の化粧をゆっくり落としていくと、一晩じゅう厚い化粧に隠されていた肌と心が鏡に映し出される。どちらも同じように疲れ果ててやりきれなかった。特に、店に若くて美しいホステスが新しく入ったときや、ホステス仲間がいい相手を見つけ、浮き浮きしながら仕事を辞めて結婚することになったときなど、懐湘の心はしばらく沈み込むのだった。とりわけ、この一年は倦怠感が強かった。

このとき、疲れ果てた人生に突然ひとりの男が現れた。阿発《アファ》は、懐湘を追いかける多くの男たちのひとりで店の常連だった。懐湘より二歳年下で、ユーモアがあって面白く、整った顔立ちでスタイルもよく、人好きがした。彼は懐湘が離婚したと知ると、いっそうこまめに彼女を追いかけた。三日にあげず店に現れ、店がひけると彼女を車で家まで送って行った。このように気配りある追っかけによって、ふたりはだんだん親しくなった。

懐湘は成熟し自立した女性だった。この何年か、店でさまざまな客を見尽くしてきたので、店に来た男をちょっと観察し、二言三言ことばを交わしただけで、その男がどんなタイプの人間で、どんなスタイルのサービスを求めているかがだいたいわかった。このように男たちを正確に理解できたので、客に評判がいいだけでなく、成績も長いあいだトップクラスにあり、日々、自信もついてきた。このような態度は、自分の身体と情欲をコントロールするときも同じだった。男たちの世界で水商売で暮らしを立て、現実の娯楽はうわっつらの好意だけで成り立っていたが、しかし彼女の心にはあいかわらずほんとうの感情があり、護られ愛されたいと渇望する、少女のような思いがあった。何年かのあいだには、ほんとうの気持ちを話せる客も何人かいて、ほんとうの男女の友人となり、さらに深い関係になったこともあった。懐湘は不幸にも、結婚してマライから暴力をふるわれ、特にセックスでは「迫害」されたために、ずいぶん長いあいだセックスをひどく嫌悪し拒否してきた。しかし、三十歳になった今、過酷だった結婚の束縛から抜け出し、経済的に安定して、生活に安定感を覚えるようになった。もはやセックスを拒否することはなく、その醍醐味を十分に楽しむことができた。

あるときのこと、店に出勤してしばらくたってから、当時つきあっていた艦長職にある客が懐湘を店から連れ出したことがあった。それはマライと別れて以降、懐湘がほかの男性と「いっしょにいる」はじめての経験だった。ふたりはずいぶん前からの知り合いだったが、セックスについては懐湘の心にはやはり過去の嫌な経験が残っており、心は落ち着かなかった。ラブホテルのロマンチックな部屋で、ふたりはピンク色のバラの花が浮かぶ大理石の風呂にいっしょに入った。バラの香りが部屋じゅうにほんのりと漂い、照明はやわらかく、柔美な音楽がかすかに流れていた。しかし、懐湘は心にずっと、ふりはらえない黒雲がうっすらとかかっているような気分で、その気持ちをうまく説明できなかった。

ふたりは赤ワインを少し飲んだ。薄紫色のレースで囲まれた大きな柔らかいベッドで、懐湘は艦長に強く抱きしめられた。その大きな手が、彼女の華奢な身体のあちこちをまさぐり、温かい唇が彼女にくちづけした。

「うん？　欣欣《シンシン》、どうして震えてるんだい？　怖いのかい？」

腕のなかの彼女が震えているのに気づいて、彼はひどく驚いた。

「え、わたし……、そうじゃないわ……」

懐湘は自分でも、なぜそうなったのか、わからなかった。

「怖がるなよ。したくないならやめよう。うん？」

愛する女性を抱いて情欲の炎は燃え上がっており、爆発しそうな熱情はなかなかおさえられなかったが、しかし彼女の反応を見るとやはりいとおしく思い、しっかり抱きしめてなだめてやった。彼はこうして懐湘を抱いてくちづけをしていたが、ますます速くなる呼吸は隠しきれず、ゆっくりと、慎重に、彼女の身体と不安な心を「操った」。軽やかな音楽のなかで、彼の愛欲の炎は、懐湘の名も知れぬ防御の壁にゆっくりと小さな火をつけていった。懐湘はそれに導かれて次第に身体を解き放ち、壁はいつのまにか燃え尽きてしまった。懐湘は艦長に導かれて、知らぬまに果てしない幸福の大海原に船出した。ふたりは、時には規則正しい波に身をまかせて優雅に進み、時には風を受けて波を切り、波が荒れ狂うロマンチックな海原に突っ込んでいった。時空はいまでは停止したようでもあり、永遠の時のようでもあった。「ああ！」ふたりは同時に波の最高点に達し、その瞬間、魂を揺さぶる愛の曲に美しい休止符が打たれた。懐湘は艦長の胸にしがみついていた。音楽がかすかに聞こえるなか、恋人の熱い胸は荒い息づかいで上下を繰り返していた。懐湘は目を閉じて、静かにこの甘い時間を楽しんだ。恋人の胸に耳を押しつけてだんだんおさまっていく鼓動を聞いていたが、心はさまざまに変化する海のように、少し穏やかになったかと思うと、また波立った。

「セックスって、こんなに心地よいものなんだわ。女って、こんなにもやさしく細やかに扱ってもらえるんだわ……」

そう思ううちに、あの思い出したくもない過去や、死んだほうがましだと思った夜のことが次々とよみがえって、たった今の美しくロマンチックな海原の旅と交互に脳裏に浮かんだ。さまざまな思いがこみ上げてきて、わけのわからない涙がこらえきれずに溢れた。

残念なことに、往々にして水商売の女たちの愛情は夜明けの朝露のようなもので、現実の世界に受け入れられることはめったにない。太陽が昇り、万物がよみがえるとき、花や葉に宿った露は、どんなにきらきらと透き通って人を魅了していようとも、霧となって早々と虚空に消えてゆくしかないのだ。懐湘がこの数年、店で経験した愛情はどれもそうだった。期待に溢れていても、いつも最後には心ならずも、突然終わってしまうのだ。彼女を導いて彼女自身の心身の情欲をあらためて認識させてくれた艦長もそうだった。

その年のバレンタインデーに、阿発は九百九十九本のバラの花を花屋に届けさせた。真っ白なカスミソウが赤いバラを引き立てていて、ハート形の巨大な花束は店のホールを占拠していた。花束の真ん中にはピンク色のカードがさしこまれていて、「可欣さん、楽しいバレンタインデーを！　阿発」と書かれていた。

「おおっ！」入ってきた人は誰もが感嘆の声をあげた。ほかのホステスたちも次々に花束を受け取ってはいたが、この九百九十九本のバラの花束の壮観には比ぶべくもなかった。この日、「可欣」はみなの羨望と嫉妬の的となった。とにかく、阿発のこの行為は懐湘をたいへん感動させた。

「結婚してくれよ！　温かい家庭をつくってあげるよ」

その夜、阿発は「可欣」を貸し切って、一晩じゅう店の外で過ごした。ふたりは手を取り合って、基隆港の海岸の歩道を仲よく歩いた。背が高くたくましい阿発は、足を止めると懐湘に向き合い、両手を彼女の華奢な肩に置いた。

「まあ、あなたったら……」

懐湘は突然の行動に驚き、ことばも出なかった。

「結婚しよう！」

阿発はしっかりしたまなざしで、うろたえためらう懐湘の目を見ていた。

「ええ？　何を言ってるのよ？」

懐湘はやっと状況がのみこめたが、やはり、阿発が真剣に言っているのか、それとも彼女の反応を探ろうとしているのか、よくわからなかった。

「温かい家庭をつくってあげるよ。君の面倒を見るし、可愛がるよ……」

阿発は懐湘がまだためらっているのを見て、彼女をしっかりと抱きよせ、その耳元でささやいた。

阿発の筋肉と皮膚は健康そうで、陽の光と汗がかすかに香る男のにおいを全身から放っていた。腕は力強く、その低い声と、だんだん早くなってくる息づかいに、懐湘はたちまち天地が回るように感じた。一秒ほどのあいだ、よく知っている、かつて味わったことがある幸福感（あるいはある人）が胸いっぱいに広がって、すぐに消えた。

「ん……」

やっと気持ちが落ち着きかけたとき、熱く湿った唇が彼女の唇にぎゅっと押しつけられた。

「うんと言ってくれよ……」

彼はくちづけしながら、彼女の口の中でつぶやき、返事を求めた。

「なあ……、おれの嫁になってくれよ、嫁になってくれよ……」

懐湘は、もともと、他の男よりは阿発のことが好きだった。今日は、彼のバレンタインデーのプレゼントで一晩じゅうみなに騒がれ、今度は「家庭を作ってやる」というのを聞いて、懐湘は力が抜けてしまった。「家庭」は懐湘がこの半生、追い求め続けて手に入らなかった夢だ。一晩じゅう虚栄と感動が続いており、さらに今このときの阿発の男の魅力に抗えなかった。しかし、最後のとどめを刺したのは、阿発が口にした「家庭」だった。

冷たい海風がピューピューと吹きつけてきた。阿発の力強い腕とがっしりした胸に、懐湘はこのうえない温かさと安心感を覚えた。彼女はこの感覚をおし拡げた。さらにおし拡げると彼女が夢見てきた家庭になった。それで、彼女はおとなしくうなずいた。

「あの、うん……、うん！」

「うんと言ったね！」

阿発は大喜びだった。懐湘を放すと、嬉しそうに両手を高くあげ、堤防のそばを走り回った。

「ああ、うんと言ってくれた！　ヤッホー！　うんって言ってくれた！　ハハハ！」

ほんとうに結婚するとなると、懐湘は心配になった。阿発の家族は彼女のような女をどう思うだろうか。その点について阿発はこう言っていた。家族には、懐湘はファッション関係の仕事をしていると言ってある。自分で事業を起こし、預金も家も車もある、キャリアウーマンだ。こんな条件がいい女性が阿発と結婚したいというのだ。しばらくは楽ができるだろう。もちろん家族は反対などしなかった。こうして彼らは順調に結婚し、阿発は当然のことながら懐湘のマンションに引っ越した。この家についに男の主人ができたのだ。

懐湘は結婚すると「金船」の仕事を辞め、「スミレ」の株をかなりいい値段でふたりの姉妹に譲渡した。彼女と阿発は、ふたりでいられるなら何も要らないといった甘いハネムーンの日々を数か月送った。

半年後、懐湘は妊娠した。三十四歳という高齢に加えて、ここ数年の飲酒と喫煙、それに夜と昼が逆転した酒場勤めで、身体は若いころとはまったくちがっていた。一日じゅうめまいと吐き気がし、重いつわりでげっそりとやつれてしまった。子どもを身ごもるのはほんとうにたいへんなことだった。ところが、結婚前には「おまえの面倒を見るよ、おまえを可愛がるし、愛するよ」と言っていた阿発は、懐湘をひどく失望させた。彼は安定した職業についてはいなかったのだ。前に言っていた「金属会社の営業部長」というのはまったくの見せかけで、叔父がやっている鉄工所で工程の一部を受け持っているにすぎなかった。いつも、少し金を稼ぐと休み、金を使い果たすとまた一時しのぎの仕事をさがすのだった。このように安定していなかったので、いくら外見がよくても、阿発には決まった恋人がいたことはなく、家族は心配していた。道理で、キャリアウーマンが彼を「受け入れ」たいと言ったとき、家族はほっとして、ふたりの結婚がうまくいくように力を尽くしたわけだ。

妊娠の後期になって、懐湘は、阿発の最低なところは賭けマージャンの習慣があることだと気づいた。マージャンに出かけるたびに一晩中帰ってこなかった。勝ち負けは何万元ものレベルで、すでに固定収入のない懐湘の負担はますます重くなっていった。

「いいじゃないか、マージャンなんて、大したことじゃないよ。何もそんなに深刻なことじゃないさ」

出て行って三日二晩まったく音沙汰がなく、帰って来ると、当然のことだが、懐湘に咎められた。彼は肩をそびやかし、両手を広げて眉をしかめた。妻に問い詰められても、何とも思っていなかった。

「三十万元、出せないか？　二か月で倍にするからさ。いい友だちなんだ、おれも噛ませてくれるって」

懐湘はかんかんに怒って、中二階の部屋に上がっていった。阿発は後からついてきた。懐湘は歩きながらぶつぶつ言った。少し前に、彼は二十万元を「投資」して失敗したばかりだった。なのに、今また金を出せと言うのだ。懐湘は腰に手をあてて部屋の入口に立ちはだかり、阿発を入れなかった。

「どこに三十万元があるって言うのよ！　前に投資した二十万元が戻ってこないのはもういいわ

よ。これ以上、でたらめな投資はやめてちょうだい」

「おかしなやつだなあ。おれは、おれたちの家計がもっとよくなるようにと思って、やってるんだ。せっかくの機会なんだから、おまえは亭主に協力するべきじゃないか」

「お金はもうないわ！」

懐湘は怒りのあまり、ドアをバンとたたきつけるように閉めて、阿発を閉め出した。阿発の正体がこのころになってだんだんわかってきた。身ごもっている懐湘は、それを思うと背筋が冷たくなった。花柳界で数えきれないほど人を見て来た「可欣」が、人を見誤って、まさか、こんな食わせ者にひっかかろうとは、思いもよらなかった。

結婚して一年余り経って懐湘は娘の小竹《シャオチュウ》を産んだ。小竹は、目鼻立ちがくっきりしており、目はキラキラ輝き肌は白く、ほんとうに可愛かった。阿発は、父親になったからといって、まじめに働いて家族を養おうなどとは考えなかった。逆に、赤ん坊がうるさいと、しょっちゅう外へ出ていった。出かけて行ってマージャンをはじめると、三、四日も帰ってこなかった。そして戻ってくるとすぐに寝てしまい、二、三十時間は起きなかった。彼が外で何をしているのか、よくわからなかったが、幸いにも、どんなにいいかげんな男だとしても、阿発は少なくとも手をあげて妻を殴ることはなく、その点だけはマライよりましだった。懐湘はこれまでのわずかな貯えを崩しながら家で子どもを育てていた。しかし、住宅ローンと日常の生活費が必要なのに、阿発の稼ぎは不安定で、そのうえ、いつも彼女に金をせびった。こんなことをしていたら、もっと貯えがあったとしても、いつか使い切ってしまう日が来る、これが懐湘の心に秘めた悩みだった。

「姉さん、わたしの母さんが事故にあったの」

ある夕方、妹の玉鳳から電話がかかった。

「どうしたの?」彼女は気づかわしげに尋ねた。

「今日の午後、母さんが山から帰ってくるときに大雨になったの。崩れやすい場所を通ったときに、土石流にあったのよ。ちょうどパトゥが通りかかって、母さんを背負って家に連れて帰ってくれたの。今、病院で救急措置を受けてるんだけど、意識が戻らないのよ」

妹は気がせいているらしく、話しながら泣き出した。

「わかったわ、すぐに行くから」

阿発がどこをうろついているのかわからなかったが、懐湘はすぐに小竹の服とおむつをまとめ、小竹をおんぶ紐で胸の前に縛りつけた。まるでエアバッグのように見えた。そして車を運転して南へと急いだ。

「申し訳ありません、手を尽くしたのですが……」

医者は、かけつけた懐湘と弟妹たちに、ピタイは助からなかったと告げた。玉鳳とその夫は三歳の息子の手を引いていた。上の弟の嘉明と妊娠中の若い妻はそばにぼんやりと立って、何も考えていないようだった。あとの弟と妹はピタイを囲んで泣き崩れていた。

「今、人工呼吸器をはずしますか? それとも家へ帰ってからはずしますか?」

看護師が、ひとりだけ落ち着いて見える懐湘に尋ねた。ピタイの口には呼吸のための管が挿入されており、器械の力で今も、フー、フー、フー、フーと「呼吸」していた。しかし、身体状況を示すモニターのスクリーンでは、どの線もまっすぐになって静止していた。

「ここではずしてください」懐湘は言った。

懐湘はピタイの実の娘ではなかったが、何といってもこの家の長女だった。弟や妹たちは悲しむばかりで、何をするべきか、まったくわかっていなかった。それで、懐湘はためらうことなく、ピタイの葬儀を執り行う責任を買って出た。幸いなことに、伯父たちや隣人、親戚が協力してくれたので、ピタイの葬儀はおおむね、とどこおりなく行われた。

葬儀の日、基隆にいる懐湘の仲間たちが、お供えとして、高々と積み上げた缶詰の塔一対と、十数万元の香典を贈ってくれた。今は友人になっている客の何人かは、「可欣」の「お母さん」が亡くなったと知って、次々に缶詰の塔や大きな花輪を贈ってくれ、さらにそれぞれが高額の香典も贈ってくれた。こうしてピタイの葬儀は部落ではこれまでになかった盛大なものになった。懐湘は感動したがプレッシャーも感じた。花柳界の人たちにこのような義理人情があろうとは思いもしなかったのだが、この人情の借りは大きいことが彼女にはわかっていた。これからはすべて自分が返さなければならないのだ。「あの世界から抜けた」今となっては、収入はもうあのころの比ではなかったのだが……。

阿発は正式な葬儀の前日になってやっと山にやって来た。懐湘は彼がいったい何をしていたのか、問いただす気にもならなかった。ピタイの葬儀が終わると、彼女も家へ帰ることにした。

「姉さん、いただいたお香典だけど、かかった費用を全部払っても、まだ十何万元か残っているの。わたしが持っているんだけど……」

高校を卒業した下の妹の玉婷《ユィティン》は、四人の兄弟姉妹のなかでは頭が切れるほうだった。

「それからね、わたしの母さんの事故の保険金なんだけど、わたしたち四人が受取人になってるのよ」彼女は言った。

「そう、わかったわ。わたしはもう帰らなくちゃ」

懐湘は、昔の同僚と客たちの人情への債務を思うと気が重かったが、弟や妹たちにはそれ以上何も言わずに、小竹と阿発を乗せて車で基隆に戻った。


日が過ぎるのは速い。小竹は三歳になった。この三年で、「可欣」が稼いだ貯えはすっかり使い切ってしまい、家族は、阿発が臨時の仕事をして稼ぐ金で暮らしていた。しかし稼ぎはわずかで、一家の生活を維持していくのは難しかった。ましてや、彼はしょっちゅうマージャンに出かけ、敗けるほうが多かった。家計は日ごとに苦しくなっていった。「貧しい夫婦はすべてが哀しい」というとおり、ふたりはいつも金のことで言い争った。とうとう住宅ローンが払えなくなった。

「いっそこの家を売って、そのお金で銀行に返済しましょう。裁判所に家を差し押さえられるのを待っているのはいやよ」懐湘は言った。

「好きにしろよ！　景気は悪いし、仕事は見つからない。おれもどうしようもないよ」

阿発は両手を広げてみせたが、反対はしなかった。

「あんたはわたしに、家を作ってくれるって言わなかった？　ここがあんたの約束した家じゃないの？」

懐湘は目の前の無能な男を見ながら、妻を殴らない以外には、ほんとうにいいところがひとつもないと思った。自分はどうしてこんなに……、こんなについていないんだろう。二回結婚したが、二回ともろくでもない男にあたってしまった。マライと結婚したのは若いころで、まだ物事がよくわかっていなかったとしても、阿発と結婚したのは、浮世の塵にまみれた花柳界で何年も苦闘したあとだった。どうしても自分がゆるせなかった。

「ああ！」悲哀も極まると、乾いた笑い声をあげるしかなかった。

「阿発、わたしたちが結婚するときに考えた『家』はずいぶんちがうものだったようね！　いっそのこと、離婚するしかないわね！　阿発」

今回は、懐湘が自分から離婚を切り出した。

「小竹はわたしが育てるわ。あんたはいつでも会いに来ていいわよ。次の奥さんをもらうかもしれないから、子どもがいたら面倒でしょ」

彼女は誠意をもって阿発に提案した。

「じゃあ、おまえはどこへ行くんだ？」

阿発は意外には思わなかったようだ。実際、この三、四年というもの、家庭生活でふたりはすれちがっており、気持ちはすでに遠く離れていた。

「山に帰るわ。お父さんの部落に帰るのよ。親戚も友だちもみんな、あそこにいるから」彼女は言った。

「好きにしろよ。おれはどっちでもいいさ。でも、おまえが家を売った金は、おれに半分よこせよ。おれもローンを払ったんだからな」

なんと、阿発はそれを気にしていたのだ。

「まあ、そのことは、家が売れてからまた話そう！　ハハハ」

懐湘は阿発を真剣にもう一度見た。

「阿発、あんた、ほんとうに半分もらえると思ってるの？　それとも、わたしをからかってるの？」

懐湘が冷たく笑いながら自分をにらんでいるのを見て、阿発は驚いた。彼女はいったい何を考えているんだ？　何を笑っているんだ？

「あんたとやりあうつもりはないけど、はっきり言っておくわ。あんたはわたしから『投資』するお金を持って行った。わたしが買った家で、ただで食べて、ただで暮らして、ただでわたしと寝た、そのことはもういいわ。あんた、住宅ローンをいくら払ったって言うの？　わたしはあんたの娘を育ててるのよ、わたしに養育費を払うべきじゃない？　金を半分よこせですって？　冗談を言うんじゃないわよ。ハハハ！」懐湘は怒りのあまり、大笑いした。

懐湘と阿発は結婚して四年目に離婚した。住宅ローンの重圧から逃れるために、家は急いで売るしかなかった。いい値段では売れず、借金を返すと四十数万元しか残らなかった。懐湘はその金を持って山に帰った。父親が彼女にやると約束してくれたあの土地に、小さな家を建てて住むつもりだった。

「えっ！　姉さん、父さんの土地には姉さんの名前はないわよ！　見てちょうだい、白い紙に黒い字ではっきりと書いてあるでしょ？　全部、わたしたち兄弟姉妹にくれたのよ。姉さんの名前はないわ！」

弟妹たちは、頭が切れる玉婷を前面に立てて懐湘と談判した。ピタイが亡くなって事故保険金を八百数万元受け取り、上の弟の嘉明以外の三人の弟妹が、その金で三階建ての大きな家を建てていっしょに暮していた。嘉明と妻子は父親のもとの家に住んでいた。残った金は四人で均等に分けた。

「でも、父さんは、あのサツマイモが植えてある土地は、わたしにくれると言ったのよ。あの日は、あんたたちの母さんも、父さんの従弟もいたのよ。ふたりとも知ってるわ！」

懐湘はひどく驚いた。こんなことがあるだろうか。

「わたしにはどういうことか、わからないわ。わたしたちは法律のとおりにやってるのよ。地政事務所に行って、登記簿を見ればいいわ。白い紙に黒い字ではっきりと書いてあるわよ、まちがいなんてないわ」玉婷は、他人事のように言った。

このときになって懐湘ははっと悟った。父親が亡くなったのち、ピタイが彼女に印鑑証明と身分証明を出させたことがあった。あれは、懐湘に相続を放棄させるための手続きに必要だったのだ。

「姉さん、わたしたちの家は、一部屋空いているの。よければ住んでちょうだい」

玉鳳は夫と子どもを連れて実家に帰って暮らしていた。何と言っても、彼女は懐湘といっしょに基隆で辛い日々を乗り越えてきた。ともに暮らし、ともに働いたのだ。姉の苦境を見て同情する気持ちがおこったのだった。

「ありがとう、玉鳳。自分の家が持てるようになるまで、お世話になるわね」

こうなった以上は、頭を下げるしかなかった。

この十年というもの、台湾では戒厳令が解除され〔一九八七年七月十四日〕、甲種管制区〔政府が山地の治安と住民の利益保護のために入山を規制した区域〕にあった部落も入山規制が解かれた。景気もよくなって、休日には観光を楽しむブームがおこった。観光客がだんだん増え、休日には続々と山にやってくるようになった。彼らは道端で売っている山の農業特産品を買うのを最も好んだ。それで、道路沿いの、平坦で広くて車を止められる場所には、特産物を売る屋台がたくさんできた。しかし、これらの屋台で商売をしているのは、ほとんどが平地人だった。原住民の伝統文化は分かち合う文化であり、物を売り買いする習慣はない。そのため、自分が作った野菜や果物を道端に並べて客が選んで買うのを待つという行為に、原住民はなかなかなじめなかった。しかし、懐湘は外の世界で何年も苦闘してきた。店に来ておべんちゃらを言う社長や商売人に数多く接し、さらには「小料理店」に投資して株主になったこともあった。そのため、物の売買に抵抗感はなかった。とにかく、何とかして暮らしていかねばならないのだ。懐湘は四歳の小竹を役場の託児所に預け、農作物の屋台のそばに、ビンロウの小さな屋台を出し、

「抹懐舒檳榔《マファイスビンロウ》」という看板をあげてビンロウを売り始めた。

タイヤル族は、台湾の中部と北部の海抜が高いところに住む原住民族である。かつては、中部の海抜が高い地域にはビンロウは生育していなかったせいだろう、伝統的なタイヤル人はビンロウを口にしなかった。しかし近代になって外部との接触が頻繁になると、タイヤル人もビンロウのことを知り、ビンロウを口にするようになった。

懐湘は、部落にビンロウの屋台を開くことを思いついた最初の人間だった。この考えは悪くなく、店を始めると、まず自然を楽しむためにやって来た観光客を引きつけた。そのころ平地では「ビンロウ西施《シーシー》」〔西施は中国古代四大美女のひとり〕の文化が流行り始めていた。ビンロウを売る若い女性は、脚をむき出しにし、客の目をひく服装をしており、ビンロウ以外のものが目あての多くの男の客たちはそのような店を好んだ。実際、大多数の客が「ビンロウ西施」と親しくなって、目の保養をしたいと思っていたのだ。

「抹懐舒」という字面は、男性の観光客の想像をかきたて、次々に車を止めてビンロウを買い求めた。ビンロウ売りの女性がどのように「抹懐」して「舒」〔気持ちよく〕させてくれるのか見てみようというのだ。実は「抹懐舒」は、タイヤル語のマファイス（ありがとう）を漢字で表記したものだった。懐湘がそう説明すると、客たちはみな楽しそうに大笑いした。「抹懐」されなかったが、ビンロウを買って、タイヤル語もひとつ覚え、客たちはみな愉快になった。さらに、友人たちに懐湘のビンロウの屋台を教え、山に遊びに行ったら必ず訪ねるようにと宣伝してくれた。

すでに四人の子どもの母親だったが、三十七、八歳の懐湘は、不運続きの人生を送って来たせいで肥ることはなく、体つきはあいかわらずほっそりしていて、ちょっと見ると若い「ビンロウ西施」と変わらないほどだった。もちろん、彼女は「金船」と「スミレ」で、お世辞を言うことをはじめ、客が喜んで金を出すようにしむける技を学んでいたが、このビンロウ屋台ではそれを少しばかり発揮するだけで店の売り上げは二、三倍になった。

客が店の前に車を停めると、懐湘は声を張り上げ、子どものようなつややかな声で、「社長さん」、「会長さん」、「ハンサムさん」、「お兄さん」などと呼びかけ、頭を傾けて髪をさっとはらったり、目をくるりと動かして微笑んだりして、無言のうちに色気を振りまいた。すると、男の客たちは離れがたくなって、車を降りてちょっと冗談を言ったり、甘いことばをかけてもらおうとしたりした。もちろん、かつて「金船」の超売れっ子だった「可欣」がそれを見逃すことはなく、腕をふるって客をいい気分にさせ、客は喜んで金を出すのだった。

「一千元だ、取っておけよ、釣りはいらないよ」

「わかった。ここにはどれくらいあるんだ？　全部包んでくれ！　あんたもいっしょに包んでくれたら、それが一番だがな」

男たちはそれぞれ見栄を張り、懐湘にとっては絶好の金儲けの機会となった。ビンロウを売るときに愛嬌を振りまくのは、普通のことだった。

懐湘は、娘を育て生活していくために、ビンロウを売って得る収入がどうしても必要だったが、自分の部落の男たちに対しては「可欣」のやりかたでビンロウを売るのは「忍びがたかった」。原住民がビンロウを買いに来ても、愛嬌を振りまいてたくさん買わせようとはせず、安くしてやり、さらにいくつかおまけもつけた。しかし「可欣」の魅力はやはり大きく、部落の多くの男たちは、何とかして彼女と親しくなりたいという気持ちをおさえられなかった。彼女の商売をひいきにするだけでなく、タバコや酒、自分の畑で育てた野菜や果物を贈ったし、山で獲ってきた獲物を贈る男もたくさんいた。

小学校で彼女より一年上だったある先輩は、結婚して間もなく妻に逃げられ、今は専ら、山で日雇い仕事に雇われていた。小さいころに「仲がよい幼なじみ」だったわけではないのだが、どういうわけか、帰郷してビンロウを売っている懐湘を見かけてその美しさに驚き、朝から晩までビンロウの屋台にやって来た。

「子どものときから、あんたが好きだったんだ」彼は言った。

「そう？　じゃあ、どうしてお嫁さんにしてくれなかったの？」懐湘は彼をからかった。

「あんたはあんなにきれいだったから、おれなんかの嫁にはならないと思ってさ！」先輩は口ではそう言ったが、心では彼女が自分に惚れるだろう思いあがっていた。

ある日の夕方、黒い雨靴をはいた先輩は、仕事を終えて山からバイクで下りて来た。彼はズボンのポケットから千元札の束を取り出すと、懐湘に渡した。

「これをあんたにあげるよ。今日、賃金をもらったんだ」

彼はこの数日、雇われて山で草刈りや竹林の整理をしており、それはもらったばかりの賃金のすべてだった。

「なんでわたしにお金をくれるの？」懐湘はいぶかしく思った。

「あんたは苦労して子どもを育ててるだろ。ちょっと助けてやろうと思ってさ！」彼は言った。

「まあ、いらないわよ！　なんで、あんたにお金をもらわなきゃならないのよ。自分でお金ぐらい稼げるわ。あんた、頭がおかしいんじゃないの？」

「あんたからビンロウを買ったことにすればいいじゃないか。ビンロウは今、もらわなくてもいいさ、あとで少しずつもらうから」

見ると、彼の顔は汗びっしょりで服も泥だらけだった。汗のにおいもしている。懐湘は、昔、クラヤ部落で山に上って日雇い仕事をしていたころを思い出した。あのような労力と引き換えに苦労して得た金を、少しでも受け取ることはできなかった。

「あらまあ、あんたのお金はもらえないわ。あんたはわたしの旦那さんじゃないんだから」懐湘はお愛想すら言わずに、はっきりと断った。

「ああ、そうかい。あんたがおれを好きじゃないことはわかったよ」先輩は落胆した。

部落の別の中年男は、結婚して子どももおり、山の広い斜面で柿を栽培していて、経済的にはなかなかうまくやっていた。農業をしている彼は、ペンなどそれまで一度も持ったことはなかったのに、驚いたことにロマンチックな気分になって恋文を書き始め、自分がどんなに懐湘を愛しているかを告白し、コーヒーを飲みに行こうと誘った。彼と男女の関係になるなどありえなかった。懐湘はこの点については冷静だった。子どもを連れて離婚した女が、部落で頭をあげ胸を張って生きていくには、みだりに越えてはならない境界線がたくさんあった。自分は世間知らずだった少女時代に過ちを犯し、そのために、前半生のほとんどを費やして、痛みをともなう代償を払うはめになった。部落以外の男たちに愛嬌を振りまくことはあっても、自分の身内の男たちには彼女はできるだけ「礼儀正しく」ふるまい、完全にタイヤル族のやり方で接した。部落の人々から自分と子どもが非難されないためである。

ある日のこと、雨が降っていたので、ふだんの半分ぐらいしか観光客が来なかった。懐湘は狭いビンロウ屋のなかに座り、キンマの葉を一枚一枚そろえていた。売れなかったビンロウを冷蔵庫に入れて、思い切って早めに店じまいして帰ろうかと思っていた。

突然、一台のバイクがやってきて店のそばに停まった。

「ビンロウはいかがですか？」

懐湘はすぐに立ち上がって声をあげ、顔に職業的な甘いほほえみを浮かべた。

「あっ！」

「懐湘……」

ふたりは顔を見合わせると、同時に驚きの声をあげた。

「あんただったの」

懐湘は雨具をつけたバイクの男がブターだと知って、跳びあがるほど驚いた。

「あんたがビンロウを売ってるって聞いたんでね、ほんとうにここにいるのか、見に来たんだよ」

ブターはバイクを下りてビンロウ屋に近づいてきた。懐湘は雨具の帽子のなかの顔をじっと見た。二十年ぶりだった。あの、笑うと太陽の光のようだった青年のブターは、今では中年になり、その顔は明らかに歳月の風雪に厚く覆われていた。昔なじみの懐湘に会えて喜んでいたが、その目からはこれまでの苦労がしのばれた。

「雨が降っているのに、店は小さすぎて入ってもらえないわ」

ひとりしか入れない簡単なビンロウ屋台だったが、幸いなことに小さな日よけがついていた。ブターはそこに来ると、帽子を脱いで、屋台のカウンターに寄りかかり、懐湘と向かい合った。

「ねえ、ビンロウはいかが？　お金は要らないわよ」

懐湘は彼に見つめられて少しどぎまぎした。

「懐湘、この何年か、元気だったかい？」ブターは彼女のことばが聞こえなかったかのように、時空を超えて過去に戻ったような目をして、ゆったりと尋ねた。

「わたし……、あの……」

短い問いかけだったが、それに対する答えはなんと長いことだろう。この何年かのあいだに起こったことに疲れ果ててしまい、懐湘は思い出したくもなかったので、やりきれないような笑い声を返すしかなかった。

「あんたは？　今、何をしているの？」彼女は尋ねた。

「おれは山で水蜜桃を栽培してるんだ。それから天山雪蓮〔キクイモ、薬効がある〕も育ててるし、柿も少し植えてるよ」

ブターはやはり若いころと同じように勤勉だった。

「まあ、よかったわ。じゃあお金もたくさん儲かるわね」懐湘はちょっと笑った。

「あの……、あんたが遠洋漁船に乗ったって、後から聞いたの。帰ってきてから……」

懐湘は、ヤワイが亡くなってからブターが再婚したかどうか尋ねたかったのだが、何となく口ごもってしまった。

「遠い海から帰ってきたよ！　あんたがマライと離婚したって聞いたんで、とても会いに行きたかったんだ。でもそれから、あんたはまた結婚したみたいだね」

二言三言話すと、彼もやりきれないようにちょっと笑った。

「そのあと、おれも結婚したんだ。竹東に家を買ってね、子どもがふたりいて、竹東で学校に行っている。子どもの母親は竹東に住んで、子どもたちの世話をしてるよ、おれは山で果物の世話をしてるってわけさ」

「まあ、よかったわ。お幸せなのね」

懐湘はブターのために心から喜んだが、心の深いところでは、残念だという思いがかすかにこみ上げてくるのを抑えられなかった。

狭苦しいビンロウ屋台で、ひとりは外で、ひとりは中で、ずいぶん長く話し込んでいた。雨がやんだが、ブターは雨具を脱ぐのも忘れていた。

「ピーッ……、美人さん！」

バイクが一台停まって、よく通る口笛が聞こえてきた。男が人差し指で宙に輪を描き、五のしぐさをした。

「はい、五十個ね、すぐにお持ちします」

懐湘はお客が来たので、キンマの葉で巻いたビンロウをてきぱきと包み、しなをつくって客に近づいてビンロウを渡した。

「釣りは要らないよ」男は百元札を渡した。

「イケメンさん、ありがとうございます」懐湘はこぼれるような笑顔で礼を言った。

「もう帰らなくちゃ。小竹がもうすぐ学校から帰って来るわ」

ふたりは昔とおなじように意気投合し、ほんの短い時間だったが、午後のあいだずっと話していたように感じた。話すうちに、ブターは、懐湘が再婚してまた離婚したいきさつを知った。実は、懐湘のレストランでの親友の秀芳から、懐湘が経済的に苦しい日々を送っていると聞いてはいたが、こんな苦労をしてきたとは知らなかった。一方、懐湘は、ブターの結婚生活がうまく行っていないことを知った。妻は若くて遊び好きで子どもたちの面倒を見ようとせず、一日中、女友だちといっしょにカラオケに行き、男も交えて酒を飲んで遊ぶのを好んだ。かんしゃくもひどくて、二言三言何か言おうものなら、生きるの死ぬのと騒いで家を出て行く。ブターは山では果樹園の世話に忙しく、山を下りると子どもたちの世話で目が回るほどだった
「これをあげるよ。身体を大事にするんだよ、また会いに来るから」

前から用意をしていたらしく、ブターは雨具のなかから封筒を取り出すと、小窓から差し入れて懐湘の作業台に置いた。

「これは何なの？　あら、こんなことしちゃだめよ」

懐湘は封筒を手にとって、中をのぞいた。中には千元札の分厚い束が入っていた。

「あんたのお金はもらえないわ」

「小竹にあげるんだよ。年上なんだから、彼女にプレゼントを買ってやりたいんだよ」

ブターはそう言いながらバイクにまたがると、ビューッと行ってしまった。

それからは、ブターはたまに山を下りると、回り道をして懐湘に会いに来た。ふたりはおしゃべりをしてそれぞれの暮らしについて話し合い、肉親のように互いを思いやった。ブターの果樹園は経営がうまく行っていた。果物は大きく甘く育ち、さらに、果物の管理や、等級別の包装などについてもよく理解していた。そのため、毎年、収穫の時期が来ると常連の客たちが早々と予約購入して完売してしまうほどだったので、売れ行きを心配する必要はまったくなかった。部落の人たちは、身体を使ってまじめに果樹の世話はするが、販売について考えるのを嫌う。彼らに比べると、ブターは、経済的にはずっといい状況にあった。

懐湘は、ビンロウを売って得た収入と、前に家を売って得たお金で暮らしており、しばらくは日常生活の基本的な支出で悩む必要はなかった。しかし、弟や妹たちの家に住んでいると自分の個人的な空間がなく、落ち着けなかった。特に妹たちの交友関係は複雑で、家にはよく知らない人がうろうろし、男女が入り混じっていて、それぞれがどんな関係にあるのかさっぱりわからなかった。

「お母さん、サインして」

ある日、小学生になっていた小竹が宿題を持ち帰った。家庭調査の宿題で、そのなかに「わたしの家は（　）人です」という項目があった。小竹はその空欄に「たくさん」と書きこんでいた。家には見知らぬおじさんやおばさんがしょっちゅう出たり入ったりしていたからだ。

たまにやってくる、ほんとうのおばさんはこう言った。

「小竹、この人はわたしの姉さんよ、わたしたちは家族なのよ。おばさんって呼んでね」

短期間に何度も来る人もいれば、長く住んでから出て行く人もいて、彼女の小さな頭では、この大人たちが自分の家族なのかどうか、よくわからなかったのだ。宿題の答を見た人はおもしろいと思ってにっこりしたが、母親である懐湘は心配だった。

かつての自分はあまりにも若く、そのうえ、自分以上に結婚生活に適応できない、頭がおかしいマライに対応するために、気力と体力を多く費やさなければならなかった。そのため、三人の子どもをきちんと育てられず、彼らの人生の組曲は小さいころから変調をきたしていた。夢寒は工場で工員になったので安定していると言えるが、阿豪と阿文は、結局は山で叔父や父親、さらには継母や妹といっしょに暮らすしかなく、山で日雇い仕事をして生きていた。ふたりの息子はたまに野狼バイクに乗って山を下りて懐湘に会いに来た。彼らの発育の悪い痩せた身体や、阿豪が髪を金色に染めてタバコを吸っているのを見ても、彼女はどうすることもできず、ひそかにため息をつくしかなかった。そのため、目の前で育っており、教育に全力を注いでやれる娘の小竹を、彼女はいっそう注意を払って世話した。そんななかで、母親が自分と別れたのち「冷たく遠ざかった」のは、母親にもどうしようもなかったのだろう、ほんとうに彼女自身の懸念と苦衷もあったのだろうと、懐湘は少しずつ理解するようになった。

「嘉明、あんたの家の屋上に、わたしの家を建てようと思うの。そうすればお金もあまりかからないし……。いいわね？」

山に戻ってビンロウを売って三、四年経つと、貯えもいくらかできた。懐湘は、自分と娘も独立して落ち着いた家を持つべきだと思って、弟に相談した。

「ううん……、それは、建て増しをするってことかい？　ううん……」

嘉明は穏やかな性格で、自分自身の考えがあまりない弟だった。彼は、小さいころから面倒を見てくれた姉を目上の人のように尊敬していたが、しかし若い妻は傲慢な性格で、彼は彼女にひどく気兼ねしており、この女房殿がこの話に賛成するかどうかわからなかった。

「あんたの意見が大事なのよ。これで大丈夫だと思う？　わたしも、こうするしかないのよ。もしほかに方法があったら、こうしてあんたを困らせたりはしないんだけど……」

懐湘は、嘉明が妻の尻にしっかり敷かれていることを知っていた。それで、先に彼に話して、自分が尊重されていると思わせようとした。

「大丈夫よ。わたしがあとであんたの奥さんに話すわ」彼女は言った。

「うん、そうしてくれたら、大丈夫だよ。おれは、言うことはないよ」

姉が自分で妻に話すと言ったので、嘉明はほっとして、ふたつ返事で承諾した。

「姉さん、それはどうかしら？　まずいと思うわ。屋上に家を建てられたら、わたしたちの家は重さに耐えられるかしら。万一、地震があって建物が倒れたらどうするの？　ほかに場所を見つけて、建てたほうがいいんじゃない？」

弟嫁は十何歳で未婚のまま妊娠し、七歳年上の嘉明に嫁いできた。なかなか美人だったが、自分勝手で傲慢な性格で人情や世間がわかっておらず、言いたいことははっきりと言い、人がどう思おうと気にしなかった。

「あら、いいかどうか、あんたに『尋ねて』いるんじゃないわよ。『あんたの家の屋上にわたしの家を建てる』と『言って』いるのよ。わかった？」

懐湘はこの物分かりの悪い小娘に腹を立てて、語気を強めて一言ずつはっきりと言った。

「父さんのこの家は、わたしにも持ち分があることを知らないの？　知らないんだったら、地政事務所に行って、土地の登記資料を見てくるのね。白い紙に黒い字ではっきりと書いてあるわよ、まちがいないわ」

懐湘は、妹の玉婷に言われたことばを言い換えて、弟嫁に言って聞かせた。今の彼女は、もはやかつてのような、単純で、理不尽なことでも受け入れていた懐湘ではなかった。

「えっ？　どうしてそうなるのよ。あの人たちが新しい家を建てたとき、ここはわたしたちにくれるって言ったのよ。だから分け前が六十万元少なくなったのに」弟嫁はひどく不服そうだった。

「それはあんたたちの母さんの保険金でしょ？　どんなふうに分けたかは、わたしには関係ないわ。でも父さんのこの家には、わたしの持ち分があるのよ。そのせいで、基隆にマンションを買うときに、原住民が初めて家を買うときの優遇と補助が受けられなかったんだから」

そのことを思い出すと、やはり引き下がるわけにはいかなかった。

「鉄板造りの簡単な家を建てたいだけよ。そんなに重くないわ。家がつぶれるんじゃないかと心配するんなら、分割を申請しましょう。あんたが今住んでいる建物を分割して、わたしは自分の持ち分に住むわ。そうすれば家を建てるのにお金を使わなくてすむわね」

懐湘はこの弟嫁など歯牙にもかけず、言いたいことを言った。ここまで言われると弟嫁はあれこれ言えなくなった。

「じゃあ、好きにすればいいわよ。あの人たちはほんとうにひどいわ、この家はわたしたちのだと言ったのよ」彼女はそれ以上は言い返さず、ぶつぶつ言う声がだんだん小さくなっていった。

山に帰って五年目に、懐湘はとうとう自分の家を持った。弟の家の屋上に建てた鉄板造りの家だったが、自分の貯えだけで建てたものでローンはなく、ほんとうの自分の家だった。彼女は豚を二頭買うと、部落の年配の人や親戚友人を丁重に招き、豚を屠っていっしょに新居の完成を祝ってもらった。

「ああ、懐湘、ほんとうにすごいわ！」親戚や友人たちは親指を立ててしきりに彼女をほめてくれた。

「わしらのなかに、懐湘のように自力で家を建てるような女がいるかい？」

懐湘がやっているビンロウ屋には、いつもいろいろな男たちが来て冗談を言って笑っているが、部落の人たちは彼女の成長の過程とその後の結婚生活をよく知っていたので、彼女に同情しており、どうかと思うことがあっても、辛辣に非難することはなかった。懐湘の父の従弟はいつも親戚や友人に言っていた。

「もともと、サツマイモが植わっているあの畑は、ほんとうにレシンが彼女にやったものなんだよ」

「あいつはおれにそう言ったし、ピタイもそこにいたんだ。彼女は今、聞いているだろうよ。おれは嘘は言わないよ」

レシンの約束は、昔のタイヤルの社会なら石板に刻まれるような誓約で、一字たりとも変えることはできない。残念なことに、新世代の多くの子どもたちはこのことを信じていない。彼らは教育を受けて、権益とは勝ち取るものだと知っていた。法律は、白い紙に黒い字で書いてあってこそ有効であり、すべては自分の利益が基準となっている。倫理や人情は骨董品で、博物館に並べて人に見せるものだと思っている。弟と妹たちにこのように不公平なことをされても、懐湘が彼らをほんとうに責めることはなかった。なんといっても彼らとは年がかなり離れており、懐湘はほぼ一世代分、年長だった。「若いもの」が、物事の道理がわからなくても、「年配のもの」が彼らと直接、言い争うことはない。ほんとうの元凶が誰か、彼女にはわかっていた。何年ものあいだ、彼女の人生には浮き沈みがあり、大小の嵐を経験してきたので、人間関係の恩と怨もそれほど重く見ないようになっていた。


ピタイが亡くなって満六年経ったとき、妹の玉婷が懐湘に言った。

「姉さん、母さんの撿骨［台湾の風習。埋葬の数年後に遺骨を掘り出し、浄めて骨壺に収め、改葬する」をして、父さんといっしょにしようと思うの。そうすれば、お墓参りも便利になるから」

「あら、それはいいわね」懐湘は言った。

「それで、わたしたち兄弟姉妹がひとり一万五千元ずつ出して、父さんの骨壺が入っているお墓も修繕しようと思うの。もうすぐ崩れてしまうって嘉明が言うのよ」

妹は気軽に話していたが、懐湘の心は穏やかではなかった。両親が亡くなって遺産を分けるときには、はっきりと「わたしたちの母さん」と言っておきながら、お金を出すときになると「兄弟姉妹」と言うのだ。

「ええ、いいわよ、わかったわ」

懐湘はあっさりと約束した。今の彼女にとって、一万五千元はとても大きな額で、ビンロウを何日も売って、やっと得られる収入だった。

撿骨の日、弟や妹は懐湘が行くと知ると、ぐずぐずして、山に行こうとしなかった。

「姉さん、姉さんが見ていてくれるなら、それで大丈夫よ。職人が全部、ちゃんとやってくれるから」玉婷が言った。

「清明節〔四月五日前後。墓参りをする習慣がある〕には、ちゃんとお参りに行くわ。みんな忙しいし、母さんもわかってくれるわよ」

それで、仕事をする人は仕事をし、頭が痛い人は家で休み、子どもの世話がある人は子どもの世話をするなど、それぞれ自分のことをし、嘉明と玉鳳だけが撿骨の職人について形ばかりに山に上った。しかし、ふたりともすぐに用事があると言って、先に帰って行った。懐湘は最初から最後までその場にいて手伝い、最後にピタイの骨壺を父親の骨壺のそばに納めた。職人たちは墓園のそばで、タバコを吸ったり水を飲んだりしながら休んでおり、懐湘といっしょに下山しようと待っていた。

懐湘は父親の骨壺を取り出すと、丁寧に拭き浄めて、元通りに納めた。

「パパ、すごく会いたいわ。天国で元気に暮らしてるの？」

彼女は心ではそう父親に語りかけたが、頭では、父さんはわたしのこの数年のようすを見ているかしらと思った。そう思うと、涙がぼろぼろと流れ落ちた。

彼女はピタイの骨壺を注意深く手に取った。骨壺は新しいのできれいだったが、やはりもう一度、丁寧に拭いた。拭きながら、骨壺のなかのピタイに声に出して語りかけた。

「昔、わたしによくしてくれなかったけれど、でもやっぱりあなたに感謝してるわ。もしわたしを鍛えてくれなかったら、わたしはこんなにしっかりとその後の人生を乗り切ることはできなかったわ」

昔と同じように、彼女を「ピタイおばさん」と呼ぶことはなかった。

「でもわからないわ。わたしは家のためにずっと尽くしてきたのに、ほんとうに、わたしにあんなことをしたの？　父さんがわたしにくれた土地を弟や妹のものにするなんて、ほんとうにやったのね。でも、それでも、やっぱりあなたには感謝してるわ。ほんとうにわたしと暮らしてくれた、たったひとりの人だから。だから骨壺を納めにきたのよ、これからもお墓参りに来るわ」そう言うと、骨壺をうやうやしく持って、父親の骨壺のそばにそっと置いた。

懐湘が努力して働き、子どもを育て、頑張って自分の家を建てたのを見て、隣人や親戚友人は心から喜んでくれた。鉄板造りの家の建築資材はなかなかよく、内装もとても凝っていた。大きな部屋が三つあったが、そのうちひと部屋は和風の畳の部屋で、ほかの子どもたちがたまに遊びに来たときに泊まるためだった。彼女と娘にはそれぞれ大きな部屋があった。懐湘の部屋の掃き出し窓は、太陽が昇る山に向き合っていて、毎日起きてカーテン（やはり薄紫色のレースのカーテンだった）を開けると、最も美しい青々とした山と朝日が彼女を迎えてくれた。賢くて物事がよくわかっている小竹は、自分の部屋と大きなベッドや机を持つようになり、やっとしっかりと宿題に取り組めるようになった。

小竹が小学校を卒業した年の夏休みのある日、烏来の叔父が懐湘に電話をかけてきて、沈んだ口調で言った。

「おまえの母さんが入院していて危篤なんだ。会いに行きなさい！ これが最後になるだろうから」

「どこなの？ すぐに行くわ」

何年も前の母の日に、ハナに婉曲に断られてすっかり失望して以来、懐湘はハナに電話をしたことがなかった。失望だけでなく、心の奥底には悔しさと恨みがあり、いつも心のなかで「わたしがそんなに我慢ならないとでも言うの？ わたしは恥ずかしい人間なの？ わたしはほんとうによくないの?」と自問していた。何年も連絡をしていなかったので、懐湘の世界にはもはや「母さん」という人物はいなかった。しかし、叔父からの知らせを受けると、母と娘の生来、切っても切れない関係がふたたび繋がった。どんなにひどくてもハナはやはり自分を産んだ母親だった。懐湘はすぐにワタン叔父から車を借り、学校から帰ってくる小竹の世話をミネ叔母に頼むと、急いで車を台北に走らせた。

集中治療室の外の待合室に座っている患者の家族は、みな心配そうな顔をしていた。懐湘は音を立てないように待合室に入った。すぐに叔父と叔母、そしてふたりの「妹」の湘怡と湘晴が目に入った。ふたりは美しく育っていた。疲れ切って心配そうな表情をうかべていたが、ふたりの服装や手にしているバッグは、どれも上質でデザインがいい高級品だった。懐湘は、なぜこんな時にこんなことが気になるのか、自分でもわからなかったが、記憶のなかではよく知っている感覚だった。母さんの娘と服装と関係があるようだった。だが、よく考える前に、叔父に呼びかけられた。

「ああ、来てくれたんだね。もうすぐ病室に入って面会できるんだよ」叔父は手招きして、彼女を呼び寄せた。

「病院に運んで救急処置をしてもらって、少しのあいだ意識が戻ったんだが、この二日間は意識が戻らないし、身動きも全くしないんだ」叔父は心配そうだった。

「ああ、懐湘、これが湘怡と湘晴だ、覚えているだろ?」三人姉妹はうなずきあって挨拶した。

「この子たちは、自分たちが姉妹だということはもう知っているんだよ」叔父がタイヤル語で懐湘に言った。

「ええ」懐湘はちょっとうなずいてみせた。

「ずいぶん会わなかったから、誰だか、わからなくなるところだったわ」懐湘は言った。

実際は、懐湘は上の妹を見て、すぐに湘怡だとわかった。彼女が自分にとてもよく似ていたからだ。昔、祖母の家にいたころ、年配の人たちはよく、ふたりを並んで立たせて、こう言った。

「見てごらん、このふたりはそっくりよ、まるで姉妹みたい！」

「懐湘姉さん、おひさしぶりです。姉さんはちっとも変わらないわね。小さいころ、烏来でいっしょに遊んだわね」

湘怡はもちろん、この「可哀想な姉さん」を覚えていた。

面会時間が来て、待合室の家族がざわざわし始めた。集中治療室には、一度に家族がふたりしか入れなかった。懐湘は消毒衣を着、アルコールで両手を消毒して、湘怡について病室に入った。集中治療室はさまざまな医療機器の音でいっぱいだった。並んだベッドの患者たちは、それぞれ人口呼吸器を装着されたり、口と鼻を酸素マスクで覆われたりしていたので、どの患者が母親のハナか、すぐにはわからなかった。湘怡が一台のベッドに近寄った。そのベッドには痩せて小さくなった老女が横たわっており、顔を酸素マスクで覆われていた。身体も手もいたるところに生命維持のためと身体状況を監視するためのチューブがつけられており、それがベッドのそばの医療機器につながっていた。

「母さん、懐湘姉さんが来てくれたわよ。目を開けて、姉さんを見て」湘怡はハナの耳元で言った。

「懐湘です」懐湘は近寄った。

「ウウ……、ウウ……」ハナが急に身動きした。喉の奥で「ウウ……、ウウ……」という音を出していたが、すぐに静かになった。

「母さん、懐湘姉さんが来たのがわかったのね？　そうよね、母さん」湘怡は母親が反応したのを見て興奮した。

「母さん、懐湘姉さんが来たのがわかったのなら、わたしの手を握って、母さん」

湘怡はベッドに寄りかかると、ハナの手を握ってそう言った。懐湘はどうすればいいのかわからず、そばに立っていた。

「懐湘姉さん、見て、母さんの指が動いているわ。姉さんが来たのがわかったのよ」

湘怡は嬉しさで目を赤くしていた。

「ウウ……、ウウ……、ゴホ！　ゴホ！　クッ……」

ハナは急に興奮して、「ウウ」という喉の音だけでなく、咳こみはじめ、胸が激しく上下して、呼吸が速くなった。

「母さん、興奮しちゃだめよ、懐湘姉さんに言いたいことがあるのね、そうでしょ？」

湘怡はハナに尋ねた。ハナの指は力なく湘怡の手をつかんでいた。

「ええ、わたしよ、懐湘よ。会いに来たのよ」

懐湘は近寄って、覆いかぶさるようにしてハナの耳元で話しかけた。ハナを「母さん」と呼ぶべきかどうかわからなかったが、「おばさん」とは呼びたくなかったので、ピタイに対したのと同じように、呼びかけることはせずに直接話しかけた。

「アア……、ゴホ……、ゴホ」懐湘の声を聞いて、ハナはいっそう興奮し、目じりから涙が流れ落ちた。

「母さん、興奮しちゃだめよ。懐湘姉さんは母さんが何を言いたいのか、わかってるわ。姉さんは、母さんが姉さんを愛してるって、わかってるわよ。懐湘姉さんはわかってるわ。そうでしょう？」

湘怡はハナの手を握りながら、もう一方の手でティッシュペーパーを取って涙を拭いてやった。それから振り向いて、救いを求めるような目で懐湘を見た。

「ええ、わかったわ。わたしをとても愛しているのは、わかっているわよ」懐湘は湘怡のことばにあわせて答えた。

ハナはそれを聞くと、ぐったりした。すぐに眠ったようで、ふたりが部屋を出るまで、もはや何の反応も示さなかった。


「懐湘、おまえの母さんが亡くなったよ」叔父が電話でハナの訃報を知らせてきた。ハナは懐湘が見舞った二日後にこの世を去った。

「おまえが帰ったあと、ずっと意識が戻らなかったんだ。おまえが来るのを待っていたんだよ」

叔父の声は悲しげだった。

「棺はどこに安置してあるの？　お線香をあげに行くわ」

懐湘は父親の急死とピタイの事故を経験しており、ハナが病院で亡くなっても、それほど大きなショックではなかった。懐湘は叔父と落ち合って、いっしょに葬儀館に線香をあげに行った。

「ヤタ（叔母さん）、これ、わたしの子どもたちの名前なの。みんな、外孫よ」

懐湘は一枚の紙を取り出した。そこには彼女自身と子どもたちの名前がきちんと書かれていた。自分とハナの関係をみながもう知っていると叔父が言ったので、子どもたちの名前を知らせて、ハナの死亡を知らせる欄に載せてもらうべきだと思ったのだ。

「ああ、悲しがらでないね！　懐湘、この名簿！　気にしないで、名簿は渡さないほうがいいわ！　まずいのよ！　懐湘！　わかってちょうだい！」叔母は言いにくそうにタイヤル語で言った。

「あら、かまわないわ。要らないならそれでいいわ」

懐湘は名前を書いた紙をひっこめると、黙って折り畳み、バッグに入れた。

ハナの告別式の日、懐湘と叔父はいっしょに弔問客にまじって立っていた。家族が故人と最後の別れをするときに、進行係が、故人と関係の深い順に遺族を呼びあげ、霊前で拝礼するように促した。叔母の「まずいのよ」ということばを思い出すと、懐湘は自分がいつ拝礼すべきかわからなかった。進行係が「故人をおばさまと呼ばれる方々、霊前に進んでご拝礼ください」と言ったとき、叔母が彼女のひじを引っ張ってささやいた。

「あの人たちといっしょに拝礼しなさい！」

懐湘は、ハナの甥や姪たちとともに、母親に拝礼するしかなかった。母親の死に顔に別れを告げると、彼女は遺族の女性たちの前をゆっくりと通り過ぎた。妹の湘怡は手を伸ばして彼女を

そっとたたき、頭を近づけてささやくように言った

「わかってね、姉さん！」

その瞬間、じっとこらえていた涙が堰を切ったようにどっと溢れ落ちた。懐湘は口と鼻をしっかりと押さえると、身を翻して急ぎ足で葬儀場を出た。

「ウゥ……」胸いっぱいの悔しさと悲しさが、涙とともにこみあげてきた。

「悲しがらないで、懐湘！」

叔母がやってきて彼女を慰めたが、彼女がほんとうに悲しがっているのが何か、誰にわかっただろうか。世界中の人が彼女に「わかってね」と言う。まるで、生まれたときから、まわりの人たちのすべてをわかり続けることが運命づけられているようだった。しかし誰が、この弱い自分を「わかって」くれただろうか。

彼女にはわからなかった。彼女と母親の関係をみなが知っているのなら、どうして自分は、母親のこの世での最後のときに、娘として別れを告げられなかったのだろうか。おさえていた涙がいったん溢れだすと、懐湘はもう我慢することなく、声をあげて泣きたいだけ泣いた。告別式の場だったので、嘆き悲しんでいるのは彼女だけというわけではなかった。

「母さん、ほんとうに教会に行ったほうがいいわよ」小竹は母親に教会に行くように勧めた。

「母さんは、このごろ楽しそうじゃないわ。教会に行きましょうよ。ミネ叔母さんは毎日、とても明るいわ。叔母さんは信仰があるから楽しいのよ！」

小竹は賢くて機転が利き、思いやりのある子だった。ミネはいつも懐湘に、小竹は「神様が特別にあんたにくださった小さな天使」だと言っていた。小竹は、両親になだめすかされたり、だまされたり、脅されたりして、あるいは何かもらえるからといって教会に行く子どもたちとはまったくちがっていた。母親が商売で忙しかったので、彼女は小さいころから、ミネ叔母さんについておとなしく教会に行っており、フランス人の神父が聖書の物語を話すのを聞いたり、教会にあるさまざまな精巧で美しい聖器物やきれいな装飾を見たりするのが好きで、讃美歌を歌うのも好きだった。

実は懐湘は、ミネが家族そろって教会に行くのを羨ましく眺めていた。ミネはいつもいっしょに行こうと誘ってくれたが、彼女は結局、足を踏み出せず「ええ、その気になったら行くわ」と答えていた。

懐湘は子どものころ、烏来で洗礼を受けており、祖母に教会へ連れて行かれてミサに参列していたので、小竹がカソリックを信じることに反対はしなかった。しかし、彼女自身はその後、さまざまな理由から、教会に行ってミサに参列することはなくなっていた。特に基隆に行って酒場勤めをするようになってからは、自分は「よくない罪人」だという潜在意識を持つようになり、教会に行こうとはせず、行きたいとも思わなくなっていた。こうして彼女は信仰生活からだんだん遠ざかっていったのだった。

この何年かのあいだに、懐湘は人の世の浮き沈みをあまりにも多く体験した。喜びと悲しみ、出会いと別れ、恩と怨み、情けと仇、そして人の心のうつろいやすさのなかをひたすら歩んできたのだ。何とも言えない疲労感が心の深いところから全身に広がり、そのまなざしにもあらわれるようになった。ビンロウ屋の商売にも興味が持てなくなり、客の機嫌を取るために気力をつかうのが億劫になって、よく店を閉めて休むようになった。客は二、三度やってきて店が閉まっているると、そのまま来なくなることが多く、業績が下がっていくのは想像できた。それでも彼女は気にすることはなく、最後にはさっさと店をやめてしまった。

ビンロウ屋を店じまいすると、懐湘は弟から土地を借りて野菜を植えた。野菜畑のそばに囲いを作って簡単な鶏小屋を建て、地鶏を放し飼いにした。今では、彼女はすべての時間を野菜栽培と地鶏の世話に費やしていた。長年、サービス業で働いてきたが、今ではもう客の機嫌を取らなくてもよかった。経済的には少したいへんで、質素な生活だったが、彼女自身は気楽で満足していた。

「でも、これじゃいけないわよ！」

ある日、秀芳が懐湘に会いに来た。やつれてふさぎこんでいる懐湘を見て、さらに、家には物が十分にないのを見て、我慢できなくなった。

「さあさあ、竹東へ行くわよ！」

懐湘がくたびれたふだん着を着て、サンダルをつっかけているのもかまわず、彼女をつかまえると車に押し込み、車を運転して山を下り、生活用品を買いに行った。

「この何年ものあいだに、あんたは疲れてしまったのよ、わたしにはわかるわ。でも、小竹はまだ小さいのよ」

秀芳は途中ずっと、前向きにならなければならないと懐湘を励まし、小竹にはまだ母親の保護が必要だと言った。

「わかってるわ。安心してよ！　また仕事をみつけるわよ」

懐湘はもともと運命に敗けるような人間ではなかった。今は身も心も疲れ切ってしまったので、しばらくじっと静かにしているだけだった。友人の注意と思いやりに、彼女はすぐに我に返り、これからのことを計画するべきときかもしれないと思った。

秀芳は車を大型ショッピングセンターに停めた。売り場に入ると、あれもこれもと何でも取ってショッピングカートに積み上げた。大型のカートが、すぐに日用品や食品でいっぱいになった。さらに、小竹にもきれいな服を何枚か買った。

「秀芳、ありがとう。あなたがいてくれてよかった。いつもわたしを助けてくれるわね。一生かけてもこの借りは返せないわ」帰りの車のなかで、懐湘は心から秀芳にそう言った。

「おばかさんね、こんなこと、何でもないわ。何をお礼なんか言ってるのよ」

彼女は懐湘の感謝のことばを聞いて、きまり悪そうだった。

「わたしはひとりだし、あんたのように子どもを育てなくてもいいんだから。自分の姉妹に何を遠慮してるのよ。おかしな人ね」

彼女が懐湘をちょっとにらみつけたので、ふたりは笑い出した。

「秀芳、あんたはやっぱり賢いわ。結婚しなければ、こんなにたくさん苦しいめにあうこともないわ」懐湘はしみじみと言った。

「そうよそうよ、結婚しなければ、あんたには夢寒もいなかったし、阿文も阿豪もいなかった。小竹もいないわよ！」彼女は言った。

「うん、子どもね、フフフ！」懐湘も一瞬遅れて、やはり笑った。

「でも、わたしはもう二度と結婚しないわよ。男の人って、友だちよりあてにならないんだもの！　フフフ」彼女は言った。

「秀芳、あんた、わたしの子どもたちの義母になってやってよ、みんな、あんたの子どもにしていいわよ」懐湘は言った。

「いいわよ、みんな、わたしたちふたりの子どもよ。わたしがあんたたちの面倒を見るわ」

秀芳は左手でハンドルを握り、右手を伸ばして、力をこめて華奢な懐湘を抱き寄せた。電流のような奇妙な感覚が腕から伝わって来た。この時、懐湘は突然、この腕がこんなにも頼もしいものだとはと驚いた。今まで感じたことがない安心感が、心の奥深くから静かに湧きあがってきた。

「あんたはずっとわたしたちの面倒を見て来てくれたじゃない……」

彼女は小さな声で言いながら、無意識に頭をわずかに左によせた。実際、懐湘が基隆にいたころは、夢寒と弟の阿文と阿豪は、秀芳の手助けがなければ、母親の懐湘と連絡をしたり援助を受け取ったりはできなかったのだ。

このときから、秀芳は懐湘に会いに山に来るたびに、いつもさまざまな品物や大小の包みを持ってきて、彼女の家に運び込んだ。小竹は学校が終わって家に帰り、冷蔵庫がいっぱいになっているのを見ただけでこう言った。

「今日、秀芳おばさんが来たのね？」

秀芳はこれまで以上に彼女たちの面倒を見るようになった。


近年、人々はレジャーを大切にするようになった。人が多くて忙しい都市に暮らす人たちは、特に、大自然との触れ合いを渇望していた。山の部落には、さまざまなレジャー農園や民宿、自分で果物を収穫できる体験果樹園が次々にでき、温泉旅館もたくさん建った。しばらくするとラハウの近くの山にも温泉レジャー館ができ、懐湘はそこのフロントで働くようになった。何と言っても、彼女は仕事の経験が豊富で、笑顔で人を迎えて応対し、手配し、問題を解決し、会計をするというようなことはお手のものだった。そのうえ、世間や人情がよくわかっていて、ことばづかいもやさしかったので、社長は彼女の能力を高く評価して給料を上げ、班長に取り立ててくれた。懐湘と小竹はやっと安定した、心配のない生活を送れるようになった。

そのころ、ブターはたまに彼女に会いに来ていた。時には懐湘の温泉館に平地の友だちを連れて来てくれた。ふたりのあいだには特別な感情があり、ふつうの友だちより親密だった。ただふたりは注意深く距離を保っていた。ブターには妻があり、懐湘は離婚していたので、部落の人たちにあれこれ言われないように慎重にならざるを得なかった。それだけでなく、男女のつきあいについては、懐湘はこれまでに何度も不愉快なめにあってきたし、結婚にも二度失敗していたので、愛情に関しては心にある程度の慎重さがあった。彼女はふたりの今の関係を大切にしていて、この状態が続くことを望んでおり、それで心は満たされていた。のちに、ブターの妻は遊び仲間の男を好きになり、子どもを放り出してブターと離婚したが、懐湘はやはり身内のような、友だちのような関係を保っていた。そうしていれば、ふたりの関係がいつまでも続くと信じているようだった。

小竹が山の中学校を卒業すると、神父がカソリックの私立高校で勉強できるように、特別に取り計らってくれた。そこは台北にある、上流階級の子女が通う学校で、普通の収入しかない家庭では進学できなかった。教会が経費を援助してくれたので、小竹はこの学校で勉強できたのだった。小竹は神父の配慮に応えて懸命に勉強した。三年後、小竹は全校で二番の成績で卒業し、希望どおり台湾大学の外国語学科に合格した。大学を卒業すると、小竹は優秀な外国語能力と美しい容姿のおかげで数多くのライバルに打ち勝ち、難なくエバー航空の客室乗務員に採用された。

「小竹、わたしでも、こんなに出来のいい子どもが育てられたのね！」

小竹が客室乗務員の試験に合格したとわかったとき、母と娘は抱き合い、ふたりとも興奮して涙を流した。

懐湘は三人の子ども、夢寒、志文、志豪のことを考えた。三人は不安定な、そして最後には崩壊してしまった家庭で育ち、身も心も傷ついた。進学も仕事も順調ではなく、結婚すらうまくいかなかった。夢寒は結婚したが離婚し、今は息子を連れて他の人と同居している。阿文は十何歳かで「継母」の連れ子である妹とのあいだに子どもを作ってしまった。マライは若いころから酒に溺れ、健康には赤信号が灯っていたが、再婚してからも昔の習慣は変わらなかった。そして、酒を飲んでバイクで走っていたときに不幸にも亡くなった。山では、阿文が日雇い仕事で稼ぐ金で、家族が何とか暮らしていた。阿豪は高校を中退し、一日中、家でぶらぶらしていた。兄といっしょに仕事に行くこともあるが、何日も姿をくらますか、あちこちで人を見つけて酒を飲むほうが多かった。何度も酒を飲んでバイクに乗っていて転倒し、入院して、まわりの人をひどく心配させた。この苦難の運命を送る三人の子どもは、懐湘が生き抜くために懸命に働き、自分のことで手いっぱいのときに、酒に溺れ暴力をふるう父親と暮らしていた。子どもたちは本能を頼りに、苦しい環境のなかで努力して成長したが、結局はこのような痛ましい状況にあった。彼らのことを思うたびに懐湘はやりきれない思いで心が痛み、ひそかにため息をつくのだった。

小竹は航空会社に入社して、三か月間の厳しい集中訓練を終えると、ついに正式にフライト乗務ができるようになった。彼女は客室乗務員のきれいな緑色の制服に身を包み、自信にあふれたようすで乗務用のキャリーケースを引いて、次の無限の可能性に向かって歩み出した。このときになって、懐湘はようやくほんとうに気を緩めることができた。もう、子どもたちを育てるために懸命に働かなくてもよいのだ。彼女は温泉館の社長に退職を申し出た。

「懐湘ねえさん、ねえさんが辞めたら、わたしはどこで、ねえさんのように、わたしを助けてくれる人を見つけたらいいんですか?」

彼は、懐湘がここで働くようになって三代目の社長だった。三年前にこの温泉館の権利を買い取ったばかりのころ、十数年のベテランだった懐湘が協力したことで、店の状況をすぐに把握できた。そのため、彼にとって懐湘の退職は大きな痛手だった。

「社長、わたしももう年ですから、休ませてくださいよ。大丈夫です、これからも忙しくて手が足らないときには、一言言ってくだされば、お手伝いに来ますから」懐湘はそう言った。

社長は引きとめられなかったが、彼女にたいへん感謝していたので、少なからぬ「慰労金」を出してくれた。

退職後、ブターが家のそばに鶏小屋を作ってくれ、いっしょに野菜畑を整理してくれた。こうして彼女は、ニワトリを飼ったり野菜や花を育てたりすることができるようになり、好きなことをして暮らした。ブターは、離婚してからはしょっちゅう懐湘を訪ねてきて、時には泊っていくこともあった。かつては、結婚できたら手を取りあって仲よくやろうと話していたこともあったが、二度の結婚に失敗した懐湘が「結婚」について考えることはもうなかった。

「わたしたちは、どちらも自分の子どもがいるんだから、めんどうなことはやめたほうがいいわ」彼女は言った。

ブターはその後も、心ではやはりずっと期待していたが、彼女の気持ちを知ってからは、黙って彼女の世話をすることにし、そのことを再び口にすることはなかった。ブターは誠実でよく働き、礼儀正しかったので、ラハウ部落の人たちはとてもいい人だと思っていた。懐湘が不遇な境遇にもくじけることなく、努力して自分の生きる場を見出したのを見て、身内の人たちは懐湘を大切に思い、敬服していた。

「もしできるなら、ブターとふたりで、ブタを一頭屠って、物事を『断ち切り』なさい（厄払いをする）。そうすれば、もっとうまくいくと思うんだけど」

ある日、八十歳になるミネが、最近、身内の若い人がバイクで転んでけがをした話をし、そのあと、懐湘にしみじみとした口調でこう提案した。彼女は、懐湘とブターが「贖罪」の儀式をして祖霊に許しを請い、祖霊の心を慰めてほしいと願っていた。そうすれば、今後は身内のものが祖霊に咎められたり、不幸な巻き添えにあったりすることもないというのだ。

「わかったわ。ブターにそう話すわ」

懐湘は、小さいころから面倒を見てくれた叔母を見た。八十歳になり、髪は真っ白で顔中しわだらけだったが、その目には今も、彼女がよく知っている思いやりあふれる温かい光が浮かんでいた。それで、懐湘はすぐに叔母の意見と提案に応えたのだった。長年にわたる苦しい日々を経て歳を重ねて来た懐湘は、部落の人々の思いやりをいっそう大切にしていた。たとえ心では、叔母の言う因果関係について完全に同意できなくとも、みんなに安心してもらうためにその儀式をしようと思った。そこで彼女とブターは、ブタを一頭屠って伝統の儀式を行い、豚の肉を切り分けて、同じクトゥフニカン（祭儀集団）に属する親族に贈った。

それ以降、ブターは頻繁に、堂々と懐湘に会いに来られるようになった。秀芳のほかに、ブターがそばにいて面倒を見てくれるようになった。黄昏の年代に近づいた自分に親友と知人がいて、このようにいたわり、面倒を見てくれることについて、懐湘はいつも心に温かさと幸福を感じていた。

教会の祭壇はたくさんの花で囲まれていた。ワタンの葬儀のミサが行われていた。ワタンは八十三歳で亡くなったが、これは部落の男性としては珍しい長寿だった。小竹は休暇をもらって山に戻ってきて、自分を可愛がってくれたワタンの告別式に参列した。懐湘と娘は白の喪服を着て並んで座り、ワタン叔父さんが生前、自分を可愛がってくれたことを思い出していた。父親が懐湘をワタンに託したあと、叔父と叔母は長年にわたって彼女の面倒を見てくれた。ふたりは彼女を大事にしてくれ、まるで懐湘のもう一組の両親のようだった。懐湘が助けを必要とするときにはいつも手を差し伸べて助けてくれ、彼女を失望させたことは一度もなかった。棺のなかの叔父の穏やかな顔を見ていると、この何年かのあいだに次々とこの世を去った肉親が思い出されて、自分が棄てられたような悲しみがこみあげて来た。

「みんな、天国で集まっているの?」そう思うと、叔父の顔が涙にかすんできた。

儀式が始まった。濃い紫色の祭服を着た神父と助祭がゆっくりと祭壇にのぼった。聖堂にオルガンの音がゆったりと響きわたり、聖歌隊の柔らかい歌声が起こった。

主よ　わたしの手をとってください　わたしを立たせ　導いてください
わたしは疲れ果てました　弱くなり　苦しんでいます
嵐を越え　暗い夜を越えて　わたしを導き　光のなかへお連れください
主よ　わが手をとって　天なる家へお連れください〔訳注3〕

切々と訴えかけるような歌声を聞きながら、懐湘は涙があふれる目を閉じていたが、心のなかではこれまでの人生の風景を点検する窓がゆっくりと開き、頭のなかでその画面が次々にめくられていくのを止められなかった。彼女は亡くなった外祖母を思い出した。祖母が日曜日には幼い懐湘の手を引いて教会に行ってミサに参列したことや、烏来での祖母や叔父たちとの生活を思い出した。清流園の美しい「おばさん母さん」や、父親に連れられてラハウ部落に来た最初の日のこと、あちこちの親戚の家に順番に預けられた日々の生活、ある年の誕生日の悪魔ケーキのことも思い出した。未婚で妊娠し、子どもができたので結婚したこと。後山の部落でのただ生きるためだけの苦難の日々。夫の暴力から逃れたあの真っ暗な夜。酒場勤めの華やかな歳月……。柔らかな歌声のなかで、長く放っておいた思いが少しずつよみがえった。このとき彼女は、心の奥深くにある家への想いこそが、たびたびの苦境の中で困難を恐れず、勇敢に前へ進んでいくように自分を支えた原動力だったのだと悟った。

何年ものあいだ、何度も期待し追い求め、傷ついて失望するたびに、彼女はこの世で、どこがほんとうに身心を落ち着かせられる家なのだろうかと絶えず問うてきた。聖歌がまさにその疑問に答えたようだった。ほんとうの家は、実は虹のむこうの「天なる家」にあるのだと彼女ははっと気づいたのだった。ワタン叔父さんが逝った。外祖母、父親、「おばさん」、ピタイ、マライ……、みんな逝ってしまった。人生で最も近しかったこの肉親たちを思うと、生前、彼らとのあいだにどのような愛や憎しみ、恩や恨みがあったとしても、舞台に幕が下り照明が暗くなるにつれて、演じられた劇の物語のすべてが静かに無に帰するように、彼女を喜ばせ苦しめた過去の出来事に、今はただ懐かしさと祝福を感じるだけだった。

懐湘はうつむいて思い出にふけっていた。どれぐらいそうしていただろうか、顔じゅうが涙で濡れていた。

「母さん……」小竹がそっと声をかけて、ティッシュペーパーの束を差し出した。彼女はそれを受け取って涙を拭った。秀芳が背中をたたいて慰めてくれた。儀式は続いていた。悠揚とした聖歌がふたたび響いた。

主はわたしの羊飼い　わたしには乏しいことがありません
主はわたしを緑の牧場に休ませ　わたしの魂を生き返らせます
主はわたしを正しい道を歩むように導かれます
たとえ死の陰の谷を歩むことがあっても　わたしは災いを恐れません
主がわたしとともにいらっしゃいますから〔訳注4〕

懐湘は忽然として、回想の窓に見える風景から現実に戻った。この歌はまさに彼女の心の声のようだった。自分のうまくいかなかった、苦労が多かった人生を振り返るうちに、今、ようやくわかった。こうして歩んできたが、自分は決してひとりではなかったのだ。永遠に彼女から離れることがない、彼女を愛してくれる神が、羊飼いが自分の羊をこまやかに世話するのと同じように彼女の面倒を見、勇気を出して進むように導き、大切な時にはいつもきっかけを与えて危機を乗り越えられるようにしてくれていたのだ。そうでなければ、彼女が強い能力を持って、けわしく苦しい運命にひとりで立ち向かい、難関をひとつまたひとつと乗り越えて、今のような人生の風景に至ることはなかっただろう。

いちどそう実感すると、この生涯に受けたすべての苦しみや惨めさについて、彼女は素直に心からの感謝を覚えた。歌声が響くなか、彼女は心の深いところからゆっくりと自分を解放し、自分を受け入れ、過去の自分と完全に和解した。今、彼女は自分がこの世にひとりしかいない、貴重で美しい人間だと完全に信じた。これまでの人生で起こった不幸なできごとは、彼女の過ちのせいではなく、自分が「よくない」からではなかった。涙がとめどもなく流れたが、心のなかはますますすっきりとして、穏やかになった。

「安心して行って来いよ！　畑とニワトリはおれにまかせておけ！」

ブターは持ってきた封筒をテーブルに置くと、食品が入った袋を持って台所に行った。

「要らないわよ！　今回は小竹がわたしたちを招待して、お金を全部出してくれるんだから」

懐湘はブターについて来て、封筒を彼のポケットに押しこんだ。

「わたしたち？　秀芳も行くのかい？」ブターは魚と肉をひとつひとつ冷凍庫に入れると、振り向いて尋ねた。

「そうよ！　小竹は、幹《カン》ママ〔親子の契りを結んだ義母〕はずっとわたしたちの面倒を見てくれたから、今度はどうしても恩返しをしなきゃならないって、彼女も招待したのよ」

「そりゃあいい。残念だけど、おれのほうは、もうすぐ柿の収穫だからなあ。そうでなきゃ、いっしょに行って、おまえたちの面倒を見てやれるんだが！」彼はすこしがっかりしたように言った。

「秀芳がいるのよ、大丈夫よ」懐湘は言った。

「そうだな、彼女はおまえたちの面倒をよく見てくれるからなあ。持って行けよ！　帰りに、ウィスキーを買ってきてくれよ！」ブタ一は封筒を引っぱりだすと、懐湘に渡し、少し羨ましそうに言った。

「わあ、ほんとうにすごくきれいね……。懐湘、あそこを見てよ、木の葉が全部、色づいているわ！　ああっ、こっちをみてよ……」

秀芳は車窓の外に広がる赤いカエデの豪華絢爛たる世界を見ながら、嬉しそうに驚きの声をあげた。

「まあ、ほんとにきれいね！　わたしの人生で、こんなきれいなところを実際に見る機会があるなんて、思ってもみなかったわ」懐湘もしきりに感嘆の声をあげた。

カナダのケベックのメープル街道に来ていた。小竹が航空会社に勤め始めて三年目の秋に、懐湘と秀芳をカナダのカエデの紅葉を見る旅に招待したのだ。六十歳を超えたふたりは幼い子どものように興奮していた。懐湘は一世紀も前のことのように、昔、山奥で松ぼっくりを採っていたときに、ブタ一から聞いた「火事になった山のように赤いカエデ」の話を思い出した。まさか、ほんとうにここに来られようとは、思いもしなかった。人生の物語はいったいどのように広がっていくのか、ほんとうに思いもよらない面白さだった。

「小竹、ありがとう、わたしも連れてきてくれて。ここはほんとにすごくきれいね」秀芳は小竹に言った。

「乾ママ、次はふたりをスイスに雪を見に連れて行くわ。どっちにしても、母さんは、航空券がただなんだから」小竹が言った。

「ああ……」窓の外の風景を眺めながら、懐湘は軽くため息をついた。風景は彼女の人生の窓から見える景色と同じように、絶えず変化した。彼女は、自分の人生はそれなりに華々しいものだったと言えるだろうと思った。

「懐湘、楽しい？」秀芳が彼女の肩をしっかり抱いて言った。

「ええ」彼女はうなずき、ふたりで窓の外を眺めた。

「秀芳、わたしの一生は、ほんとうに華々しかったわね」彼女は静かに言った。「少女のころに子どもを産んだし、高齢出産もしたわ」

「そうよ！　早く結婚したし、晩くにも結婚した」秀芳は答えた。

「フフフ。甘やかされすぎた子どもだったし、虐待もされた」懐湘は言った。

「そうね。男に愛されたし、女にも愛された」秀芳は彼女を引き寄せると、頬に軽くキスをした。

「ええ、夫に暴力をふるわれたこともあるし、男に大事にされて愛されたこともある……」彼女の声はどんどん細くなっていった。まるで心が記憶のなかに落ち込んでしまったようで、秀芳のことばにも特に反応しなくなった。山でのあの苦しい生活や、水商売の世界で突っ走っていた日々を思い出していた。幾度も、もうどうにもならないと思ったが、それでも無事に難関を切り抜けることができた。

「これがほかの人だったら、人生を数回分、生きられるわ」彼女はそう思った。

この人生は浮き沈みが激しく、苦難も終わることなく、残念なことがたくさんあった。しかし、天命を知る五十歳をとっくに過ぎ、耳順う六十歳になった今、彼女はもう幸不幸や損得を気にしないようになった。すべての過ちは天地にお返しして、神様の手にゆだねたいと願った。ゆったりとした聖なる音楽と軽やかで柔らかい歌声が再び耳に響くように感じられた。

わたしたちは山や丘を探し歩いた　人生の真実を知りたかったから
しかし　そのたびに失望した　世の中はそれだけではないと知ったから
ある日　あなたがおいでになり、わたしたちと出会って、愛すべき胸中をお見せくださった
わたしたちは引きつけられて　心地よいあなたに帰依し　人生の真の意義を知った〔訳注5〕

今、懐湘の心には感謝と喜びが溢れていた。過去と現在に対して、そして未来について、何の恨みも悔いもなく、期待で満ち溢れていた。この人生に残念に思うことはもう何もなかった。

【訳注】

訳注1　「寒雨曲」の原曲は、服部良一作曲、野川香文作詞の「雨のブルース」で、一九三八年に淡谷のり子が歌ってヒットした。中国語版「寒雨曲」は陳蝶衣が作詞。

訳注2　蔡栄吉作曲、慎芝作詞「濛濛細雨憶当年」。一九七一年に甄妮がはじめて歌ったヒット曲。以下に歌詞の日本語訳をあげる。

窓の外は　雨がしとしと降っている　心には秘めた思い　誰に告げようか
細かい雨は　一滴一滴がわたしの涙　あなたは遠くへ行ってしまった
窓の外は　雨がしとしと降っている
心には秘めた思い　忘れられないあの日　忘れられないあのこと
まるで夢のようだ　夢から覚めて　わたしはどこにいるのだろう
窓の外は　今も雨がしとしとと降っている

訳注3　ゴスペル音楽の父と言われたトーマス・ドーシーの曲で、原曲は"Take My Hand, Precious Lord"

訳注4　旧約聖書「詩編二三」に曲をつけたもの。

訳注5　アイルランドの詩人トーマス・ムーアがアイルランドの古謡に詩をつけたもので、原曲は"Believe Me, If All Those Endearing Young Charms"

【解説】『懐郷』——タイヤル女性懐湘はどう生きたか

『懐郷』（原題も同じ）は台湾原住民族のタイヤル族女性作家リムイ・アキが二〇一四年に麦田出版から上梓した長編小説である。タイヤル女性懐湘《ホワイシアン》の半生を描いた作品で、懐湘が誕生する前の両親の恋愛にはじまり、還暦を過ぎた懐湘が海外旅行に出かけるまでの六十年余りの歳月を描いている。

リムイ・アキは、台湾原住民女性作家として最初に長編小説を書いた作家で、『懐郷』の前に最初の長編小説『山桜が咲く故郷』（原題『山桜花的故郷』、麦田出版、二〇一〇年）を発表している。この作品では、主人公のタイヤル男性が家族を連れて台湾南部に移住し、年老いて北部の故郷に戻って来るまでの数十年を描いている。

まず作者リムイ・アキについて簡単に紹介しておこう。リムイ・アキは一九六二年、新竹県尖石郷のカラパイ部落に生まれた。リムイ・アキはタイヤル名で、漢名は曽修媚である。タイヤルの命名法は、個人の名の後ろに父親の名をつけるので、リムイが彼女自身の名で、アキは父親の名である。

リムイ・アキは幼児教育に長く携わり、幼稚園長まで務めた。幼児教育を退いてからは、二十年あまりにわたって小学校などでタイヤル語を教えており、近年は教学だけでなく、タイヤル語アニメの声優としても活躍している。幼児教育を天職とまで思っていた彼女が民族語教育に転じたのは、民族のことばを理解し、話せる人が少なくなったことに危機感を抱いたためで、民族の言語だけでなく、文化も失われつつあることを憂い、神話の採録や文化の伝承にも力を注いでいる。

リムイの創作は高校時代に始まる。その後も趣味として創作を続けていたが、一九九五年に散文「山野の笛の音（山野笛声）」で第一回山海文学賞散文部門の第一位になった。山海文学賞は原住民文学を対象にした賞で、「山野の笛の音」は原住民の子どもたちが才能を伸ばす機会を得られない悲しみを描いた作品である。それ以降、二〇〇〇年には短編小説「プリンセス（小公主）」で第一回中華汽車原住民文学賞小説部門第三位に、二〇〇一年には短編小説「懐湘」で第二回中華汽車原住民文学賞小説部門第三位になった。ちなみに、中華汽車原住民文学賞は山海文学賞を引き継いだものである。二〇一〇年以降は「台湾原住民族文学賞」として、行政院台湾原住民族委員会が主催している。

リムイの出版書には散文集『山野笛声』（晨星出版、二〇〇一年）と前述の『山桜花的故郷』、『懐郷』があり、さらに、神話伝説を採録執筆し、併せてタイヤル文化を紹介した『泰雅族　彩虹橋的審判』（新自然主義出版社、二〇〇六年）がある。

このうち日本で翻訳出版された作品は「プリンセス」（『台湾原住民文学選　四』、草風館、二〇〇四年）、「山野の笛の音」（『台湾原住民文学選　六』、同、二〇〇八年）、「懐湘」（同）、「八人の男が添い寝（八個男人陪我睡）」（同）で、いずれも松本さち子が翻訳している。また、『泰雅族　彩虹橋的審判』は邦訳「タイヤル族　虹の裁き」が林初梅編『日本語と華語の対訳で読む台湾原住民の神話と伝説 下巻』（三元社、二〇一九年）に収められている。

前述したように、リムイ・アキは二〇〇一年に短編小説「懐湘」を発表し、二十四歳になるまでの懐湘を描いたが、本作品「懐湘」はそれから十余年を経て書きあげられた長編小説である。では『懐郷』の内容を見ていこう。

『懐郷』の主人公はタイヤル女性の懐湘である。彼女はタイヤル族の両親のもとに生まれたが、タイヤル名を持たない。懐湘という名は「湘」（中国湖南省）を思うという意味で、軍籍にあった父親が湖南省出身の上官に頼んでつけてもらったものである。純粋のタイヤル女性である彼女が、縁もゆかりもない大陸の地にちなんだ名前を与えられたことが、安住できる家を求めて流転する懐湘の運命を暗示している。なお、作品名の「懐郷」と主人公の名前「懐湘」は中国語では同じ発音である。

作品は「秘密基地」「清流園の花」「結婚」「山の生活」「山を下りる」「逃れる」「俗世を生きる」「家庭の夢」の八章から構成されている。

物語は、アシやススキに囲まれた川原の「秘密基地」での、懐湘と恋人マライの密会から始まる。ところが、ロマンチックなムードは、懐湘の「あれが来ないの」ということばで暗転する。懐湘はそれまでも辛い日々を送ってきたが、中学生でありながら妊娠してしまったことで、それ以降、いっそう険しい人生を歩むことになる。

作品は時間が前後しながら進むが、ここでは時間軸にそって物語をたどっていこう。

懐湘は「清流園の花」と呼ばれていた母ハナと、職業軍人の父レシンのあいだに生まれた。熱烈な恋愛を経て結婚したふたりだったが、台北に近い烏来《ウライ》で生まれ育ったハナは、夫レシンの故郷、ラハウ部落が僻地で開けておらず、さらにレシンが遠く離れた軍隊の駐屯地にいて一緒に暮らせないことから不満をつのらせ、実家に帰ってしまう。その後、懐湘が生れたが、ハナは主張を押し通し、ふたりは離婚する。懐湘は烏来の母の実家で祖母に育てられるが、ハナから「お母さん」と呼ぶことを禁じられた。ハナは懐湘が自分の娘であることを隠したのだ。その後、生涯にわたって、懐湘がハナを「お母さん」と呼ぶことはなく、そのことが懐湘の心に大きな傷となって残った。

懐湘が四歳のころ、ハナは湖南省出身の外省人と再婚して烏来を離れ、ふたりの娘を産んで、幸せな家庭を築く。一方、懐湘は祖母のもとに残されて育つ。十歳のときに、懐湘は父の故郷ラハウ部落に引き取られ、親族に育てられることになった。さらに二年後、父が再婚したので、継母ピタイと暮らしはじめるが、ピタイに家事を押しつけられ、辛い日々を送る。

懐湘は十五歳で妊娠してしまい、十七歳のマライと結婚することになった。当時はそれが当然のなりゆきであり、ふたりは学校を中退する。

マライの住むクラヤ部落は尖石郷の「後山」と呼ばれる山深い地域にあり、懷湘が暮らしていた「前山」のラハウ部落とはくらべものにならないほど遅れていた。舅とマライ、義弟が暮らす、みすぼらしい家で新婚生活がはじまるが、マライは怠惰な性格で、まじめに働こうとせず、さらに暴力をふるうことも多かった。食べるものにも事欠く生活を送るなかで懷湘は娘の夢寒を産み、その後、息子の志文と志豪も生まれる。懷湘は幸せな家庭を夢見て、ひとり懸命に働き、家族を養う。

後山の部落での生活は厳しく、家族はよりよい生活を求めて山を下り、平地に近い村、内湾に引っ越す。懷湘は近くの街のレストランで働くかたわら、ラハウ部落の実家も頻繁に訪れ、退役した父の畑仕事を手伝う。生活には経済的な余裕ができたが、マライは相変わらず仕事をせず、酒に溺れ、激しい暴力をふるう。とうとう、ある夜、懷湘は生命の危険を覚えて、子どもを置いて家を出る。マライの怒りは理不尽なものだった。しかし、懷湘は家に帰ることはできず、妹の玉鳳を頼って基隆に逃れる。

思いがけないことに、玉鳳は酒場勤めをしていた。懷湘は親友の秀芳の忠告を受け入れて、基隆の酒場で働きはじめる。懷湘はそこで得た収入で子どもたちに仕送りをし、また、実家の父はすでに亡くなっていたが、継母や異母弟妹にも援助を続ける。一方、ほかに女性ができたマライの求めに応じて離婚する。

懷湘は水商売の世界では成功したが、家庭を持つという夢を捨てきれず、客だった福佬人の阿発と再婚し、娘の小竹を産む。しかし、阿発はギャンブル狂で借金を重ね、経済的に破綻する。

懐湘は阿発と離婚し、小竹を連れて故郷のラハウ部落に帰り、ビンロウを売る屋台を始める。生活は苦しかったが、昔なじみのタイヤル男性ブターと、親友の秀芳が彼女を物心ともに支えてくれた。

小竹が大学を卒業して航空会社に就職し、懐湘はやっと肩の荷をおろした。還暦を過ぎた懐湘は、小竹の招待で、秀芳とともにカナダに紅葉見物に出かける。

以上が作品のあらすじである。

この作品の題名は「懐郷」すなわち「故郷を思う」だが、まずこの題名について考えてみたい。懐湘にとって「故郷」はどこを指しているのだろうか。

地理的には、懐湘の故郷は、自分が育ち、その後、父が暮らしていたラハウ部落である。幼いころに祖母や母と暮らした烏来も故郷である。しかし、懐湘は母に棄てられ、父からも遠く離れて暮らし、心安らぐ家をもったことがなかった。不本意な結婚をして持った家庭も、安らぎの場ではなかった。再婚にも失敗し、結局、父の部落に戻って、ひとりで苦労して娘を育ててあげる。彼女はついに、理想としてきた「家庭」を持てなかった。懸命に働くことで惨めな境遇から脱し、子どもたちにきちんとした「家」を持たせたいと願ったが、その願いはかなわなかったのだ。

懐湘が心に思う「故郷」とは、落ち着いて心安らかに暮せる場所である。

母に棄てられたことが、懐湘の不幸な人生の始まりであった。懐湘は母を求めていたが、母から幾度か拒否され、母の葬儀の場においてさえ、娘であることを隠すように求められる。

懐湘は幼いときに、母から拒否されるのは自分が「よくない」からだと思いこみ、罪悪感を持って生きてきた。その後も辛いめに遭うたびに、やはり自分が「よくない」からだと思い、自分を卑下し、ひたむきな努力を続けた。

父が急逝したあと、懐湘は長く虚脱状態にあったが、その後の母の葬儀の場での出来事は彼女を打ちのめし、生きる力を失うほどだった。そのような彼女を救ったのは、キリスト教だった。物語の終盤になって、懐湘がキリスト教によって心の安らぎを得たことに、訳者は唐突な感じを受けた。懐湘はそのころ、経済的には落ち着き、自分の家を持って娘と暮らしていた。さらにブタ―と秀芳が身近にいて、彼女を支えていた。しかし、懐湘に真の安らぎを与えたのは宗教だった。

翻訳が最終段階にあったころ、訳者は「ソウルの女王」と呼ばれた女性歌手アレサ・フランクリン（一九四二～二〇一八年）のライブ映画を見る機会があった。そこで歌われるゴスペルを聞き、歌っている人々を見るうちに、懐湘の心が理解できたような気がした。すべてを超越して自分に寄り添ってくれる存在としての神に、懐湘は救われたのだと感じた。

作者のリムイ・アキは敬虔なカソリック信者である。懐湘がキリスト教によって救われたという点について、尋ねてみた。懐湘は幼いころ、烏来で洗礼を受けていたのだが、その後、あちこちに移動し、また、家族のために忙しく働くうちに、教会に通う習慣を失い、さらに、酒場勤めに引け目を感じて、教会がいっそう遠くなってしまった。教会に行かないことを懐湘はずっと後ろめたく思っていたが、長く離れていた教会にやっと戻って来られたのだというのがリムイの答だった。

親子関係はこの作品のテーマのひとつだが、懐湘と母親ハナ、父親レシンとの関係だけでなく、親がわりに育ててくれた叔母ミネ、懐湘につらくあたった継母ピタイとの関係も重要な要素である。

そのなかで、両親の撿骨の場面は印象的だった。撿骨は、埋葬の数年後に遺骨を掘り出し、浄めて骨壺に収め、改葬するという台湾の風習で、タイヤルの習慣ではないのだが、懐湘の弟妹はレシンとピタイの撿骨を行なうことにする。懐湘も同意するが、実際に撿骨に最後まで立ち会ったのは懐湘だけだった。懐湘はピタイの骨壺を丁寧に拭いながら、心をこめてやさしく彼女に語りかけるのだった。

一方、『懐湘』にはタイヤル社会や山での生活のさまざまな出来事が描かれている。特に関心を引くのは、タイヤル社会の伝統的な規範である「ガガ」に関わる場面である。「ガガ」は広く知られているが、実際にはどのように運用されているのだろうか。懐湘とマライの結婚やもめごとが「ガガ」に従って裁かれる場面は、非常に興味深かった。また、「松の実採り」やシイタケ栽培など、深山での原住民の人々の仕事の描写にも興味をひかれた。

この作品にはタイヤル族のほかに漢民族の客家人《ハッカ》や福佬人が登場しており、台湾社会における原住民族と漢民族の共生のあり方を理解することができる。歴史的に、客家人は原住民に近い地域で暮らしてきた。懐湘の親友となった秀芳と、ラハウ部落の雑貨屋の主人が客家人である。一方、基隆の酒場「金船」で懐湘を雇ってくれた趙ママと、再婚した夫の阿発は福佬人である。

この作品には漢民族から受ける原住民差別は描かれていない。リムイはあるインタビューで、彼女の作品にはなぜ原住民差別が描かれていないのかと尋ねられて、自分にはその経験がないからだと答えている。『懐郷』には民族を越えた、対等な立場での交流が描かれている。

この作品の原著は中国語で書かれているが、会話の一部はローマ字表記のタイヤル語で記され、中国語訳が付されている。この点について尋ねたところ、タイヤル社会での言語使用の実際を再現するために、このように記したとのことだった。年配の人々はタイヤル語で話すが、若い人たちは中国語で話すのが普通であり、山地での会話には言語が入り混じる。訳出にあたっては、タイヤル語の会話のうち、あいさつや呼称などのみタイヤル語を残し、カタカナで表記した。スガヤタラ（さようなら）や、ユタス（年配の男性への呼称）などである。

さて、女性作家リムイ・アキによって書かれた『懐郷』は、台湾原住民文学のなかで、どのような位置にあるのだろうか。台湾女性文学研究者の楊翠はこの作品について、研究書『少数説話』で次のように述べている。

『懐郷』の最大の特徴は、原住民社会内部の暗い面をあからさまにしたことであり、原住民社会が「おだやかで美しい」ユートピアだというイメージを打ち破ったことである。

リムイは勇敢に、部落内部の葛藤を描きだし、部落内部の早婚、片親、失業、アルコール依存、家庭内暴力、詐欺、風俗業などの問題を明らかにした。こうした課題について、これまで原住民文学が発展してきたなかで、敢えて直接、触れようとした人はまだ多くない。仮に触れたとしても、原住民女性の風俗業の問題のように、通常は男性作家が温かい同情の目で見てきたものであり、暴露されているのは、漢人社会と資本主義の共謀によっておこる原住民女性の悲劇である。原住民男性は、通常、悲しみへの同情者、悲劇の目撃者として再現されており、同時にまた、無力で女性同胞を救えなかった失敗者として描かれている。

（魚住悦子訳『少数者は語る』上巻、草風館、二〇二〇年）

確かに、これまでの原住民男性作家の視点は微温的なものであり、真正面からこの問題に切り込んだものはなかった。

訳者がこの作品を読んですぐに思い浮かべたのは、同じく原住民女性作家のリカラッ・アウーの作品「傷口」である。リカラッ・アウーは外省人の父とパイワン族の母のあいだに生まれ、タイヤル族のワリス・ノカンと結婚した。ワリス・ノカンは著名な原住民作家だが、ふたりはのちに離婚している。

「傷口」は同じタイヤル族の名家に嫁いだ義妹を描いた作品である。アウーは原住民社会の家庭内暴力について、次のように書いている。

女性のひとりとして、同性の身につぎつぎとたえることなく起こる暴力事件をわたしは、しばしば目にしてきた。彼女たちの身体に残る青い傷あとを見るたびに、いつも、言いようもなく心が痛んだ。どういうわけか、わたしが会ったことのある原住民各族の女性たちのあいだでは、夫からの暴力は、もっとも頻繁におこっている事件で、驚いたことに、タイヤル族の社会に集中していた。気性のしっかりした義妹も、同じ運命から逃れることはできなかったことを思うと、「女であることのつらさ」を嘆かずにはいられない。さらに原住民女性の茫漠たる前途を深く憂えざるをえない。

（魚住悦子訳「傷口」、『台湾原住民文学選2』、草風館、二〇〇三年）

義妹は夫から暴力をふるわれ続けていたが、とうとう家を出る決意をし、傷ついた身体で実家に戻ってきた。アウーが彼女の様子を見に行くと、彼女は化粧をしているところだった。

わたしたちは何も言わなかったが、心は通じあっていた。義妹は無頓着に化粧をつづけた。どう言えば傷ついた彼女の心を慰められるのか、わたしにまったく思いつかなかった。急に、彼女がどんな思いで化粧をしているのか、知りたくなって、わたしはそのことをたずねてみた。そして、思いがけない返事を聞いた。

「わたしはきれいなのが好きな女なの。どんなにつらくても、外側まで心と同じようにひどいのはいやなのよ。殴られて、ひどくみっともなくなってしまったけれど、人にみにくいところを見られたくないの。それは、『わたしは負けた』と言ってるのと同じことだから」

彼女のことばを聞いて、わたしは軽いため息をもらし、義妹の強さやたくましさに誇りを

感じた。（同）

作品は次のように結ばれている。

> 夫から暴力をふるわれた女性は、必ず悲惨な日々を送ると、確か、誰かが言っていた。しかし、自信と能力をとりもどすことさえできれば、女性の生命は、男性には想像もできないほど、したたかなのだ。わたしは義妹が、これから自分自身の世界を見つけることを心より願う。そしてまた、夫からの暴力によって迫害されているすべての女性たちにこの文章をささげて、励ましたいと思う。（同）

「傷口」は一九九六年に出版された『誰がわたしが織った美しい衣装を着るのだろうか（誰来穿我織的美麗衣裳）』（晨星出版）に収められている。原住民女性作家が原住民男性による家庭内暴力を描いた最初の作品である。

リムイとアウー、ふたりの原住民女性作家に共通する思いは、女性たちが「自信と能力を取り戻し」、「自分自身の世界を見つけ」てほしいという願いである。

本書の冒頭に掲げた序文でリムイ・アキが「姉妹たちに捧げたい」と述べているのと同じように、リカラッ・アウーも「夫からの暴力によって迫害されているすべての女性たちにこの文章をささげて、励ましたいと思う」と述べている。

最後に、この作品の舞台になった山地について紹介しておこう。

翻訳がほぼ完成した二〇二三年三月、訳者は作者の案内で、作品の舞台の新竹県尖石郷を訪ねた。台湾高速鉄道の新竹駅から車で数時間の距離だが、予想以上に険しい山地だった。チンスブ（鎮西堡）に近い後山地域の泰崗部落に宿泊したが、標高約千五百ｍートルにあり、夜は冬のような寒さだった。

本文の注でも簡単に説明したが、尖石郷は「前山」と「後山」に分けられる。歴史的には、台湾海峡から見て、中央山脈より手前にある地域を「前山」と呼び、山脈の向こう側、中央山脈以東の地域を「後山」と呼んできた。しかし、尖石郷では李棟山（標高一九一三メートル）に連なる稜線より北西部を「前山」、南東部を「後山」と称する。「前山」地域は標高が平均八〇〇メートルであるのに対し、「後山」地域は標高が平均千八百メートル以上である。

作者の運転する車で、うねうねとどこまでも続く険しい山道を走りながら、前山のラハウ部落から後山のクラヤ部落へ嫁いで行った懐湘の絶望を思った。なお、クラヤ部落は虚構の部落で、クラヤはタイヤル語で「高い」という意味である。

本書の原著には、リムイ・アキの自序のほかに、台湾原住民文学研究者の孫大川と、台湾原住民文化に関心を寄せていた実業家の蔡辰洋、詩人で台湾原住民文学研究者の董恕明、リムイの弟で作家のマサオ・アキの各氏がそれぞれ推薦序を寄せているが、訳書では割愛した。また、リムイ自身の序「稜線上のタイワントドマツ」も前半部のみを訳出したことをお断りしておく。

翻訳に際しては、台湾原住民文学研究者の下村作次郎先生が訳稿に目を通してくださり、貴重なご助言をたくさんくださいました。心よりお礼申し上げます。

また、出版にあたっては、田畑書店の大槻慎二さんにたいへんお世話になりました。

本書『懐湘』の翻訳出版には、中華民国（台湾）政府文化部から助成をいただきました。記してお礼申し上げます。


（二〇二三年七月一〇日）

〈作者提供〉

【著者略歴】

リムイ・アキ（里慕伊・阿紀　Rimuy Aki）

1962年、新竹県尖石郷カラパイ部落に生まれる。タイヤル族。国立台北師範学院（現、国立台北教育大学）幼児教育科卒業。卒業後は幼児教育に携わり、十余年にわたって幼稚園の教諭や園長を務めた。2001年からはタイヤル族の言語の普及と継承に力を注いでいる。新北市のさまざまな学校でタイヤル語の教師を務めており、近年は絵本のタイヤル語訳にも携わっている。そのかたわら、タイヤル語アニメでも声優として活躍しており、原住民テレビの『樹人大冒険』シリーズや、『吉娃斯愛科学』アニメ・音声ブックシリーズなどがある。著作は、散文集『山野笛聲』（晨星出版）、小説『山桜花的故郷』（麦田出版）、『懐郷』（同）、神話伝説を編集執筆した『彩虹橋的審判』（新自然主義出版）がある。文学賞は、「山野笛聲」第一回山海文学賞散文部門第一位（1995年）、第一回中華汽車原住民文学賞小説部門第三位（2000年）、第二回中華汽車原住民文学賞小説部門第三位（2001年）を受賞している。

【訳者略歴】

魚住悦子（うおずみ・えつこ）

1954年兵庫県相生市生まれ。大阪大学大学院文学研究科修士課程修了。文学修士。天理大学・武庫川女子大学非常勤講師。訳書に鄧相揚著『抗日霧社事件の歴史』、『植民地台湾の原住民と日本人警察官の家族たち』、『抗日霧社事件をめぐる人々』（以上、日本機関紙出版センター）、『台湾原住民文学選二　故郷に生きる』、『同七　海人・猟人』、パタイ著『タマラカウ物語　上・下』、『暗礁』、シャマン・ラポガン著『冷海深情』、楊翠著『少数者は語る　台湾原住民女性文学の多元的視野　上・下』（以上、草風館）ほかがある。論文に「台湾原住民族作家たちの『回帰部落』とその後」（『日本台湾学会報』第七号）、「矢多一生（高一生）と頭骨埋葬」（『高一生研究』第七号）、「台湾原住民文学の誕生」（『台湾近現代文学史』、研文出版）ほかがある。2022年10月、台湾行政院原住民族委員会より一等原住民族専業奨章を授与された。

田畑書店

懐　郷

2023年 9月10日　印刷
2023年 9月15日　発行

著 者　リムイ・アキ

訳 者　魚住悦子

発行人　大槻慎二
発行所　株式会社 田畑書店
〒130-0025　東京都墨田区千歳 2-13-4　跳豊ビル 301
tel 03-6272-5718　fax 03-6659-6506
装幀・本文組版　田畑書店デザイン室
印刷・製本　モリモト印刷株式会社

ISBN978-4-8038-0420-1 C0097
定価はカバーに表示してあります
落丁・乱丁本はお取り替えいたします